modern literature

現代文學散論

欽鴻 著

序

　　欽鴻同志託我為他的第二本文集《現代文學散論》作序，我欣然答應了，因為我們也算老交情了，而我們的結緣，可以說，也是以現代文學史料為媒介的。

　　七十年代末，我雖然頭上還戴著那頂戴了二十多年的政治帽子，但在當時新的政治形勢下，有關方面以「未再發現新的罪行」為由，讓我告別了十多年的體力勞動，回到系資料室上班。那時候文藝界開始復甦，出於專業教學和研究的需要，人們從歷史教訓中深刻地認識到資料建設是學術建設的基礎工作這個顛撲不破的歷史真理。為了擺脫和肅清多少年來左傾教條主義對文學事業的干擾和危害，以及那種以非文學觀點對文學現象指手劃腳的怪現象，批判從單一的政治功利主義出發，即從一時的政治需要出發，不惜歪曲甚至捏造歷史，以至「以論代史」的「大批判」開路式的學術風氣，學術界不約而同地把眼光集中在對現代文學資料建設上來了。當時我回到資料室，面對這一新形勢，也參加了這一資料建設活動，夥同幾位中青年同志編了幾種有關現代文學的資料書。所幸那時的出版形勢還好，人們一如久於饑餓似的貪婪地找書看，充實自己，調養自己。對我來說，這很好，因為在與世相隔二十多年以後，我又回到了書籍的世界，也正好以此為契機，重溫和吸取新舊文化營養，「把失去的補回來」；也正是這段因緣，我結識了徐迺翔同志，後來又結識和他合作的欽鴻同志，他們雖然都身處外地，欽鴻同志還遠在邊遠的黑龍江克山縣，但

都是從上海出發的，因此，工作關係之外，又增加了感情這種酵母。當然，這種正常的友誼關係的建立，是八十年代以後的事了，這時我才真的由「鬼」變成了「人」。對於和欽鴻同志的交往說來，也可以說是從此開始的。以後，我就不斷地在海內外的報刊上讀到他的各式有關中國現代文學資料性和學術性的大小文章。他後來從東北調來南通，見面的機會就更多了。

他們二位合編的《中國現代文學作者筆名錄》，和由徐迺翔同志主編、欽鴻同志參加編委工作的五卷本《中國現代文學辭典》，都是現代文學資料建設工程中的重大成果，也為中國現代文學史研究提供了重要的客觀依據。因此，深為海內外學界所注目和讚賞。而作為一個老讀書人，我從這兩種大型資料研究著作中獲益良多。再觀乎近十多年來，我們在中國現代文學史研究和論著中逐漸形成的那種獨立的學術品格，和欣欣向榮的發展態勢，便不難從一個側面說明了我們這些年在資料建設上的努力的實際效應和影響。因此也可以說，資料建設促進了我國學風的端正，而形成了一代尊重歷史、面向現實、從實際出發的新學風。

欽鴻同志這部文集《現代文學散論》，也可以說是多年來他在中國現代文學資料海洋裏浮游所獲得的又一個新的學術成果。我認為這是一部學術性與知識性並重的隨筆式的文集。它的最大特點是作者將這多年來不見於正史官書，或為歷史泥沙所淹沒的作家、刊物與作品，通過他在浩如煙海的原始資料海洋裏鈎沉提煉，重見了天日，並加以自己的品評。它的內容不僅包括新文學類，也涉及通俗文學和台港文學以及文學史料學等類，其中有些篇章，是對某一文學現象（如關於新詩創作）的深入剖析的成果；另外，也還有一些文壇逸事、掌故軼聞之類。因之，除過學術性與知識性外，它又具有一定的欣賞趣味價值。語云：「江河不擇細

流」，雖然這些素材，不過是中國現代文學史這股歷史洪流中的一些細流甚至泡沫，但它們也都是構成中國現代文學這座宏偉的大廈的磚瓦木石。它們作為一種歷史的存在，理應受到我們的重視和研究。因之，這些隨筆式的文章，實在為中國文學史的建設起到了拾遺補缺的歷史作用，使中國現代文學史的形象更加豐滿，更富有血肉感。加之，作者是八十年代以來崛起的新一代學者，他和他所研究的當時中國文壇並沒有直接的利害關係和人事感情負擔，他只是把它們作為一種歷史上的大小文化現象，進行審視和述評；他所注意的是歷史事實本身，因此，這本文藝隨筆式的文集，我認為它的第二個特點，是言之有物而又能言之成理，既無陳言套語，也不是空泛浮誇之論的文字遊戲，更不是趨時附勢的應景之作。作者的這種獨立的學術品格，尤其值得稱道。至於作者的文字，我認為可以說是簡潔明快，情真意切，嚴謹中不失活潑，活潑中又不流於油滑，文章中始終洋溢著一種可貴的思辨精神和求實態度。它反映了我國新一代學者那種勤於思考、勇於探索和開拓的學術素質。也因此，我樂於把這本洋溢著新的學術生命的小書，介紹給廣大讀者群，我相信，他們也會像我這個老人一樣，從中獲得一些新的教益——開闊視野和增長見識。因為，在這裏，作者在對中國現代文學研究上，作出了切實的努力和認真的貢獻。這本書作為一家之言，它是理應在文苑中取得它自己的存在權利的。

一九九一年九月初於上海

目次

輯一

詩人楊騷論

大浪淘沙，逝者如流。

只有人民是不朽的，為人民的事業而奮鬥和獻身的戰士也是不朽的。

楊騷這個名字，對於今天的不少青年來說，是相當陌生的了。但是，歷史沒有淘汰他，人民沒有忘記他，青年讀者將瞭解他，後人也將永遠紀念他。這是因為，作為一個作家和戰士，他曾經為人民歌唱過，為人民戰鬥過；他所寫下的那些優秀的作品已經把他的名字鑴刻在人民的心裏。

一、楊騷的生平事略

楊騷生於一九○○年一月十九日，福建漳州人。原名楊古錫，字維銓，一九二八年起署「楊騷」為主要筆名和通用名，在此前後曾用過的筆名還有浮石、一騷、北溪、豐山、素、南公、楊維、小山、唐山阿伯等。

楊騷出身於一個麵包工人家庭，因為家境貧困，未滿周歲就被堂叔過繼為子。寄父是私塾教師，學識淵博，楊騷因此得到較好的古典文學的教養和薰陶，為日後從事文學創作打下紮實的基礎。

　　一九一八年，楊騷畢業於福建省立八中。同年，在養母的支持下漂洋過海，赴東京留學。一開始，他的志願是想學海軍，因為在國內時常常聽到日本侵略者在臺灣的暴行，因此想學成海軍後回國率領軍艦打敗日本。他的這一愛國願望，終因數理化成績太差而未能得償，後來考進了東京高等師範學校，一直到一九二五年二月回國。

　　這一時期，有三件事情對楊騷影響頗大。一是認識了後來創造社的重要成員李初梨。在李初梨的介紹下，他讀了屠格涅夫的《獵人日記》，從此注目於外國文學作品，特別是接受了王爾德唯美主義和霍夫特曼象徵主義的影響。二是一九二三年九月的東京大火災，以及日本當局借機大肆屠戮愛國人士和中朝僑民，使楊騷「覺得自然的威力非常偉大可怕，人類非常渺小醜惡，陷入虛無主義、悲觀主義的泥潭」。[1]這是導致楊騷早期創作的感傷頹廢傾向的一個重要因素。三是逃難回國途中，他與一位年輕女性 A 妹邂逅相戀，但又很快發現她早有情人，初戀的失敗使他痛不欲生。後來在朋友的介紹下，他認識了白薇，共同的志趣與曲折遭遇，使他倆一見傾心。但楊騷仍不能忘卻 A 妹，仍與她保持密切的往來，還愛過別的女人，從而埋下了與白薇的愛情終成悲劇的種子。這一段苦樂交互的戀愛生活，為他提供了早期創作的主要題材。

　　一九二五年楊騷回國後，很快去了新加坡。他南下星洲，原是抱著掘金發財享樂的奢望的，不料事與願違，僅僅僥倖地當了個小學教員，整天疲於奔命。他沉浸在失望裏，也沉浸在戀愛的回憶裏，對國內轟轟烈烈的大革命卻無所認識，為了避免「涉險蹈疑」，他曾拒絕了革命者的關心和幫助。

　　一九二七年十月，楊騷回到上海，即與白薇賃屋同居。白薇早就置身於大革命的洪流中，與創造社的成仿吾、郁達夫、鄭伯奇等人都有極好的友誼。由於白薇的進步思想的影響，也由於得到魯迅先生的關心和幫助，更由於當時大革命失敗後的殘酷現實的教育，以及蓬勃興起的革命文學運動的促進，楊騷那塵封霧遮的愛國之心很快蘇醒。他用心讀了些馬克思主義的書，提高了思想覺悟，決心拋棄資產階級個人主義，努力用自己的筆反映社會現實，以緊跟時代前進的步伐。這是楊騷的一個轉捩點。但是，願望與現實之間總有一段距離，思想改變也決非簡單的置換反應。儘管楊騷在《奔流》、《語絲》等雜誌發表了像獨幕劇《Yellow！》、《記憶之都》這樣反映社會現實的進步作品，但仍不免於咀嚼個人悲歡、兒女私情。

　　左聯的成立使楊騷的思想產生了飛躍。如果說，在這以前楊騷還只是一個觀潮者，雖然嚮往革命鬥爭的洪濤，卻畢竟未越堤岸一步；那麼，在這以後他逐漸成為一個勇敢的弄潮兒，而擊楫於波瀾壯闊的大江河了。由歐陽山介紹，他加入了左聯，成為左聯的骨幹分子。他積極參加左聯的許多活動，如撒傳單、貼標語、作演說、遊行示威等等。值得一提的，是他與穆木天、任鈞、蒲風等人發起成立了著名的中國詩歌會，並為該會機關刊物《新詩歌》的創刊與發行做了許多工作。一九三六年，中國文藝家協會成立時，楊騷也是一個積極的組織者。作為一個作家，楊騷主要還是用他的筆投入了戰鬥。這一時期，他翻譯了許多傾向進步的外國文學作品，其中反映俄蘇革命鬥爭的小說《十月》和《鐵流》，都是由他首先介紹給中國讀者的。創作方面，他發表了自己的代表作——歌頌農民暴動的敘事長詩《鄉曲》，還有如詩歌《福建三

唱》、劇本《本地貨》等重要作品,也都是這一時期的收穫。此外,他還寫了數量可觀而頗有份量的文藝批評文章。這些,都表明楊騷已經比較自覺地跟著時代的步伐,為人民而戰鬥和歌唱了。

一九三七年六月,楊騷應郁達夫之邀,到福州省政府公報室從事編譯工作。盧溝橋事變發生後,他與郁達夫、許欽文、樓適夷、董秋芳等人致力於抗日救亡運動,曾任福州文化界救亡協會常務理事兼編輯委員會主任委員,並在福州《小民報》上寫了不少宣傳抗日的文章。

不久,因反動派的壓迫,他離開福建輾轉多處,於一九三九年二月抵達重慶,參加中華全國文藝界抗敵協會。其間寫了不少抗日詩文,載於重慶《抗戰文藝》和《中蘇文化》雜誌上。同年六月,他參加以王禮錫為團長的作家戰地訪問團,深入到中條山、太行山一帶戰區訪問,在半年中跋涉數千里,歷經艱辛,卻寫出近百首小詩,結集為《半年》。

一九四一年皖南事變發生後,楊騷服從黨組織的安排,南赴新加坡,繼續從事抗日救亡的工作。在此期間,他曾任南洋華僑籌賑祖國難民總會的機關刊物《民潮》月刊的主編,業餘常在《南洋商報》副刊《獅聲》上撰稿,呼籲文藝工作者團結一致,用紙筆為武器打擊敵人。

太平洋戰爭爆發後,楊騷與巴人等隱居於印尼蘇門答臘的一個小島上。這期間,他重新建立了家庭。一九五〇年,進雅加達華僑所辦的生活報社,歷任副刊編輯、總編輯、副社長等職。在《生活報》上,他寫了大量評論、雜談等文章,為團結華僑、宣傳社會主義祖國作出了貢獻。

一九五二年,楊騷舉家回國,參加社會主義建設。他想在文藝界重展身手,寫出一些自己想寫的作品來。為此,他深入城鄉,

四處奔走，體驗生活，收集材料，雄心勃勃地作了許多構思。不料壯志未酬，他卻因腦血栓病逝於一九五七年一月十五日，享年僅五十七歲。

楊騷的一生坎坷曲折。他從一個小資產階級感傷主義的詩人，終於成長為無產階級的、人民的歌手，走過了一條不平坦的道路。熱情正直的性格和愛國主義精神，貫穿了他的一生，而追隨時代的步伐，努力為人民歌唱，則是他完成轉變並寫出眾多為人稱譽的優秀作品的重要因素。

二、楊騷的詩歌創作

楊騷在中國現代文學史上，是作為詩人佔據一席之地的，在長達三十年的創作道路上，他寫下了大量的詩作，有短詩，也有長詩；有抒情詩，也有敘事詩；有頹廢感傷的詩，也有健康昂奮的詩；有撲朔迷離的詩，也有明快清新的詩，等等。這些詩，清晰地印下了楊騷前進的步步足跡，反映了他從一個小資產階級感傷主義詩人成長為無產階級的人民歌手的歷程。

提起楊騷的詩歌創作，一般的論者總以作於一九二四年的劇詩《心曲》為其濫觴，[2] 其實不然。早在一九二一年東京高等師範求學期間，楊騷因受李初梨的影響，已經開始習作詩歌。此事見載於一九五五年他所寫的〈簡略自傳〉一文。現已查明，楊騷的初期詩作，共有〈一個日本女子〉、〈村女思嫁〉和〈船公和船婆〉三首，分別發表於一九二一年一月和二月的上海《民國日報》副刊《覺悟》和《平民》上，署名均為浮石。〈一個日本女子〉以尼

港事件為背景，抒寫一個日本女子對於戰死於他鄉的丈夫哀怨的呼喚，從而揭露了日本帝國主義反動的侵略政策。初試詩筆的楊騷能從這樣一個角度來含蓄地抒發自己對日本帝國主義罪行的不滿，很可令人稱道。其他兩首，〈村女思嫁〉反映待嫁村女的彷徨心理，〈船公和船婆〉則通過船公夫婦的對話，揭示了「逆水雖費力，得到水源流，順水雖趁便，不得水盡頭」的生活哲理，表達了勤勞的人民逆水溯流、尋求自由天地的美好願望。這三首詩作雖然還比較稚嫩，但構思巧妙，語言流暢，洋溢著清新的氣息，足以初顯出他在寫詩方面的熠熠才氣了。而且楊騷以一介書生，而能注目於社會現實，並以為詩歌創作的題材，在當時應當說是難能可貴的。

　　從〈漳州妹〉到〈黃昏雨〉的一組短詩，是楊騷早期的詩作。從詩中反映的內容來看，創作的時間略晚於〈一個日本女子〉等詩，大約作於一九二三年東京火災到一九二五年離日回國之前。我們知道，由於東京火災，楊騷獲得了他的初戀。但那初戀是那樣不幸，一開始便決定了最終的幻滅。儘管後來白薇的愛情給他帶來了歡樂，卻始終驅不走他對初戀的懷念、對初戀情人 A 妹的一片癡心。他的這種複雜心情，這種苦戀中失意、寂寞、惆悵、彷徨的心情，在這組短詩中得到蘊藉而又充分的反映。在藝術上，詩人的技巧已大有進步。他善於運用複遝迭音和跳躍的節奏，來渲染一種深遠的意境，如「彈者漸行漸遠，／大路越去越長，／清清婉婉，／淒淒涼涼……」（〈永劫〉）言盡而意未盡，很有些古代別離詩的味道。他又善於用清麗明豔的筆觸，描繪出美人的風姿，如「鬒鬢的烏雲散亂在床緣，／微風吻著的笑容一隱一現，／桃紅的薄羅衣掩著柔肌，／遮不住陣陣醉人的香氣，／柳眉含

情地輕鎖著，／玉手嬌垂無力」（〈漳州妹〉），形象搖曳多姿，不可謂不美，卻令人聯想起南朝的宮廷豔詩。此外，像「孤雲拖著影，／燈光殺死影，／哦，飄渺！／哦，冷清！」（〈殘夜曲〉）的詩句，則又有西方象徵主義的烙印了。少年時代從寄父私塾裏受到的古典詩歌的薰陶和在日本留學時期所接受的唯美主義、象徵主義的詩風，交織在一起，反映到他的筆下，形成了他早期詩作的輕惻浮豔、淒清飄渺的特點。這個特點，與他詩歌裏所表現的纏綿悱惻的戀情，倒是頗為融合的，可以說是他在表現手法上的不小長進。但是，比之初期的反映社會現實的〈一個日本女子〉等詩，這些情詩的寫作，又是楊騷在思想上的大大退步。不過，詩人當時愛之甚切，一九二八年底曾將它們編成《流水集》在《語絲》週刊上發表，一九三三年又收入詩集《春的感傷》中。

一九二八年十一月上海開明書店初版的詩集《受難者的短曲》，收入楊騷作於南洋的長短詩作凡二十首。它們真實地記錄了詩人在南洋時期「掙扎著做著好夢，追著幻影過一生」[3]的生活歷程。他追求過光明，但「美夢的夜星沉沒，幻想的初陽被雲遮住」（〈受難者的短曲〉），光明何在？他追求過愛情，但得到的卻是苦果。在〈癡男歌〉裏，他以一個癡等四年的男子終被拋棄的故事，來訴說自己戀愛上的失敗和沉痛的心情。至於〈四年前後〉，更是清楚不過地表達了他對 A 妹的濃烈的懷戀和失去 A 妹的哀苦。挫折和失敗使詩人一度迷茫：「我不知所之，我不知所留」（〈流浪兒〉），他常常流連於酒店，以酒澆愁（〈酒杯中的幻影〉），或者，便投身妓女的懷中，以為「做夢的搖籃」（〈投在妓女身上〉）。

但是，詩人儘管頹喪至極，追求光明之心卻沒有泯滅。當他把妓女擁入懷抱時，他還要求：「小姑娘，我們莫如談談心」（〈旅

店內買小唱〉），反映出他內心無可排遣的苦悶。可見，他並非僅僅追逐聲色肉慾，也是在尋覓一條解脫的途徑。所以，在他筆下出現了較為複雜的矛盾情況。一方面，他沉淪於妓館，覺得好似「睡在樂園中的花叢裏」；另一方面，他又關心妓女的身世，對她的家破人亡的悲慘遭遇灑下同情之淚，並且借了她的嘴揭露出「半夜常有人打門，白天常有人打劫」（〈投在妓女身上〉）、官盜狼狽為奸、百姓無以為生的社會現實。正是這種孜孜追求光明之心，使詩人後來終於發出了「我詛咒此生」的覺醒之聲（〈站在船頭看月〉），而決心「回家去」，「做個順從的鄉少年」（〈歸途〉）。

　　《受難者的短曲》繼續發展了《流水集》藝術上的特色，只是唯美主義、象徵主義的影響更趨明顯。詩人好用隱喻手法，常常馳騁於多變的夢幻世界，刻意創造虛無飄渺的意境，從而委婉地抒發自己哀傷抑鬱的思想感情。他一向長於自由體詩，又善於吸取我國古典詩歌和民歌民謠的滋養，因此，他的詩形式活潑，語言華美，音韻和諧，具有很強的表現能力。

　　收入楊騷第二本詩集《春的感傷》中的，除了《流水集》諸篇以及〈海夜曲〉之外，均係一九二七年十月從南洋返滬以後所作。它們所反映的主要內容：一是對於白薇的懺悔。他經過痛苦的磨煉，深深感到自己愧對白薇，而決心回到她的身邊，懇求她的寬恕，重獲她的愛情。抒寫這方面內容的，有〈月彷徨〉、〈斷琴哀星〉、〈北風與愛〉、〈跪在她的面前〉、〈夜色〉等等。二是彷徨於兩個戀人之間的苦悶。楊騷在獲得白薇原諒之後，仍然追逐 A 妹以及其他的女性。在給白薇的信中，他曾這樣表白：「我恨不得你和 A 妹合作一個人讓我愛……」[4]〈迷惘〉一詩，正是寫的這種心情──「我愛受難的小鳥，／又愛憂愁的紫堇。／想一蕊花怎

兩個心,／淚涔涔,我哭到天明。」是的,當理智被感情的潮水淹沒之後,人生航行之舵就很難把正方向了。楊騷與白薇的最終離異,於此已可見端倪。三是對於社會現實的反映。〈夜的上海〉揭露舊上海的黑暗面貌,〈黎明之前〉發出「讓這天地再一回新生」的熱烈呼喚,〈把夢拂開〉最為精彩,不僅表達了詩人「把夢拂開」、徹底改造自己的決心,而且展示了大革命時代雄渾豪壯的鬥爭場面:

> 泅過這血腥的大海,
> 把彼岸的炮壘毀壞,
> 造我們高入天心的燈檯,
> 那麼,血流成的海,
> 將湧起狂喜的波頭,
> 瞻望我們發射的光彩。
> ………………
> 莫昧,一切莫昧,
> 坐我們的飛艇追乙太,
> 投我們的爆彈毀古寨!
> 撲上來,撲上來,
> 時與空與我們將換個新的世界,
> 時與空與我們將換個美的世界!

這首詩在題材上已經跳出個人哀吟的圈子,而把目光投注於火熱的鬥爭現實,風格上擺脫了象徵主義的羈絆,清新暢達,豪邁動人,頗有進行曲的味道,真可與同時代的革命詩人殷夫的詩作相媲美。這首詩的創作,說明楊騷已經不甘沉溺於個人的兒女私情

中，他正在努力緊跟時代的步伐，把自己的歌喉獻給人民，獻給革命，獻給爭取美好未來的戰鬥！

楊騷詩歌創作的成熟，是在左聯時期。詩人在如火如荼的鬥爭中，把自己融合在革命的隊伍裏，與人民同呼吸，與時代共脈搏，從而唱出了一支又一支慷慨激昂、鼓舞人心的戰歌。

論及這一時期的詩歌，不能不注意〈我讀了我的詩集〉一首。它原作於一九三三年，翌年定稿並發表於河北《新詩歌》雜誌。這是一首充滿著嚴格的自我批評精神的佳作，作者以尖銳的言辭和真誠的感情，斷然否定了「幾年前自己的心和膽」──詩集《春的感傷》。然而作者否定的，不止是一部詩集，而是他此前的創作傾向和生活道路。這表明，詩人已經具有清醒的認識和決絕過去的巨大勇氣。從此以後，詩人的筆下再沒有出現淺斟低吟的感傷之詩。因此，可以把〈我讀了我的詩集〉一首，看作他在詩歌創作道路上的一個里程碑。

楊騷在左聯時期的詩歌創作，與其過去的作品相比，有著如下三個特點：

其一，大大開拓了題材。他不再沉緬於兒女私情和一己傷悲，而抬起望眼，看到了廣闊的社會現實。他揭露了「燦爛的景象」背後的種種黑暗（〈夏遊玄武湖〉）；他鞭笞了國民黨反動派背叛孫中山的遺訓，殘酷地魚肉百姓的逆行（〈小歌金陵〉）；他控訴了帝國主義的鐵蹄蹂躪祖國山河的罪惡（〈福建三唱〉）；他讚頌了為爭取「新的天地」而勇敢獻身的革命鬥士（〈小兄弟的歌〉）。最為可貴的是，詩人在敘事長詩〈鄉曲〉中，第一次成功地描寫了農民暴動的宏偉場面，熱烈謳歌了這一氣壯山河的舉動──「這是餓鬼們第一次吐出的惡氣，／是奴隸們第一次勇敢的叛逆，／哦，是餓鬼奴隸們第一次的勝利！」

其二，作品的格調比較高昂。詩人不僅能夠面向社會現實，取材於現實生活，而且能夠用正確的觀點予以處理，從而給詩作注入了一種昂揚的精神。〈囚人歌〉寫一個被囚禁的革命者，勉勵他的親人莫感傷、不灰心，勇敢地用戰鬥「來打開這鐵門」。〈鄉曲〉所寫的農民暴動，雖然在敵人的鎮壓下不幸失敗，但鄉親們卻認識到這「烏黑的天地不是我們的」，他們「再也不會流淚暗哭」，決戰到底的信心愈益堅定了。至於像〈福建三唱〉、〈雞不啼〉等抒情詩，則更以熱烈的語言，迸發出響遏行雲的反抗鬥爭的吶喊。毫無疑問，詩作的高昂的格調，來自於詩人的昂奮的精神狀態。詩人的成熟，決定了詩作的成功。

其三，風格上清新明快，豪氣磅礡。左聯時期，為了適應新的鬥爭形勢，酣暢地抒情言志，為了實踐中國詩歌會關於「創造大眾化詩歌」的主張，楊騷摒棄了往昔那種唯美主義、象徵主義的詩風，而更多地向民謠民歌學習，並且融合了中國古典詩歌的某些長處，從而賦予其詩作以清新、明快而又凝煉的特色。磅礡的豪氣在明白如話的字裏行間充溢著，使讀者受到感染和鼓舞，卻又沒有粗俗或者說教的流弊。這是詩人精心製作的結果，也是其詩藝漸臻成熟的表現。

左聯時期的鬥爭風雲和蓬勃發展的無產階級革命文學運動，為楊騷的詩歌創作提供了縱橫馳騁的廣闊天地，在這點上可以說是時代造就了詩人。但同樣的環境，踟躕頹廢乃至倒退者並不鮮見，而楊騷卻成長為一個人民的詩人，這就不能不歸之於他改造自己世界觀的自覺，不能不歸之於他錘煉自己詩藝的刻苦，在這點上又可以說是詩人造就了他自己。以〈鄉曲〉為代表的優秀詩作，是詩人楊騷對於時代的貢獻，同時也為他自己贏得了聲名。

一九三七年以後，楊騷以極大的熱忱，全身心地投入了抗日救亡運動，但他並沒有放下詩筆，仍時有所作。他先後寫下了〈保衛大上海〉、〈我們〉、〈二月四日〉、〈國際時調〉、〈這是一首活的諷刺詩〉、〈莫說筆桿不如槍桿〉等詩，向敵人擲去了一把把鋒利的匕首。也許是詩人忙於實際工作的緣故，這些詩歌基本保持了左聯時期的特點而未有更大的突破。不過，在那烽煙四起的動亂歲月，楊騷詩歌的戰鬥性鼓動性，卻是非常強烈的。請看〈這是一首活的諷刺詩〉的最後四行：

> 沖洗吧，把我們的恥辱沖洗無留，
> 用我們長江大河般鐵和血的奔流！
> 撲殺吧，把醜惡的野獸撲殺無留，
> 用我們泰山南嶽般的臂膀和拳頭！

詩句感情激蕩，遒勁有力，唱出了中華兒女的共同心聲，在抗日救亡運動中，發揮了很好的戰鬥作用。

以楊騷的勤奮和對詩歌的熱愛，他後期值得一提的詩作決不止這麼幾篇。據他一九四一年三月在重慶《抗戰文藝》發表的組詩〈蜀道〉的附記可知，他在訪問中條山、太行山的戰區途中寫下了近百首小詩，返渝後編成詩集《半年》，而〈蜀道〉九首不過是其中極小的一部分而已。但詩集《半年》未見出版，〈蜀道〉以外的諸篇也未知下落，但願它們尚存世間。現在所能找到的楊騷後期詩作，還有抗戰勝利後在新加坡《風下》週刊發表的〈夜半低吟〉、〈梅德樂的農婦〉、〈祖國正患著難醫的腦癌——為紀念鄒韜奮先生逝世二周年而作〉三首，以及五十年代寫於印尼雅加達的〈歡迎王大使〉一首。

　　建國後，詩人雄心勃勃，想在文壇重振旗鼓，並作了許多美好的構思。可是，他才寫了紀念十月革命的〈短歌三首〉，便纏綿病榻而終至不起，因而未能在詩歌創作上取得更大的成就，這是頗為可惜的。

三、楊騷的戲劇創作

　　楊騷戲劇創作的歷史，和他寫詩的歷史差不多久長。早在日本留學期間，他就有《心曲》問世，此後三十餘年綿延未有中斷。據目前掌握的材料，他一共創作了十九個劇本，直到暮年重病纏身，還與人合作，力疾完成獨幕劇《弟弟的百寶箱》，成為他的絕筆。楊騷以其畢生精力在劇壇辛勤耕耘，取得累累果實。儘管從總體上看，他的成就不是很高，但對我國早期戲劇運動是作出重要貢獻的，很多青年劇作者都受到過他的影響。因此，評述楊騷的文學道路，不能不論及他的戲劇創作；而在回顧我國現代戲劇史的時候，忽略了楊騷的作品，也是有失公允的。

　　詩劇《心曲》是楊騷在戲劇方面的處女作，寫一個在「黑深深幽亮亮的森林」裏迷失方向的旅人「俯仰徘徊，不知所之」的迷惘心情。有人以為，《心曲》的主題就是反映黑暗社會裏知識份子找不到出路的苦悶和矛盾的心理。[5]此論不能說毫無道理，只是有以偏概全之弊。實際上，作者的主旨並不在此，而在於抒寫自己在戀愛上的踟躕與迷惘，抒寫自己對於初戀情人 A 妹的刻骨銘心的眷念。儘管那「清麗嫋娜」的森姬給旅人以熱烈的撫愛，但旅人心裏只想著另一個「大眼睛明像黑瑪瑙」的美女。劇作的結

尾，是旅人撇開溫柔癡情的森姬，不顧一切地向森林外奔去，去追尋那個「大眼睛明像黑瑪瑙」的美女。像當時許多作家一樣，楊騷的早期作品也帶有濃厚的自敘傳的性質。《心曲》就是他的愛情生活的藝術反映。關於這一點，人們可以從楊騷和白薇的情書集《昨夜》一書得到印證。正因為如此，白薇讀到該劇後非常傷心，她對楊騷說：「裏面要叫人流印象淚的人物，恐怕是森姬吧，而森姬這個奇怪的女子，自然有她特殊的哀感。……她的牢騷你真能懂得？？？懂得，你只有流淚哩。你還忍心傷她嗎？？？」「《心曲》你那嬌兒，聽你如何作得美，總傷我的心！」[6]

　　楊騷早期的另一個劇本《迷雛》，也取材於他的戀愛生活，不過，所寫的是他初戀的遭遇，而且作了較大的改造。作品描寫一群因東京火災而避難回國的男女留學生賞玩美景於西湖月夜時所發生的故事。主人公鍾琪狂熱地愛戀著鶯能，卻發現鶯能另有愛人，於是「恍惚」地覺得像「海中起了風波似的，我和她共濟之舟怕要被風浪打翻海底去了」。他曾試圖「壓服我無理的情熱」，「克制我強烈的欲求」，但依然被不可遏制的瘋狂所驅使，拿刀刺殺了情敵柳桐。這時鶯能則悲哀至極，決心離開鍾琪，離開這令人傷心的一切。像《心曲》、《迷雛》這樣三角戀愛的故事本身，除了記載作者當時的某些思想以外，並無多大的意義。只是作者在描寫戀愛矛盾的同時，也多少涉及到一點黑暗的社會現實，因而人們還是可以從中獲得一定的啟示的。

　　《心曲》和《迷雛》都有著明顯的象徵主義、唯美主義的影響。作者善於在一種清冷飄忽的氛圍中，曲折細膩地塑造人物形象，委婉多致地抒寫人物的思想感情，並且是以典麗多彩的詩筆寫出，從而使作品籠罩著濃郁的抒情氣氛，形成楊騷早期劇作的獨特風格。

與上述兩劇風格近似的還有詩劇《記憶之都》，是寫某人遊覽天界的故事，全劇也飄蕩著一股淡淡的神秘的霧氣。但是，該劇的思想內容卻有了很大的不同。作品的主人公離開人間是厭惡「地上骯髒」，不願在「人間受難」；然而天界並非「乾淨土」，並非想像中那樣的美妙，妹星僅僅偷了三個仙桃，竟被玉帝處罰，要把她綁在桃樹上三年，用她的眼淚來澆灌桃樹以為贖罪。這一殘酷的事實使主人公從「美的天國夢」裏驚醒過來，他憤慨地呼籲：「這比人間還要殘酷些」，「這種天國於我何用」。於是，他在地界的炮聲的召喚下，毅然離開天堂返回人間。該劇的主題比較明顯，是要告訴讀者：天上人間一般黑，嚮往天堂、逃避現實自非良策，唯有回到實在的大地上來，才是真正的出路。從《心曲》、《迷雛》到《記憶之都》，楊騷創作的進步顯而易見，而這個進步的取得，與他思想上的提高是不可或分的。完稿於一九二八年的《記憶之都》，反映了楊騷「南洋之夢」破滅後的新認識，而對於當時遠離社會實際、做著各種各樣好夢的青年，亦是一面極好的鏡子。該劇的思想性和現實性，無論就作者本人，或對社會的作用，都有著重要的意義。

從題材內容到創作方法都體現了楊騷的顯著變化的，是他從南洋歸國後所寫的另外四個獨幕劇：《Yellow！》、《新街》、《他的天使》和《來客》。在這裏，作者驅散了迷漫於他以前作品中的象徵主義、浪漫主義的霧氣，而採用了現實主義的創作方法。他不再求助於超凡入聖的仙女幽靈，而是實實在在地反映生活的本來面貌。《Yellowl》和《新街》均以作者在南洋的見聞為題材。前者寫白種人警長大狗仗勢壓人、企圖霸佔黑姑娘的故事。但作者並未孤立地描寫這一事件，而是把它置於現實的環境中，反映出南

洋社會民族壓迫和階級壓迫的嚴重問題，賦予這場尖銳的衝突以比較深刻的社會意義。後者則寫了兩個共產黨員到妓院宣傳革命，結果遭到警察當局的鎮壓。可以看出，作者並不熟悉共產黨員革命者，多半以想像為之，但他試圖揭露階級壓迫、歌頌革命者的動機和努力，還是值得讚許的。《他的天使》屬於另一種類型，是暴露一些未改造好的小資產階級知識份子的惡劣表現：「他」為了個人的前程，可以讓其愛人（即「他」的天使）去迎合 X 長的需要；而 X 長，為了滿足個人的私欲，竟可以出賣革命的利益；至於「他」的天使，則若無其事地周旋於「他」和 X 長中間，扮演不光彩的角色。應當指出，作品尖銳而又真實地展示了轟轟烈烈的大革命運動的一個側面，自有其一定的認識價值。至於《來客》，則以現實的題材來披露作者對新生活的認識與追求——從「象牙塔中的夢」清醒過來，「到更著實的……更新的土地上去」，與《記憶之都》有著異曲同工之妙。總起來看，這四個劇作都不太成熟，藝術表現上比較粗糙，構思與處理都存在著一定的缺陷。也許，這是一個作者在改變其熟習的創作路子時難免的毛病。但作者畢竟是有了大的改變，從沉溺於個人的私情一變而為反映社會矛盾、揭露黑暗現實，順應了時代的潮流。人們在充分肯定作者的可喜進步的同時，有理由對作者寄予更大的期待。

　　果然，不久楊騷就寫出了令人矚目的獨幕劇《蚊市》。作品描寫某大學白教授和書鋪章老闆天天去糾纏青年寡婦珊君，都想算計她手頭的一筆錢，而對於貧困到連房租都付不出的小說家湯化時，卻冷酷無情，把稿酬壓低到令人難以置信的程度。作者用他那生動的筆觸，把金錢社會的世態炎涼、大學教授和書鋪老闆的唯利是圖，揭露得入木三分。魯迅曾為該劇擬名《蚊市》，又指出：

「《蚊市》,比劇中人物為蚊子之意也。並且『蚊』字為『文』與『蟲』兩字合併而成,更是有趣。」[7]魯迅為劇作的題名,傳神地點出了作品的主題,並且使作品的諷刺意味更加濃厚。跟前一時期的劇作相比,《蚊市》在藝術上有了長足的進步。作者筆下的人物形象比較豐滿,各具特性,栩栩如生;故事情節看似簡單,其實曲折起伏,頗有波瀾,加上構思的精巧,更為作品增添了不少動人的魅力。唯其如此,《蚊市》在楊騷的戲劇創作中,佔有重要的位置。

另外兩個獨幕劇《大夢一場》和《冬夜街景》,亦各有千秋。前者以夢為喻結構全劇,鞭撻了小資產階級詩人借革命以營私的骯髒靈魂,以及好為領袖、耽於空想、浮躁狂熱等小資產階級的思想弱點。其缺點,是後半段結構有些紊亂,一定程度上影響了藝術效果。後者展現的生活畫面更寬一些,不僅表現了一群小資產階級文人戀愛與革命並重的忙碌,而且筆觸伸到社會底層,描寫了車夫、叫化子、野雉、流氓等各式人物的面貌和境遇。這些,都有助於讀者認識當時的社會,當然也有助於讀者瞭解作者當時的思想。

楊騷偌多的劇作有一個共同的特點,就是在結構故事、描寫人物之時,總要加些愛情插曲,而且時常是三角戀愛的糾葛。這種情況的出現,不能僅僅認為是當時社會風氣的反映,其實也與作者本人的經歷有關。文學是生活的鏡子,作家從生活中擇取自己熟悉的素材乃至自己的經歷寫入作品,本來無可非議,關鍵在於用什麼觀點指導和如何去寫。應當肯定,楊騷劇作中的處理大部分還是不錯的,唯有獨幕劇《多情女》的缺點比較突出。該劇寫一個年輕女性鍾愛於眾多男子的故事,但作者顯然不是單純地

暴露多情女的濫施愛情，而另有所影射。當時社會上有所謂白薇是「交際花」的流言，作為愛人，楊騷應當是最瞭解白薇的，但他對流言卻輕而信之，自覺不自覺地向白薇潑了許多污水。有一次，他到白薇那裏去（當時他們已經分居），竟無端起了「樓上有無朋友」的疑心。[8]當事實弄清之後，他仍不釋其疑，反而胡思亂想，並形諸筆墨。在小說〈蠢〉裏，他描寫主人公到戀人家裏去，正好碰見另一男子從她房中慌張地出走的情節。到了《多情女》，「樓上有朋友」的情節已發展為在她房中洗澡了。這樣的作品對白薇心靈的創傷，是可想而知的。她痛心地自問：「我的愛人是這樣地狐疑鬼怪嗎？我的愛人是這樣不瞭解我的人格嗎？」[9]創作是要以嚴肅的態度對待的，楊騷儘管寫了不少好的作品，但這一次的不嚴肅態度，就無可避免地導致了作品的失敗。

同他在詩歌創作上的變化相仿，楊騷的戲劇創作也經歷了從抒發個人的憂鬱情感到傳達人民大眾的憤怒吶喊、從描寫小資產階級的悲歡離合到反映階級社會的嚴重壓迫和勞動人民的反抗鬥爭的發展路程。繼回國之初的《Yellow！》、《新街》之後，在左聯成立之前，楊騷寫過一個題為《空舞臺》的劇本，其中已出現工人階級的形象，而且通過他們的嘴，喊出了「我們把這空舞臺（指黑暗的社會──引者）拆翻了，再另建一個」的呼聲。一九三六年，楊騷又創作了獨幕劇《在甲板上》。劇中通過斷臂夫婦的不幸遭遇，揭露了舊社會的黑暗面貌。由於作者長期居於書齋，缺乏對工人生活的瞭解，因此他筆下的工人形象，無論是激昂型的普羅觀眾（《空舞臺》），或者是頹喪型的斷臂工人（《在甲板上》），都流於概念化而缺乏豐滿的血肉和生動的風采。

　　比較成功的是另一個獨幕劇《本地貨》，由莊植、麗天等人集
體創作，楊騷執筆完成。該劇揭露閩南某村以土豪張俊卿為首的
惡勢力對農民殘酷的剝削和壓迫，表現了貧苦農民王阿玲等人的
不屈反抗和初步覺醒。劇中的幾個主要人物，如土豪張俊卿、青
年農民王阿根、其妹王阿玲以及失業的小學教員陳彪等，性格都
比較鮮明，言談舉止神情畢現；作者也不孤立地靜止地描寫他們
之間的矛盾衝突，而是把它們置於日本帝國主義的侵略和黨領導
人民鬧革命的背景之下，從而比較真實地反映了當時的鬥爭風
貌，揭示了動亂的社會的發展趨勢。其故事曲折生動，結構井然
有序，也足以窺見作者楊騷構思劇作的功力。

　　抗日戰爭時期，楊騷在傾力於實際的救亡運動之餘，仍未輟
筆，《釘子》、《只是一幕》都是這一時期的作品。這兩個劇本所寫
的地點、時間和具體內容各不相同，但在鞭笞日本侵略軍的野蠻、
殘暴、狡猾，歌頌人民抗日志士的堅定、頑強和大無畏的鬥爭精
神上，卻是完全一致的。劇中激蕩著一股威武不屈、抗日到底的
浩然正氣，讀來給人以很大的鼓舞。

　　建國後，楊騷的劇作只有一篇《弟弟的百寶箱》。作品描寫幾
個少先隊員積極響應號召，努力收集廢銅爛鐵以支援國家建設的
故事。該劇一變作者過去的風格，清新活潑，生動有趣，富於少
年兒童的蓬勃朝氣。楊騷於纏綿病榻的晚年，仍然以高度的熱情
寫出這樣的作品，是他熱愛祖國、熱愛祖國的未來的心血結晶，
是他獻給祖國、獻給祖國的未來的一份珍貴禮物。

四、楊騷的其他創作

　　楊騷的一生，只寫了幾篇小說，而寫作時間拉得很長，綿延於他整個的創作歷程。當二十年代末期他開始創作時，就有〈因詩必烈孫〉一篇問世，而他最後一篇小說〈蘋果姑娘〉，則發表於他擲筆謝世前不久。縱觀楊騷的小說創作，其成績平平，不可比肩於他在詩歌或戲劇創作方面的貢獻，可也有值得我們玩味、研究的地方。

　　〈因詩必烈孫〉是一篇構思別致的短篇小說。作者以擬人化的手法，借了因詩必烈孫（即靈感）的見聞，描寫了一群小資產階級詩人關於詩與革命、詩與群眾之間關係的爭論。寫作和發表均在一九二八年的這篇作品，顯然受到當時無產階級革命文學的影響。作者自己，已不滿往昔的所為，而想跟上時代的步伐，但又固執於自己對於詩歌特性的認識，反對詩歌標語口號化的錯誤傾向。因此，作品一方面肯定批評家勇圓發表的關於「酒和女子的讚美詩讓古人唱去罷」、「我們須得奮鬥，須得把壓迫階級先行打倒」的議論；另一方面，對桃臉詩人的那些充滿著「告有為的青年」、「到民間去」、「突進」、「殺殺」等激烈言辭的所謂革命詩又頗不以為然，認為是「詩的墮落」。同時，作者對詩人拾芬自視清高、脫離群眾的傲慢態度，也予以否定。從小說中，讀者不難看到楊騷早年關於詩歌應當如何反映時代的理論主張，不難看到他對當年盛行一時的革命詩的基本看法，這些，都可以給我們一定的啟發。但作為小說，儘管表現的角度比較獨特，語言也比較優美，可人物間關於理論問題的爭論縱貫全文，成為小說表現的主要內容，畢竟有悖於形象藝術的創作規律，因而難以避免作者自己也不贊成的概念化的弊病，大大削弱了作品的藝術魅力。

　　楊騷的第二篇小說〈蠢〉，取材於他本人的戀愛故事，而又略加改造而成。作品所表現的，是作者早年與 A 妹在杭州西湖相戀的往事，和一九二九年剛發生的與白薇的「新的戀愛」。這篇小說視野狹窄，手法陳舊，不能說是一篇成功之作，但作品有著濃重的自敘傳性質，卻是我們考察楊騷生活經歷和思想演變不可忽略的材料。

　　比較成功的，要推刊登於一九三六年《春潮》月刊的〈餓鬼之囃〉。這篇類似速寫的小說，發表時間與〈蠢〉相仿，而其思想性卻遠在〈蠢〉之上。它不僅反映了「在烏雲慘澹之下」災民呻吟、餓殍遍野的淒慘景象，把矛頭直指反動統治階級，而且表現了人民的覺醒和反抗。作品中，餓鬼們不滿於現實，發出了「這個老地球非破毀了新造一下不可」的呼籲，他們認識到：「我們團結吧。你的枯骨和我的枯骨，我的乾肉和你的乾肉，大家的血和大家的血，揉成一團，結成一塊，緊緊地團結，那麼，我們的力量要比任何大炮的子彈都大的罷！」其實，這哪里是餓鬼的話語，分明是作者的心聲，分明是人民的吶喊。巧妙的構思，使作品揭露和批判黑暗的社會現實的主題得以凸現和強化，從而給讀者以很大的感染。可以說，這篇小說的成功，與作者別具一格的構思和處理是分不開的。

　　七年之後，楊騷發表的不足兩千字的小說〈三個工兵〉，在藝術表現上的進步頗為顯著。作者曾經指出：「一個優秀的作家，能夠從瘋狂殘酷的屠殺和壓迫的刀上，看到支配者群那驚惶失色而在抖顫的白唇，感著它們臨終的氣喘」。[10]〈三個工兵〉在日本帝國主義氣焰高漲、不可一世之時，就預示了侵華戰爭必然失敗的前景，表現出他作為作家可貴的政治敏感性。而更可貴的是他並

沒有特別地點出作品的主題，而是把它融化在故事中，「從場面和情節中自然而然地流露出來」[11]，因而給予讀者較多思索回味的餘地。在這一點上，他的最後一篇童話小說〈蘋果姑娘〉表現得更為充分，而且其篇幅更大，藝術技巧更為嫻熟，成績也更顯著了。

楊騷的散文作品數量亦不多，現在能收集到的不過十餘篇。其中如〈謝謝小癟三〉、〈馬桶失蹤了以後〉、〈從搬家說起〉、〈啤酒頌〉等諸篇，作者通過對失竊、搬家、喝酒等生活瑣事的描寫，真切地刻畫了自己當時窮愁、窘迫的境遇以及亦諧亦憂的心態，藉以旁敲側擊地鞭笞了給進步文人和廣大勞動人民帶來貧窮苦難的黑暗社會。〈跑狗場〉一篇對十里洋場的一角──跑狗場作了描寫，作者懷著憤怒的心情，揭露了中外反動派沆瀣一氣、詐騙人民血汗、毒害人民心靈的罪行，具有一定的認識價值和教育價值。此外，楊騷還寫有〈手〉、〈嘴〉、〈臉孔〉、〈續臉孔〉等散文。

總的說來，楊騷的散文多以自己的生活為題材，樸質平實，不借藻飾，信筆所至，抒寫著他的性靈思想，流露著他的真摯情感。這些散文作品，是他整個文學創作的一個有機組成部分，也是我們研究時不可忽略的一隅。

五、楊騷的文學評論

楊騷不僅是著名的詩人和戲劇作家，也是一位卓有建樹的文學評論家。特別是在左聯時期，他在從事文學創作的同時，注重文學理論和文學批評文章的寫作，對中國現代文學的建設和發展，作出了自己的貢獻。

　　在一九二八年關於「革命文學」的論爭中，剛從南洋返滬不久的楊騷，就寫了〈革命文學與裨將〉一文。一九三二年，他又寫了〈關於文藝創作不振的感想〉，以參加左聯機關刊物《北斗》月刊舉行的討論。從此，他一發而不可收，寫下了許多高質量的文學評論文章。一九三七年，他將散載於各報刊上的評論文章彙編成集，題名《急就篇》，交由上海引擎出版社出版。抗戰爆發以後，他輾轉福州、重慶、新加坡等地從事抗日救亡活動，仍密切關注文學創作的情況，而不斷有評論文章問世。

　　三十年代加入左聯以後，楊騷的世界觀有了很大的改變。他認真地「看了一些關於無產階級的書」，「懂得一點馬克思主義」，[12] 努力運用歷史唯物主義和辯證唯物主義來分析文藝現象，並融合著自己從事創作的經驗體會，所以他筆下的文學評論，常常是尖銳而少偏頗，能切中問題的要害，具有一定的指導意義。

　　楊騷在左聯時期的文學評論，涉及面很廣，大到當時的文學運動或文學論爭，小到一篇具體的作品；既有影評和劇評，大量的則是對詩歌的評論。與許多嚴肅的作家一樣，楊騷的文學評論和他的文學創作是相統一的，他的評論所闡述的文學思想，同樣指導著他自己的創作實踐。

　　作為一個進步的作家，楊騷反對將文學作無病呻吟的憑藉，反對脫離政治的傾向，而主張緊跟時代前進的步伐，發出戰鬥的吶喊。他認為，「文學是為社會服務的，決不是作為詩人自己陶醉用的」，[13]「在這種苦難的動亂的時代，特別是在目前正在生死關頭掙扎著的我們中國社會底要求，已經不許一切的詩人再躲在象牙塔裡喝夢幻的墨水了……要求詩人在做詩人之前先做一個具有時代的代表底精神而且在那推動歷史前進的實踐中鬥爭著的

人」。[14] 之所以堅持這樣的觀點，在楊騷，不僅出於對國家和民族的命運的關切之情，而且也與對作家們能夠寫出鼓舞人心的作品的熱烈期望有關。他舉了巨人安德烏斯的故事為例來說明這一問題，指出：當詩人們腳踏現實大地的時候，他的詩作即使不一定非常偉大，至少也是堅實的；但如果詩人們像巨人被赫克列斯舉在空中那樣，脫離了社會現實，那麼，「他的作品無論寫得怎樣華麗，也就空洞、無力、不會感動人了」。因此，他竭力主張要「能夠把握著時時刻刻在變動著的最主要的現實，把它反映出來」，要「把自己的思想、感情、大眾的情緒、民族解放的精神，在具體的抒寫中表現出來」。[15] 他是這樣鼓吹的，自己也是這樣實踐的。三十年代以後，他不再沉緬於個人的愁緒憂思之中，而揮筆寫下了許多反映社會現實、具有強烈的感染力量的作品，如詩作〈鄉曲〉、〈福建三唱〉、劇作〈本地貨〉等等。

　　文學要充分發揮它的教育和鼓舞作用，必須密切與人民大眾的聯繫。五四運動以來，新文學的先驅者們在摒棄封建舊文化、縮短文學與大眾的距離方面，作出了巨大的努力。左聯成立前後，文藝大眾化的問題越來越受到廣大進步作家的重視。楊騷對此也極為關注。他和穆木天、任鈞、蒲風等人以「創造大眾化詩歌」為旗幟，發起成立了中國詩歌會，還寫下了那首著名的民歌體詩〈小歌金陵〉。不僅如此，在許多評論文章中，他更為此大聲疾呼、反覆宣傳。早在一九三二年，他就曾提出應當「馬上舉行新興階級的識字運動」，[16] 以幫助廣大工農群眾學習文化、學習創作，反映他們自己的生活和鬥爭。後來，他又進一步指出：新詩歌的大眾化，最根本的是「大眾教育的問題」；[17] 針對當時文壇的實際情況，他旗幟鮮明地指出：「我們的詩歌，為著要大眾化，第一，需

要『明白』，要令人一看，一聽就懂」，我們的時代「需要明顯的
呼聲，強烈的吶喊」，而不需要那種挖空心思的文字遊戲，那種故
弄玄虛的「含蓄藝術」。[18] 我們知道，楊騷早期受唯美主義、象徵
主義詩風的影響頗深，而到了左聯時期，他卻能身體力行地提倡
大眾化的文學，這反映了時代的變化，也反映出楊騷在世界觀和
文學觀上的可喜進步。

　　在堅持文學大眾化的同時，楊騷對可能產生的兩種錯誤傾向
保持著清醒的認識。第一種錯誤傾向是迎合世俗的趣味。一個進
步的或革命的作家之所以追求大眾化，目的全在於使自己的作品
能被更廣大的群眾所接受，以便更有效地教育和感染讀者，引導
讀者向前邁進。這就要求作家須有正確的觀點、高尚的趣味和嚴
肅的態度。楊騷認為：「劇作者始終不該忘記的並不是一般觀眾，
或世間的趣味在要求什麼，喜歡看些什麼，而是怎樣把自己根據
進步的世界觀所要表現的東西，寫成容易理解而且有趣味地呈給
觀眾」，作家如果抱著「取媚於」讀者或觀眾的態度，「那他便成
為商業主義，即所謂生意眼的奴隸，而失卻他本身應有的價值
了」。[19] 第二種錯誤傾向是標語口號的傾向。楊騷認為文學作品是
以形象來感染讀者的，特別是詩歌，「比小說更忌說理說教或大談
其政治常識與主張」。儘管「世上決沒有無思想的詩人，但一個優
秀的詩人要傳思想給讀者的時候，他曉得極力提防陷入概念的字
紙簍中，努力以形象來表現它」，以「搖撼讀者的情緒，得到它應
有的效果」。[20] 針對標語口號式的詩歌充斥於當時詩壇的現象，和
某些論者對這種標語口號式詩歌的提倡，楊騷寫了許多文章予以
反對。他一再強調標語口號式的作品是應該排斥的，因為適應現
實需要而提出的口號為數有限，「你若率直地把它們喊出來，能夠

寫作幾首詩呢」；[21] 並且，空喊口號是不能打動人心的，應當「用
藝術底形象，把我們的口號標語表現出來」。[22]

關於題材的選取問題，在中國新文學運動史上，歷來是歧義
紛紜的。有些批評家提倡寫重大題材，但對一般性的題材則往往
取排斥的態度。而田軍（蕭軍）等作家反映東北抗日鬥爭的作品
面世後，在許多文學青年中，竟出現了所謂「寫東北熱」的潮流。
楊騷則以為，處在階級和民族矛盾空前尖銳的社會，詩人們固然
應當主要地反映人民大眾反帝抗敵的鬥爭和情緒，多多地擇取「最
積極底肯定底題材」，這是應當堅持的。但也不必題材一律化，而
將其他種種題材一律摒棄。他說，「題材可以自由選擇」，「問題是
在乎我們的觀點，在乎我們怎樣去歌詠或描寫它們」。例如，我們
的詩人也可以去寫寫「舞女的笑靨」，但那決不是像唯美派詩人那
樣沉醉於其中。相反地，如果我們能夠「從那笑靨裏認出現社會
的真面目來，唱出舞女本身被壓抑的憤怒或憂鬱，絕望或狡猾
來」，那麼，這樣的作品同樣能夠揭示出現實社會的真諦，並給予
讀者以深刻的啟示和教育的。[23] 對具體的某一位作家來說，更不能
在題材問題上強求一律。因為文學作品是社會生活在作家頭腦中
反映的產物，憑空杜撰是決寫不出好作品來的。作家們只有「把
眼睛睜開，擴大取材的範圍，選擇自己覺得最有把握的現實寫作
才好」。[24] 楊騷的這些觀點，是很有道理的。

楊騷一貫堅持嚴肅認真的寫作態度，他在左聯時期所寫的許
多評論文章裏，也一再反對粗製濫造的不良傾向。他說：「我以為
一個作家，對於自己的工作應該認真，嚴肅，不應該取著隨便（或
說是才子氣）的態度……不要流於粗製濫造的傾向才好」。[25] 他對
粗率的、不負責任的寫作態度深惡痛絕，每每給予毫不留情的抨

擊。他尖銳地指出：「我們有些成名的作家，或急於要成名的作家，在那裏粗製濫造，不把讀者放在眼裏，一批一批地搬出對於讀者無益甚至有害的作品來。」[26] 在這些作家的筆下，詩歌「簡直不像詩歌，而只是分行的散文，並且是惡劣的散文」。[27] 作為一個正直的批評家，楊騷有著秉筆直書的勇氣，敢於坦率地發表自己的意見。例如對熟朋友舒群的長詩〈在故鄉〉，他在充分肯定了作品的長處的同時，誠懇地指出：作者「似乎過分相信自己的『才氣』，把『詩作』看得太容易，結果難免於『隨便』，不肯在表現技巧上用工夫，處處讓我們看到破綻，看到一些多餘的申訴和概念化的描寫了」。[28] 對於成名詩人田間的敘事長詩《中國農村的故事》，他則一針見血地指出這首詩「既不敘也無事，只是在那兒亂堆方塊字」，「浪費紙張，和讀者開玩笑」。[29] 楊騷的這種可貴的批評精神，是值得今天的文學批評家們學習的。

最後，在文學批評問題上，楊騷也有其精闢的見解。他曾這樣闡述批評家和作家之間的關係：

> 作家像煎茶的人，批評家像品茶的人。品茶的人當然要認識所有的茶葉，知道許多關於茶的知識才行，同時也得有健全的味覺，高尚的趣味。……有前途的批評家，不但要像一個好的品茶人，有時也必須虛心地從作家那裏學習許多自己不懂得的東西，而且對作家的態度始終要像對好兄弟那麼親切，沒有偏見私嫌，掙脫宗派主義的鐵箱，又能夠不離開正確的原則底立場來批評他，援助他，促進他的活動。[30]

為了正確地開展文學批評，他要求批評家「應該要有大公無私的懷抱力」，絕不能「野心大，氣量小」、「妒意深，容量淺」、「重名利，輕道義」。[31] 他要求批評家以正確的觀點給作家以切實的指導，絕不能「因個人的好惡及私情，不是瞎捧過分，便是有意抹殺」。[32] 他要求批評家謙虛謹慎，「過勿憚改」，絕不能「永遠要固執己見，持著『錯誤就讓它錯到底管它娘』的態度」。[33] 在楊騷看來，當時文藝界的許多論爭固然有是非之爭，但也常常摻雜著宗派主義的成分，其根子則在於個人主義的錯誤思想。為此，他先後寫了〈漫談文藝批評〉、〈「批評家」的眼屎〉、〈批評家的手〉、〈紀念高爾基〉、〈感情的氾濫〉等文章，一再撻伐危害巨大的個人主義和宗派主義思想，提倡文藝界的大團結，反對「無謂的論爭」和「不必要的糾紛」[34]，表現出他對革命文學事業的熱切關心和高度責任感。

以上所述，不過是楊騷左聯時期文學思想的犖犖大端，遠不能囊括它的全部。但僅就這些，也足以表明楊騷不僅是個詩人、作家，而且也是一位優秀的文學評論家。他的許多文學觀點，他所從事的文學評論的立場、方法和態度，不僅在當時，而且至今對文壇都有著深刻的啟示和一定的指導意義。誠然，金無足赤，人無完人，楊騷的文學評論也不是十全十美的。一般地說，他早期的文學評論時有較明顯的偏頗。如與努尼（施蟄存）論辯的〈狂吠與批評〉一文，不免失之偏激和尖刻；而〈關於文藝創作不振的感想〉一文中，關於小資產階級知識份子「無論是怎樣前進，有革命底情緒，也絕對不能夠代表新興階級」的觀點，也無疑是片面的。可貴的是，楊騷能夠緊跟時代的步伐，努力學習馬克思主義的理論，自覺地改造自己的世界觀，因而從三十年代中期以

後，他的文學思想逐漸成熟，他的文學評論文章也越來越發揮出積極的作用。

八十年代初，周揚在紀念左聯成立五十周年的大會上，曾將楊騷與柯仲平、殷夫、艾青、蒲風等著名詩人並列，充分地肯定了他在左聯時期的詩作「有新的創造」。如前所述，楊騷的成就是多方面的，不僅表現在詩歌創作上，而且也表現在其他多種體裁的創作上，不僅表現在文學事業上，而且也表現在為民族獨立、人民幸福的愛國事業上。因此，對於這樣一位詩人，我們應當以足夠的熱情去研究、去認識，發揚他的成績，繼承他留給我們的寶貴的精神財富。

一九八五年至一九八八年陸續寫成

一九九一年十月修訂

注釋

1　見楊騷〈簡略自傳〉，該件現存於中國作家協會檔案室。

2　見柯文溥〈試論楊騷的詩〉，載一九八二年九月《福建論壇》第一期。

3　見楊騷〈十日糊記〉(上)，載一九二八年三月二十六日《語絲》週刊第四卷第十三期。

4　見《昨夜・楊騷之部》第三十一封，上海南強書局一九三三年八月初版。

5　見楊西北〈楊騷簡譜〉，載一九八三年四月《福建新文學史料集刊》第三輯。

6　見《昨夜・白薇之部》第五十五封。

7　見《昨夜・楊騷之部》第三十五封。

8　見《昨夜・白薇之部》第七十封。

9　見《昨夜・白薇之部》第八十一封。

10　見楊騷〈略談作家的敏感性〉，載一九三六年四月五日《夜鶯》月刊第一卷第二期。

11　見恩格斯〈致敏・考茨基〉，收入《馬克思恩格斯選集》第四卷，第四五四頁。

[12] 見楊騷〈蠢〉，載一九二九年五月二十日《奔流》月刊第二卷第一期。

[13]·[14]·[20]·[23] 見楊騷〈從詩的特殊性談起〉，載一九三六年六月《自修雜誌》第一卷第二期。

[15]·[21] 見楊騷〈腳踏現實的大地〉，載一九三七年一月《青年界》第十一卷第一期。

[16] 見楊騷〈關於文藝創作不振的感想〉，載一九三二年一月二十日《北斗》月刊第二期。

[17] 見楊騷〈略談詩歌、音韻與大眾化問題〉，收入《急就篇》，上海引擎出版社一九三七年出版。

[18] 見楊騷〈歷史的呼聲〉，載一九三六年十二月二十五日《光明》半月刊第二卷第二號。

[19] 見楊騷〈怎樣寫劇本——關於劇作法的問答〉，載一九三六年五月一日《自修雜誌》創刊號。

[22] 見楊騷〈反對標語口號的詩〉，收入蒲風《文藝日記》。

[24] 見楊騷〈題材、寫作及其他——略談讀書生活的「大眾習作」〉，收入《急就篇》。

[25]·[28]·[29] 見楊騷〈感情的氾濫——「在故鄉」讀後及其他〉，載一九三六年十一月二十五日《光明》半月刊第一卷第十號。

[26]·[32]·[34] 見楊騷〈紀念高爾基〉，收入《急就篇》。

[27] 見楊騷〈略談詩歌、音韻與大眾化問題〉，收入《急就篇》。

[30]·[33] 見楊騷〈批評家的手〉，載一九三六年七月十日《光明》半月刊第一卷第三號。

[31] 見楊騷〈「批評家」的眼屎〉，載一九三六年四月二十六日《大晚報》。

心香一炷祭前賢

——紀念著名詩人楊騷九十冥誕

　　最近，文壇上正在熱烈慶賀冰心和夏衍這兩員文壇老將的九十華誕。此情此景，使我不禁想起亦是世紀同齡人的著名詩人楊騷，[1] 不過，他英年早逝已近三十三周年了。

　　楊騷的聞名於世，主要在他的詩歌創作。從一九二一年初在上海《民國日報》副刊《覺悟》上發軔，至一九五七年一月逝世，他共發表詩作近百首、詩劇三篇和詩集兩部。從這個數字看，他的詩歌產量似乎並不十分豐饒，但他在當時詩壇上的影響卻頗不弱。他那清雋飄逸的風格，那華美而有韻味的語言，那真誠地抒寫著青春的追求和憂鬱的感情，使他的詩作在二十年代的詩壇，擁有眾多的讀者。進入三十年代以後，在時代風雲的激蕩下，他跳出自我的小天地，把眼光投向廣闊的社會生活，逐漸成為一名人民的歌手。一九三二年九月，他與穆木天、任鈞、蒲風等發起成立中國詩歌會，反對新月派和現代派的詩風，倡導現實主義的大眾化的詩歌，在詩壇上引起強烈的反響，北平、青島、廣州、廈門等地紛紛成立分會，影響遍及全國。他們的活動，密切了新詩與社會人生的血肉聯繫，為新詩反映民族的呼聲、感應時代的脈搏開拓了道路。曾有一些文章批評中國詩歌會的詩作大多有標語口號化的流弊，此評是否準確姑且不論，至少它不適宜於楊騷之作。楊騷從來反對詩歌的標語口號化，他曾寫過〈從詩的特殊

性談起〉[2]、〈反對口號標語的詩〉[3]等文，反覆申述過自己的觀點。他自己的詩作，不論以憂鬱、傷感為基調的詩集《受難者的短曲》和《春的感傷》，或是三十年代加入左聯後寫的敘事長詩〈鄉曲〉和政治抒情詩〈福建三唱〉等，都沒有標語口號的傾向。列入「國防詩歌叢書」的〈鄉曲〉一詩，刻意從情節發展、場面描寫中表現主題，塑造人物形象，〈福建三唱〉善於用形象抒發熾熱的愛國情懷，都具相當高的藝術水準。這兩首詩歷年來被收入多種詩選，是楊騷的代表詩作。抗戰時期，楊騷寫了許多戰鬥詩篇，抒發了中華民族不屈不撓的鬥爭意志，如〈我們〉、〈國際時調〉、〈莫說筆桿不如槍桿〉等，也都寫得動人心弦。一九三九年，他在參加作家戰地訪問團期間，曾寫下近百首小詩，編成了一部詩集，卻由於時局的動盪，僅在《抗戰文藝》上，以〈蜀道（上）〉為題發表了九首，其餘迄無下落，恐怕多半已為兵燹所毀，不免令人深感惋惜。

楊騷在戲劇創作方面的成就，並不亞於詩歌創作。他一生所發表的作品中，劇作佔有相當的比重。他的劇作，除了一九四六年完成的《只是一幕》[4]外，都是獨幕劇，而由他詩人的氣質所決定，劇中大多充溢著濃郁的詩意；至於《心曲》、《迷雛》、《記憶之都》三篇，更是詩與劇的融合。這些劇作，據我所知，均未被排練演出，它們似乎屬於供人案頭閱讀欣賞的作品。從內容上來看，楊騷劇作基本上可以分為兩大類：其一是描寫愛情故事。楊騷是一個自傳性很強的作家，這一點在他的戲劇創作上，表現得尤為突出。從作於東京的《心曲》，到寫於上海的《迷雛》、《多情女》等，都或明或隱地折射出他個人戀愛史的影子。其二是反映現實社會人生。這方面可以舉出眾多例子，其中我以為《蚊市》

和《本地貨》較為典型。前者針砭金錢社會的世態炎涼，鞭辟入裏地揭露了教育界和出版界某些人的唯利是圖的本性。魯迅對該劇較為賞識，特為題名《蚊市》，意在「比劇中人物為蚊子」，而「『蚊』字為『文』與『蟲』兩字合併而成」，[5]更賦予劇作以深刻的諷刺性。後者以抗日戰爭為背景，展現了農民群眾對惡勢力的反抗鬥爭，亦自有其現實的意義。

　　同許多老作家一樣，楊騷在進行創作的同時，亦致力於文學翻譯，並且成績比較顯著。他早年曾負笈東瀛，因而他所譯的為數眾多的日本和蘇聯等國的文學作品，大多從日文翻譯或轉譯。其中最重要的當推反映蘇聯革命的長篇小說《十月》和《鐵流》。他是最早將這兩部作品介紹到中國來的譯者。此外，還譯過日本谷崎潤一郎的長篇小說《癡人之愛》、守田有秋的《世界革命婦女列傳》、小山內薰等人的戲劇集《洗衣老闆與詩人》、蘇聯柯侖泰夫人的中篇小說《赤戀》、美國果爾特的長篇小說《沒錢的猶太人》等，當時都有一定的影響。

　　比較起來，楊騷的文學批評一向鮮為人們提及，而他在這方面的成績亦殊可觀。他曾出版過一本文學評論集《急就篇》，另有許多評論散見於各報刊。他的評論涉獵面較寬，詩歌、戲劇、文藝批評、文學論爭等諸方面，都有所論及，而偏重於詩論與詩評。由於他本身就是一個有成就的詩人，因此他的評論，每每深中肯綮，具有較強的說服力。尤其令人欽佩的是，他敢於不顧情面，率直地發表自己的觀點。例如對舒群的長詩〈在故鄉〉，他誠懇地向作者提出「不要過分相信自己的才氣，而向無限的生活修養進展」的告誡，對田間的敘事長詩〈中國農村的故事〉，則尖銳地指出其「既不敘也無事」的傾向，批評作者「是在那兒浪費紙張，

和讀者開玩笑」。[6] 像楊騷的這種忠實於文學事業的秉筆直書的精神，我們今天的文學批評界，是多麼地需要！

　　一九四一年初皖南事變後，楊騷離開重慶，經香港來到新加坡，從事抗日救亡工作。他曾應愛國僑領陳嘉庚之聘，擔任閩僑總會機關刊物《民潮》的主編，編發了不少鼓吹團結抗日的文章。太平洋戰爭爆發後，他參加新加坡華僑抗日動員總會屬下的文化工作團，後被迫與巴人、張楚琨等人撤退，隱居於蘇門答臘等地。在那艱難的歲月裏，他冒著生命危險，掩護了不會閩語的巴人夫婦，從此結下了生死不渝的友誼。這段難忘的經歷，後來巴人在長篇散文〈風下之國——任生及其周圍的一群〉[7]中，有詳細的描述，文中的老Ｙ就是楊騷。抗戰勝利後，楊騷參與了新加坡《南僑日報》的復刊工作，並在《風下》週刊發表了詩歌〈夜半歌吟〉、隨筆〈紀念魯迅先生小感〉等多篇作品。一九五〇年以後，他又先後就任印尼雅加達《生活報》副刊編輯、總編輯、副社長等職，同時在報上寫了大量評論與雜文，為介紹社會主義祖國、團結海外華僑，做了不少有益的工作。楊騷以自己切實的努力，贏得了南洋各國人民的敬重，他為南洋華文文學運動所作的貢獻，將永載史冊。

　　紀念楊騷，不能不提到白薇。在二三十年代，這兩個名字是連在一起的。他們既是夫婦，又是同一條戰線的文友，在文壇上共享盛譽。可惜好景不長，一九三三年八月，兩人終於以情書集《昨夜》的出版而宣告分手。楊、白的結合與離異，給白薇帶來肉體和精神上沉重的創傷，許多文藝界朋友因此同情白薇，而不滿楊騷。其實，婚變帶給楊騷的，何嘗不是痛苦？隨著時間的推移，他對自己年輕時戀愛上的錯誤，愈益深感悔恨。一九四〇年

在重慶，楊騷曾懇切地向白薇表示懺悔，申述自己「晚熟的理解」，「幾十次的要求愛情復活」，[8] 儘管未獲允准，他仍在一個長時間裏，每月從自己編輯《民潮》的六十餘元工資中，抽出五十元寄給白薇，表現出「他感到有負於人的那種宗教徒的虔敬的懺悔感情」，和他的「純正的詩人的靈魂」。[9] 白薇十分欣慰於楊騷的轉變，曾致函云：「你在我身上種下的無限刺心的痛苦，已雲消霧散了」，「我快樂，我將一天天健起來！這不能不對你的轉變作深深的感激！」[10] 時過四十年後，一九八五年二月，我在北京探訪白薇時，她還是稱讚楊騷「忠厚、老實、慷慨、大方」，一再說：「他是一個好人。」楊騷與白薇雖然終未破鏡重圓，但仍互相繫念於心、關切備至，誠不失為文壇的佳話。

　　楊騷的一生，使人最感可貴的，是他對於真理的執著的追求，對於祖國人民的赤誠的愛，對於社會人生的密切的關注，和對於朋友們的真摯的友誼。這些，足以消彌他曾給人們的種種誤解和不良印象，足以使他的美好形象長留於人世間。因此，數十年來，朋友們始終深深地懷念著他。不僅與他有過親密交往的巴人、許欽文、任鈞、雷濺波等，都曾撰文深致悼念之忱，而且曾對他「有先入為主的印象」的端木蕻良等人，也在文章中對他表示了「好感」和「敬意」。[11] 幾年前，海峽文藝出版社決定在該社出版的「福建籍現代作家選集叢書」中引入一部《楊騷選集》時，楊騷的老友任鈞和林煥平都興奮地賜文為序，熱情地向今天的讀者介紹楊騷其人其作，殷殷地期望《楊騷選集》早日問世。

　　人們沒有忘記楊騷，也不會忘記他，因為他對祖國、對人民、對文學事業作過自己的貢獻。

一九八九年十月

注釋

1　楊騷生於一九○○年一月十九日，至一九九○年一月，正好誕生九十周年，屆時其家鄉福建省漳州市文藝界將舉行紀念活動。冰心和夏衍分別生於一九○○年十月五日和十月二十九日，今年慶賀其九十誕辰，係按虛齡計算。

2　收入《急就篇》，上海引擎出版社一九三七年三月出版。

3　見錄於蒲風一九三七年日記本插頁，未見發表。

4　該劇作者生前未發表，後載於一九八四年四月《福建新文學史料集刊》第四輯。

5　轉引自《昨夜‧楊騷之部》第三十五封。

6　見楊騷〈感情的氾濫──「在故鄉」讀後及其他〉，載一九三六年十一月《光明》半月刊第一卷第十號。

7　載一九四八年二月《文藝春秋》月刊第六卷第二期。

8　見白舒榮、何由《白薇評傳》第一八二頁，湖南人民出版社一九八三年十一月出版。

9　見巴人〈記楊騷〉，載一九五七年《作品》月刊三月號。

10　見白舒榮、何由《白薇評傳》第一八三頁。

11　見端木蕻良〈寄白薇〉，載一九八七年四月十八日《文藝報》。

談左聯詩人辛勞

在紀念左聯成立六十周年的時候，我不禁想起了辛勞。這位被吳強譽為「才華橫溢的詩人」，[1] 雖然沒有留下什麼驚世之作，但作為左聯的一員，他在三十年代左翼文藝運動和抗日救亡運動中，作出了自己的貢獻。魯迅在談到韋素園時說：他「並非天才，也非豪傑，當然更不是高樓的尖頂，或名園的美花，然而他是樓下的一塊石材，園中的一撮泥土，在中國第一要他多。他不入於觀賞者的眼中，只有建築者和栽植者，絕不會將他置之度外。」[2] 我以為，用這段話來評價辛勞，也是非常適宜的。

辛勞的生平事蹟，現已鮮為人知。已經出版的多種文學辭典和人物辭典，除了香港李立明的《中國現代六百作家小傳》、臺灣周錦的《中國現代文學作家本名筆名索引》，以及我和徐迺翔編的《中國現代文學作者筆名錄》以外，都未收入他的辭條。而上述三種編著，記載他的事蹟也很簡略，有的還不無差錯。近年來，我在從事中國現代文學作家研究的過程中，注意到辛勞事蹟的收集，又曾向他的戰友林耶、錫金和學生宋丈等人作過一些調查，對他的情況略有所曉，這裏謹記述一二，以表達對這位左聯詩人的深切懷念之忱。

辛勞誕生於一九一一年。他的籍貫，李立明和周錦在他們的著作中均稱係黑龍江，但對具體縣份都不甚了了。一九八五年，我找到左聯作家林耶，他告訴我說：辛勞的籍貫「既不是呼蘭，也不

是海倫，更不是呼瑪，是呼倫無疑。在哈爾濱至滿洲里國際鐵路線上。……該縣約在現在呼倫貝爾盟的布特哈旗（扎蘭屯）。」[3] 林耶在左聯時期曾與辛勞並肩戰鬥過，他關於辛勞籍貫是呼倫的回憶言之鑿鑿，應當是比較可信的。但他認為呼倫是現今的布特哈旗（扎蘭屯），卻有誤。據查《中國歷史地名辭典》，有如下兩個辭條：

【呼倫布雨爾城】即今內蒙古海拉爾市。清光緒十四年（1888））改置呼倫廳於此。

【呼倫廳】清光緒十四年（1888 年）置，治所即今內蒙古海拉爾市。1913 年降為縣，今廢。[4]

由此可見，呼倫即為今天的海拉爾市。而從地圖上看，海拉爾恰如林耶所說，在「哈爾濱至滿洲里國際鐵路線上」。因此，準確地說，辛勞的籍貫應是內蒙古呼倫（今為海拉爾）。他的童年和少年時代就是在這遼闊的呼倫貝爾大草原上度過的。

　　一九三一年「九一八」事變，打破了辛勞在故鄉的平靜生活。他不願過那亡國奴的生活，便與其他東北文學青年一起毅然離開故鄉，流亡來到上海，並很快地與左聯發生了聯繫。據林耶回憶，辛勞於一九三二年五月加入左聯，與他同時加入的還有師田手和林耶，都是東北文學青年。他們三人住在北四川路餘慶坊的一個亭子間裏，其活動直接受周鋼鳴和何谷天（周文）的領導。[5] 同年八月，辛勞與師田手、王夢蘋三人因在閘北參加左聯組織的示威活動而被捕，但在押時間不長，同月十六日即被釋放出獄。[6] 大約在這以後，他參加了左聯法南區小組的活動，與葉紫、尹庚、雷濺波等人在一起。[7]

　　一九三四年至一九三五年間，辛勞化名陳中敏，在上海滬西勞渤生路（今長壽路）私立江蘇中學任教，學生們親昵地稱他為「小陳老師」。在這個學校任教的教員沒有薪金可領，僅在授課那天可享一餐午飯，辛勞那時的生活非常貧窮，只穿著一件破舊的黑灰色的長袍。然而，他對授課工作卻極為認真負責，課餘還熱情輔導學生們學習詩歌創作。據當時的初中學生宋丈回憶，辛勞非常關心他們這一群愛好文藝的學生，諄諄教誨他們既然愛好文藝就要經常練習寫作，而且要寫受欺凌、受壓迫的勞苦大眾，要深入到他們中間去，瞭解他們的疾苦，為他們鳴不平。他還手把手地為學生們修改習作，不厭其煩，循循善誘。他的精心輔導，恰如春風化雨，滋潤了這一群青年學生幼稚的心靈，為他們日後從事革命文學工作打下了基礎，其中宋丈等人後來奔向延安，走上了詩歌創作的道路。在這段時間裏，辛勞還熱心協助學生會組織一些進步的文藝活動，當時曾邀請著名演員金山來校導演街頭劇《放下你的鞭子》，辛勞自己還指導學生排練、演出了主題是只有依靠自己才有活路的話劇《活路》，在全校師生以及周圍的工人群眾中產生了強烈的反響。[8]直至建國以後，上海有些老工人還對當年的演劇情況記得清清楚楚，可見當時影響之深了。

　　辛勞原名陳晶秋，一九三五年四月他在上海《太白》半月刊第二卷第三期上發表處女作〈索倫人〉一文時，才首次啟用了辛勞的筆名。這一筆名，凝結著他在艱難的生活道路上的勞苦辛酸，也反映了他對處於社會下層的廣大勞苦人民的滿腔同情，其含義是很深刻的。從此，他便以此為從事文學創作和革命活動的通用名，久而久之，其原名陳晶秋反而不為人們所知了。

　　從風俗志〈索倫人〉問世起，辛勞就一發而不可收，在二三年時間裏，陸續寫出了許多作品，分別登載在上海出版的《創作》、

《文學叢報》、《中流》、《小說家》、《文學》、《熱風》、《時代文藝》、《光明》、《詩歌雜誌》等刊物上。他一開始就寫詩歌，但當時似乎更熱心於小說創作，曾發表了〈饑餓的夥伴〉、〈自由以後〉、〈火線上〉、〈強盜〉等多篇作品，大多取材於自己的生活經歷，反映社會的現實問題。一九三七年「七七」盧溝橋事變後，全民抗戰的烈焰點燃了辛勞火熱的詩情。這位「拙於言詞，而心熱如火」[9]的詩人，這時期在詩歌創作上異常勤奮，接連寫出〈難民的兒歌〉、〈夜襲〉、〈吊伐揚·古久列〉、〈戰鬥頌〉、〈火中一兵士〉等一系列詩作，主要刊登在郭沫若、夏衍在上海所辦的《救亡日報》上。這些詩作熱烈宣傳抗日救亡，縱情謳歌抗日軍民的戰鬥業績，在當時詩壇上產生了影響。其中〈獻在魯迅先生墳前〉一首，是他這時期的代表詩作。詩中寫道：

> 在這十月的戰野，
> 烽火照紅漆黑的幽夜；
> 我們擎槍
> 嚴峻的守在哨崗；
> 無暇悲哀了──流淚，你將認為侮辱。
> 無暇到你的墳前……
> 你的靈魂站起來了！
> 我們深知在心，
> 你在領導我們酣戰，
> 走向勝利猶如生前。

這激蕩著悲憤豪壯之情的詩句，像畫筆，勾勒出這位左聯詩人決心繼承魯迅精神、馳騁於抗日前線的戰鬥英姿；又像鼓點，振奮起億萬人民同仇敵愾要與日寇決一死戰的勝利信心。

　　抗戰開始前後，辛勞曾再次遭到國民黨政府拘捕，並被押送到蘇州反省院。獲釋後，他重回上海。一九三八年一月，新四軍在皖贛一帶成立，大批革命文化人如黃源、任光、安娥等，紛紛前往參加，投身於戰地文藝活動的洪流。辛勞也從上海來到皖南新四軍軍部，先在軍戰地服務團工作，後調入徐平羽主持的文藝創作室，與聶紺弩同事，一面進行個人創作，一面輔導青年作者。像林琳、菡子等人，就是在他們的輔導下，開始走上了創作之路的。辛勞自己的創作，也卓有成績，除了一些短篇作品以外，還寫出一部著名的長詩《捧血者》。關於這首詩的創作情況，吳強曾有一段回憶，不妨引錄如下：

　　　　一九三九年夏天的一個夜晚，我從住地湯村到服務團的住地雲
　　　　嶺村去，恰好臥病的辛勞同志病體好了一些，詩興正濃。當我
　　　　問起他的《捧血者》，他便在燈光下朗讀起來。當時，徐平羽、
　　　　聶紺弩、林琳同志也在。我們都聽得很入神，一面聽著，一面
　　　　嘖嘖稱讚：「好！」「好！」記得那是用第一人稱「我」寫的，
　　　　全詩是發抒個人熱愛自由、渴望光明的知識青年的內心情感，
　　　　也就是一篇革命青年的內心獨白。[10]

這首蜚聲詩壇的長詩，後來於一九四八年五月被列入「森林詩壇」，由上海星群出版社出版。

　　但辛勞在皖南新四軍軍部工作的時間並不長。因為當時以項英為主要領導人的新四軍軍部，用「左」的政策和態度對待知識份子和文化人，在工作方式和生活方式上對他們與部隊幹部戰士作同等要求。而辛勞體質素弱，兼患肺病，對此無法適應，既不

能得到必要的諒解和照顧，便於一九三九年夏秋之際離開皖南，回到「孤島」上海。當時，他已經是一名中共黨員，所以到上海不久就參加了由地下黨員錫金領導的詩歌團體行列社，為抗日救亡奔走呼喊。數十年後，蔣天佐在回顧「孤島」時期革命文學活動時，將辛勞的名字排入「文藝戰線上走在最前列衝鋒陷陣的」之列，[11] 充分肯定了他在這一時期的貢獻。當時，他以自己在皖南新四軍的生活體驗為題材，創作了散文〈野操〉、長詩〈棉軍衣〉，以及短詩〈五月的黃昏〉、〈土地〉等作品，在上海《文藝新潮》、《奔流文藝叢刊》、永安《現代文藝》等刊物發表，還編成一本詩集《深冬集》交給錫金，準備列入行列社編的「詩歌創作叢書」出版。據錫金回憶，這本詩集篇幅較大，是辛勞除長詩《捧血者》以外的詩作的總集。但未及付梓，太平洋戰爭便突然爆發，行列社戰友們不得不四散隱蔽起來。錫金將這部《深冬集》與白莽的《孩兒塔》一起，用油紙包好交給朱維基，埋藏在朱維基岳父家後面的菜園子裏。從此，詩集便再也沒有找到。一九八五年二月，錫金在長春寓中向我憶述這段往事時，不勝遺憾地說：「詩集雖然不是我丟的，但是經過我的手丟的，真是可惜啊！」

　　一九四一年皖南事變後，新四軍代軍長陳毅為了重振軍區文化工作，從上海調集了一大批文化人到新四軍工作。在陳毅的親自籌畫和具體安排下，鄒韜奮、范長江、賀綠汀、阿英、戴平萬、蔣天佐、丘東平、許幸之等著名文化人先後來到蘇北鹽城，在亭子港附近建設了一個文化村。在這群蹈厲奮發、熱情似火的文化人中，就有詩人辛勞。他在這裏感受到陳毅等領導人的親切關懷，心情十分舒暢，寫作甚為勤勉，完成了大量反映抗戰生活、充滿革命情懷的詩歌和散文作品，散載於桂林《詩創作》、《力報・半

月文藝》、《浙江日報・文藝新村》、《東南日報》，以及姚思銓在金
華所編的《大風》、《新力》、《刀與筆》等報刊。一九四一年五月，
他在上海文國社出版了兩本散文集《爐炭集》和《古屋》。同年，
上海詩歌出版社還印出一本他與鄒荻帆等人的詩歌合集《收成》。

　　在那動亂的戰爭年代，許多有才華的詩人作家不幸厄於英
年，辛勞也復如此。關於他去世的情況，有兩種不同的說法。錫
金說：一九四一年七月前後，日本侵略者向蘇北革命根據地發動
大掃蕩，丘東平、許晴等作家在突圍中英勇犧牲，辛勞在隨某部
隊撤退時與國民黨韓德勤部隊遭遇而被俘，因為他身患肺病，不
堪折磨，因此不久便病逝於獄中。[12] 而吳強則說：一九四五年抗戰
勝利後，辛勞從上海奔赴淮安解放區，途中「經過國民黨頑固派
的佔領區揚州時，頑固派的軍隊竟將他逮捕，隨即加以殺害」。[13]
這兩種說法雖頗有歧異，但關於辛勞慘死於國民黨反動軍隊之毒
手這一點，卻是一致的。辛勞僅僅開放了三十來年的鮮豔的生命
之花，就這樣遭到粗暴的摧殘，他那未及充分施展的燦爛的創作
才華，就這樣被無情地扼殺了！這是辛勞的不幸，也是現代詩壇
的一個損失。

　　由於辛勞的過早犧牲，他的創作未能臻於他應臻之高度。但
他的著名長詩《捧血者》等作品，卻會長久地被讀者所傳誦，特
別是他在生命的最後一刻，英勇不屈，傲對頑敵，以鮮血譜寫的
詩篇，更是無比壯麗的、千古不朽的。歷史將永遠記載著這位年
輕的左聯詩人和革命戰士的英名。

一九九〇年二月十八日寫
四月八日改定

注釋

1　見吳強〈悼念平羽同志〉，載一九八六年十月二十三日《解放日報》。
2　見魯迅〈憶韋素園君〉。
3　見林耶一九八五年二月二十六日致筆者函。
4　見該辭典第四九三頁，江西教育出版社一九八六年出版。
5　見《左聯回憶錄》第八三一頁，中國社會科學出版社一九八二年五月出版。
6　見林耶一九八五年五月三十一日致筆者函。
7　見雷濺波函，載《中國現代文藝資料叢刊》第五輯，第六十頁，上海文藝出版社一九八〇年十二月出版。
8　見宋戈一九八五年十月二十七日致筆者函。
9·11　見蔣天佐〈上海「孤島」時期文學工作回憶片斷〉，載《上海「孤島」文學回憶錄》上冊，中國社會科學出版社一九八四年三月出版。
10·13　見吳強〈新四軍文藝活動回憶〉，載一九八〇年十一月《新文學史料》季刊第四期。
12　據筆者一九八五年二月五日在長春採訪錫金的記錄。

一片丹心化詩魂
──詩人姚江濱的生活和創作

　　姚江濱的名字，也許不為許多人熟稔。但他的《東渡使者》和《晁衡師唐》，卻頗享聲名。這兩部以反映中日友好為主題的長篇歷史敘事詩，以其博大渾厚的思想內容和新穎獨到的藝術成就，不僅深得國內文壇的好評，而且很為日本友人所歡迎。他的傑出成就，足以使「姚江濱」三字在中日文化交流史上熠熠閃光。

　　然而對他來說，這些成就來之不易。儘管他早在三十年代就開始文學創作，寫過小說、散文、詩歌和戲劇等作品，並出版過三部詩集，但他的本業卻是農業經濟研究，他是這方面著作豐饒、卓有成就的一個學者，文學創作不過是他的業餘愛好。儘管他幾十年來傾心於繆斯女神，但他走過的道路卻是崎嶇不平的，且不提他在黑暗的舊中國的坎坷歷程，就是建國以後，仍遭受了衝擊、抄家、批鬥、流放等種種磨難。多少人在這樣的災難中沉沒，而他卻以驚人的毅力，與命運作頑強的搏鬥，終於在新的階梯上，唱出了高亢的勝利之歌。

　　──也許，這一切正是生活對他的厚賜。

一、從界首到大港

姚江濱，字公振，一九一五年一月一日出生於江蘇省泰興縣田河鄉一個貧農家庭。由於家境貧寒，付不起上中學的住宿費，遂於小學畢業後，考入高郵江蘇省立界首鄉村師範學習。

界首鄉師受到陶行知教育思想的影響，以培養適應鄉村需要的小學教師為宗旨，著重基礎知識的傳授和基本技能的訓練。姚江濱在這裏學習異常勤奮，為日後從事農業經濟研究和文學創作打下了厚實的基礎。

姚江濱自小喜愛文學。一九三四年在界首鄉師學習期間，受到進步教師翁象駿、袁瀚青、濮源澄等的影響，開始文學創作。他的習作曾被省教育廳編審主任、省文協主席易君左看到，頗得激賞和獎勵。這時候，他先後在鎮江《新江蘇報・新思潮》、《蘇報・甘露》、上海《新聞日報・新園林》、南京《南京日報・南園》以及《江蘇學生》等報刊發表小說和散文。一九三七年茅盾主編《中國的一日》，也收有他的散文〈珠湖的一日〉。他的作品大都以三十年代初發生在江蘇的一次特大水災為背景，反映了下層勞苦人民的悲慘命運和淒苦生活。其中中篇小說〈販牛〉寫一個農民窮得賣掉耕牛，自己以身代牛拉犁耕地，沉重的筆觸，表現了青年姚江濱對廣大人民的深切同情。

一九三六年於界首鄉師畢業後，姚江濱曾到泰興當過一段小學教員，不久，經易君左介紹，來到江蘇省大港鄉村教育實驗區工作。這期間，他與易君左交往較密，友情甚篤。作為文壇前輩，易君左有一顆愛才之心，他對姚江濱的聰穎勤奮相當賞識，因而十分關心，不僅為他介紹工作，還頻頻約他為自己編的刊物寫稿，

鼓勵他在文學創作上狠下功夫。在這樣的鞭策下，姚江濱文思如
湧，創作熱情很高，作品常刊登在《文藝青年》上，另有一首抗
戰長詩〈大戰前奏〉，被易君左發表於他在鎮江主編的《天風》季
刊。易君左曾為姚江濱寫過一幅條幅，上有小詩一首，云：「經旬
不見姚君面，寫作如潮復似山。聞說江濱來大港，漁歌樵笛盡騰
歡。」這個詩幅堪為他們之間深摯友誼的一個生動寫照，可惜多
年前已丟失於動亂中了。

二、投身於抗戰的洪流

　　姚江濱在大港工作了將近半年，暑期前夕，被上海江蘇銀行
調去籌備農村經濟教育實驗區。遽而「八一三」滬戰爆發，他在
銀行大樓四樓陽臺上，親眼看到敵機轟炸、血肉橫飛的慘景，侵
略者的兇殘激起他強烈的義憤，在他心裏埋下了不可磨滅的仇恨
種子。實驗區的籌備工作已經無法繼續下去，他便來到鎮江，臨
時就任大綸小學校長。

　　這時，抗戰的烽火燃遍了大江南北，憤怒的吼聲響徹中華大
地。當時江蘇省會鎮江，同全國一樣，全民的抗戰救亡運動正熱
火朝天。「天下興亡，匹夫有責。」血氣方剛的姚江濱毅然投身於
這股反侵略戰爭的偉大洪流。在江南印書館的支持下，他創辦了
宣傳抗戰的刊物《血筆》，出刊兩期，登載了許多富有戰鬥性的文
章。他還編了歌劇《刀槍骨肉》，由大同音樂會的盲人音樂家鄭隱
飛及其兄妹負責排演，並由江蘇省電臺廣播，後來又到武漢、貴陽、
桂林等地演出，受到各地觀眾的熱烈歡迎，產生了廣泛的影響。

　　不久形勢進一步惡化，學校裏再也放不下一張平靜的書桌，師生們紛紛星散，姚江濱便組織許多教師，成立了江蘇戰時教育流動施教團，經南京、蕪湖奔向武漢，一路上借當地電臺進行抗戰宣傳。抵達武漢後，由軍事委員會第六部（即政治部前身）分配，擔任難民教育工作，後來又匯入教育部組織的社會教育第一工作團。這時，姚江濱主編了一個通俗刊物《人人看》，熱烈鼓吹抗戰救國，喊出了人民大眾的心聲。這個刊物當時在車站、碼頭、街巷等廣為流傳，很受歡迎。

　　一九三八年三月二十七日，中華全國文藝界抗敵協會在漢口成立，姚江濱是發起人之一。同年五月，又經過國家考試院的嚴格考試，進入重慶國民黨中央教育部教科書編輯委員會，擔任由《抗戰建國共同綱領》規定的《抗戰建國教科書》的編輯。

　　當時的重慶，是國統區抗日救亡運動的中心。隨著武漢的淪陷，中華全國文藝界抗敵協會以及大批文化人匯聚於此，與大後方人民一起，演出了一場威武雄壯的抗戰愛國的話劇。置身在這樣的氛圍裏，姚江濱更是熱血沸騰，全身心地投入抗日救亡運動。他在本職工作之餘，與一些朋友發起組織了以鼓動各民族人民一致抗日為宗旨的中國大眾文化社，在社會各界的關懷和支持下，為各民族特別是西南、西北等地區少數民族參加這場神聖的鬥爭，做了許多宣傳、服務工作。他們曾在重慶社交禮堂組織舉行了多次宣傳抗日的公演，蘇聯大使館官員、中蘇友協負責人以及社會各界名流都曾前往觀看，有一次周恩來也曾蒞臨會堂，給姚江濱和大眾文化社成員們以極大的鼓舞。該社還有一項值得一提的貢獻，就是還曾寫信給中央內政部和社會部，最早建議從尊重少數民族的立場出發，將某些帶「犬」旁的民族名字都改成「人」

旁字,例如將「獞」族改成僮族,「猓猓」族改成倮倮族等。這一建議,後來得到了採納,它體現了民族平等的思想,對團結廣大少數民族共同抗戰,具有積極的意義。

　　在從事實際工作的同時,姚江濱對民族文化及其歷史產生了濃厚的興趣。他廢寢忘食地讀書,孜孜矻矻地研究,寫下了許多論文,散載於重慶的《青年中國季刊》、《民族公論》、《歐亞文化》、《中央週刊》、《中央日報》、《西南日報》等報刊上。後來,又結集出版了《中國民族與亞洲總解放》(重慶中國大眾文化社一九四〇年出版)和《民族文化史論》(上海藝文出版社一九四九年出版)兩本專著。

三、師友相兼的梁實秋

　　這時期,使姚江濱最難忘懷的,莫過於與教科書編委會負責人梁實秋的友誼了。儘管從一九三八年十二月起,梁實秋因為所謂「與抗戰無關」論,受到某些作家的誤會和抨擊,但作為文學前輩,他對後學青年始終異常關切。他從姚江濱報考教育部時送審的材料中,早就讀到姚江濱發表的一些文學作品,所以對姚江濱甚為看重,屢屢關照姚多多寫作,拿一些給他編的《中央日報‧平明》發表。得到梁實秋的勉勵,姚江濱十分高興,創作熱情更高了。他曾取孟子「無敵國外患者國恒亡」之意為主題,寫了一部十三四萬字的長篇小說《新生第一年》,反映在全民抗戰大潮中的閃光浪花和動人故事。雖然作品不盡理想,而梁實秋並不是一笑置之,也不虛與委蛇。他十分重視作品的積極傾向,決定先選

出其中七八章，親自作了修改處理，使之各自獨立成篇，取名為
〈守江陰〉、〈流民圖〉、〈郝鎮長〉、〈打郊城〉、〈戰馬當〉等，在
《平明》副刊連續發表。梁實秋對一個文學青年的幫助，竟是如
此不遺餘力。

　　一九四一年左右，中央經濟部農本局招考工作人員。梁實秋
知道後，便主動建議姚江濱去赴考。這不僅是因為姚江濱曾經搞
過農村經濟，到農本局去工作更能發揮專長，也是因為農本局工
作人員享受銀行的待遇，比教育部要優厚得多。在米珠薪桂的當
時，梁實秋為了使姚江濱能改變清貧的生活，不惜讓這個得力的
助手離開自己另謀出路，這種對部屬體貼入微的關心，使姚江濱
大為感動。望著面前的梁實秋，他的眼睛不禁濕潤了。他多麼不
願意離開這位誼兼師友、情同兄弟的忠厚長者，但又不忍拂了他
的一片盛意，只好接受了建議，懷著戀戀不捨的心情與梁實秋和
同事們告別，踏上了新的工作崗位。

　　自此，姚江濱忙於農本局的事務，與梁實秋的聯繫減少了。
抗戰勝利後，兩人天各一方，梁實秋去臺灣後，更是數十年音問
茫然。但姚江濱一直深深地懷念著他。每每皓月當空，姚江濱總
會遙望南天，為遠方的故人祝福，盼望他能早日歸來。前幾年，
姚江濱偶從《參考消息》上讀到梁實秋去日本參觀中國故宮博物
院舉辦的文物展覽的消息，知道他尚健在人世，不禁喜出望外。
於是，姚江濱就日日祈盼能有與梁實秋在大陸握手暢談的一天，
誰料不久卻傳來他病逝的噩耗。從此天人永隔，雲煙茫茫，為姚
江濱留下了無可彌補的遺憾！

四、在農村經濟研究園地上辛勤耕耘

　　姚江濱順利通過農本局的考試後，被安排到總局業務處第二科管理合作金庫。在這裏，他參與制訂了金庫的有關規章制度，以後編成《合作金庫法規彙編》一書，印發各地合作金庫和銀行使用。他還曾參加過《農本》月刊的編輯工作。一年多後，中央財政部將合作金庫的業務劃歸中國農民銀行總行，於是，他又調到該行總管理處經濟研究所從事研究工作。

　　從教育局到農本局，這在姚江濱的生活道路上是一個重大的轉折。從此，他在農村經濟研究這塊園地上耕耘了數十年，成為一名卓有成就的農業經濟專家。他誕生於貧窮的農家，又在農村從事過實際工作，對中國廣大農村的落後貧困和農民的水深火熱，感受頗為深切，更有著改變農村現狀、振興農村經濟的強烈願望。他感激忠實長者梁實秋的指點，慶倖自己找到了最適宜施展自己聰明才智的廣闊天地，決意要傾注畢生的心血汗水，為中國廣大農民澆灌出燦爛的希望之花。

　　作為姚江濱這時期的心血結晶，是《中國戰後農業金融政策》（上海中華書局一九四四年出版）、《中國農業金融史》（上海中國文化服務社一九四七年出版）和《中國農業企業》（上海中國文化服務社一九四八年出版）等三部專著。他認為，「重農貴粟，乃富國強兵之要政，故無論平時戰時，歷代聖君賢相均以農為立國之本」（見姚江濱〈《中國戰後農業金融政策》自序〉），而「農業金融不僅攸關農業建設之成敗，其於整個國民經濟之盛衰，亦多影響」（見姚江濱〈《中國農業金融史》自序〉）。但這方面前人研究甚少，當時學術界也鮮有問津者，以一人之力篳路藍縷，真是

談何容易。然而,姚江濱一向有個原則,就是不做人家做過的事,不達目的誓不甘休。就這樣,經過三四年的艱辛探究,幾度增刪,數易文稿,其間排除了一切干擾,冒著敵機狂轟濫炸的危險,戰勝了傷寒和腸出血等病的致命威脅,終於完成了這三部在當時具有開創意義的重要著作。為了慎重起見,他先將三部書的所有章節交付《農村合作》、《中農月刊》、《新中華》、《新經濟》、《金融知識》、《經濟建設季刊》等雜誌發表,廣泛吸取意見後,又進一步修訂,然後才正式出版。作者嚴謹的治學態度,決定了其著作的高水準,這三部書問世後,在學術界很受關注與好評。其中,《中國農業金融史》被譽為「有其專門特殊之貢獻」(楊蔭傅語)的論著,成為當時有關高等院校的教材和有關經濟部門的重要參考書籍。直至今天,它還獨步於我國的農業金融研究領域。《中國戰後農業金融政策》出版後也很快售罄,以後又曾在上海兩度再版。

　　一九四五年十月抗戰勝利後,姚江濱與同事攜帶大量法幣,乘飛機到上海交給中國農民銀行,為深受戰亂之苦的江蘇農民無息貸款。不久,他被派往鎮江中國農民銀行江蘇分行,負責農貸工作,與同在該行從事土地金融工作的蔣孔陽同事。他倆由於對文學的共同愛好相知殊深,成為數十年的莫逆之交。

五、新詩創作的可喜收穫

　　還在抗戰時期,姚江濱身居重慶山城,心卻繫繫早已淪陷的半壁河山,更苦苦地懷念自己遙遠的故鄉。因此抗戰勝利後,當他回到闊別已久的老家,而且為了生活不得不奔走於大江南北的

揚州、蘇州、無錫、鎮江、杭州等地時，抽空遊覽湖山勝景就成
了他的一大樂趣。然而江山依舊，面目俱非，劫後的殘山剩水，
處處給他以滄涼之感。聯想起這些山水的歷史，更使他心潮起伏，
感慨萬端。在一股不可遏制的創作衝動之下，他先後完成了《江
山情思》（上海中國圖書雜誌公司一九四七年出版）和《西湖煙雨》
（上海藝文出版社一九四八年出版）兩本詩集。

　　在這兩本詩集中，他以朗誦詩的體裁記敘他對江山勝跡的觀
感，抒寫山水人物激起他的風雨之情。詩人就其遊蹤所至，或縱
覽祖國山水之壯麗美好，或謳歌歷史人物的高風亮節，或追思千
載往事的珍貴遺訓，字裏行間洋溢著強烈的愛國之情和民族正
氣。凡所寫景、狀物、論人、抒情，無不引人入勝，發人深省。
其語言清新、流暢，讀來琅琅上口，富有音樂的美感。這兩本記
遊體新詩集，是姚江濱在新詩創作中的一個嘗試。自古以來的記
遊體詩固不在少數，但大多是舊體詩；「五四」以後，雖有俞平伯、
康白情等人寫過一些新體記遊詩，但猶如散兵游勇，反響寥寥。
現在姚江濱一下子推出兩本新體記遊詩，這在我國新詩的發展史
上，不能不說是一個重要的貢獻。它標誌著新體記遊詩這一詩體
開始走向成熟，它也是詩人姚江濱為我國的新詩發展史寫下的引
人注目的一筆。

　　姚江濱在新詩園地裏的成功嘗試，是與文學界師友們的支持
和幫助分不開的。葉聖陶曾認真審讀過《江山情詩》的全稿，並
贈詩〈題江山情詩〉一首。云：「懷古情深不自持，悉歸新體記遊
詩。鎮揚我已廿年別，歷歷前遊宛見之。」詩中以自己讀後不能
自持的真切感受，稱讚了作者在新詩創作中大膽探索創新的可喜
成績。豐子愷為《江山情詩》作了封面畫，畫的是揚州西北古城

一角和大虹橋畔的景色，並題詩一句：「江山無恙覺情生。」畫家以含蓄而濃郁的詩情畫意，傾訴了對祖國江山的真摯的愛，恰與詩集的內容互相映照，融為一體。姚江濱的另一本詩集《西湖煙雨》，則由易君左題簽並作封面畫。

一九四八年八月，姚江濱在鎮江江南印書館又出版了第三本詩集《歸來》。收入詩集的二十七篇長短詩作，大部分作於一九四五年和一九四六年之間，其中有的暴露社會黑暗，有的詛咒侵略戰爭，有的祈求和平和光明，有的慨歎戰後的動亂。詩人著意以真實的情感，富有節奏感的語言，描寫社會現實，表現自己的喜怒哀樂，因而撥動了廣大讀者的心弦，引起了人民大眾的共鳴。這本朗誦詩集，在全國人民反對內戰、爭取和平的鬥爭中起了積極的鼓舞作用。

詩集《歸來》的封面畫，係由著名畫家呂鳳子繪製。其時呂鳳子正在丹陽主持正則女中和正則藝術專科學校，為發展學校的蠶種場而向農行貸款，因與姚江濱結識訂交。呂鳳子擅畫亦愛詩，當他聽說姚江濱完成了以歌頌和平、詛咒戰爭為主題的朗誦詩集，便興致勃勃地為之作了一幅封面畫，署名「鳳先生」。畫中以和平女神、知識份子和勞動人民三個人物的不同神態，表現出和平的聖潔，以及人民群眾對和平的真誠的嚮往，與集中之詩正是珠聯璧合，相得益彰。姚江濱在感動之餘，不禁詩興大發，揮筆寫成〈題封面畫──拯救和平之神〉一首，也收入詩集。這一畫一詩，既是他們兩人友誼的見證，又傳達出他們祈求和平、盼望光明的共同心聲。嗣後，呂鳳子還曾為姚江濱作畫多幅，但歷經劫難，俱不復存，殊為可惜，唯有這幅封面畫以書留傳，成為永久的紀念。

　　《歸來》集中之詩，多是配合形勢的激憤之作，為當時的愛國民主運動推波助瀾，在社會上產生不小的影響。一九四八年初，江蘇省文藝協會在鎮江大舞臺舉行反對內戰、呼籲和平的文藝會演。前兩天的演出，得到廣大群眾的共鳴和歡迎，也攪得國民黨當局坐臥不寧。由於第三天演出節目中有詩集《歸來》中的〈民間天〉和〈十五天〉兩首的朗誦，儘於這兩首詩的凜然正氣和戰鬥鋒芒，江蘇省黨部主任委員王振先在開演前將姚江濱召去，以美言誘使他取消詩的朗誦，而同時又派出大批軍警包圍了會場，軟硬兩手，雙管齊下，硬是扼殺了這次演出。但姚江濱戰鬥的詩歌，是反動派的武力壓制不了的，雖然未能在舞臺上朗誦，卻還是在廣大群眾中不脛而走，鼓舞著人們為爭取民主運動的勝利而鬥爭。

六、建國前後

　　一九四九年五月，姚江濱抵達上海。七月，又到無錫中國人民銀行蘇南分行從事經濟研究工作，並創辦了《蘇南金融通報》（後改名為《蘇南金融通訊》）。這時期，他開始進行《中國農村經濟建設問題》（上海永祥印書館一九五一年初版）和《蘇聯社會主義農業經濟建設》（上海立信會計圖書用品社一九五三年初版）兩項專題的研究和寫作。這兩部書在國內先後都出了三版，《中國農村經濟建設問題》一書還被譯成外文，傳到日本、印度等地。

　　新中國建立後，姚江濱以高昂的政治熱情投入社會主義建設事業。一九五二年秋，他參加了蘇州華東銀行學校的籌建工作，不久正式調入該校任教。學校初創時期，不免困難重重，姚江濱

卻幹勁十足。師資力量不夠，他就一身兼任多課，政治經濟學、農業經濟、經濟地理等什麼都教；沒有教材，他就自力更生編寫刻印，繁重的工作量忙得他連寒暑假都顧不上休息，他卻毫無怨言，幹得更歡。這真是一段難忘的歲月。

一九五六年，姚江濱應國家高教部招聘赴揚州蘇北農學院（後改名為江蘇農學院），任農業經濟學教師兼學報編輯。正當他揚起風帆，準備向更遠大的學術目標疾駛的時候，一場突如其來的風暴卻把他刮得暈頭轉向，不知所措。一九五七年大鳴大放期間，他代表本學院的九三學社參加學院整風領導小組，正懷著一顆赤誠之心積極投身運動，卻做夢也沒有想到，僅僅因為贊同一位教師提出「民主辦校」的建議，竟會受到嚴厲的批判和錯劃，不僅降職減薪，調離教學崗位，而且被剝奪了從事學術研究的資格。他那部已由湖北人民出版社確定出版，甚至連清樣都已校訖，《人民日報》也已登了出書預告的新著《農業的技術改造》，也因此不能發行，成了一堆廢紙！

經過一段時間痛苦的思想鬥爭，他那飽受創傷的心終於漸趨平靜。他覺得個人的遭遇算不得什麼，唯有人民的事業才至關重要。他相信，這場運動不會持續太久，自己終究將回到講臺上去。因此，他利用在校圖書館當管理員的便利，在知識的海洋中恣情遨遊，孜孜矻矻，先後完成了《社會主義農業經濟學》、《論農業多種經濟》等論著。

任何科學研究，都與社會實踐休戚相關，農業經濟研究也不例外。後來，浮誇風愈演愈烈，科學研究受到冷落和嘲弄。在這種情況下，姚江濱覺得經濟研究工作已難於實事求是，他不願意編造謊言欺世害人，又不願意無所事事虛度時日，於是重新轉向

文學創作。他先寫了一部反映抗清英雄史可法英勇事蹟的數千行長詩〈梅花嶺〉。接著，又完成了歌頌抗清英雄張煌言（蒼水）和閻應元的《南屏山》和《閻應元》兩部歷史敘事長詩的初稿。這一段的實踐，為他下一步轉入反映中日友好的長篇歷史敘事詩的創作，作了重要的準備。

七、千災百難的《東渡使者》

　　從一九六三年開始，姚江濱著手於長篇歷史敘事詩《東渡使者》的創作。這部作品寫的是唐代高僧鑒真和尚為了應邀赴日傳戒弘法，播揚中國文化藝術，不顧生命危險，克服重重困難，經過多次失敗之後，終於在雙目失明的風燭殘年，成功地東渡扶桑的故事。這個動人的故事，在姚江濱心裏醞釀已久。早在抗戰期間，當他目睹日本侵略者在中國的血腥罪行時，中日友誼的傳播者、被日本人民稱為「日本文化之父」的鑒真大師的形象，就常常在他的眼前浮現。特別是抗戰勝利後，當他在揚州看到鑒真住持的大明寺，被侵略者鐵蹄蹂躪得一塌糊塗的時候，更是百感交集。於是，他暗下決心，為了杜絕悲劇重演，為了中日人民的世代友好，一定要為鑒真大師譜寫詩章。但苦於沒有時間，這個美好的願望一直未能實現。如今，當他受到不公正的待遇，被剝奪了正常教學權利的時候，歌唱鑒真的願望就像烈火一樣越燒越旺──就是他自己，也多麼需要鑒真那種歷經磨難而不屈不撓的鬥爭意志呵！
　　姚江濱的創作態度是相當嚴肅的。他認為，歷史題材的文學作品不同於一般的文學作品，它一方面必須恪守基本的史實，決

不能天馬行空，任意編造；另一方面又必須進行大膽而合理的想像、誇張乃至虛構，從而生動地再現歷史生活，做到歷史真實與藝術真實的高度統一。為此，他花費了大量精力鑽研《新舊唐書》和中日文化交流的歷史，收集鑒真等人的有關史料，做了艱苦而紮實的研究工作。然後，當他進入創作過程時，就比較順利，到一九六四年，已完成了長詩的初稿，題名為《鑒真東渡》。

不久，史無前例的文化浩劫在中國大地發生。「橫掃一切牛鬼蛇神」的口號震天價響，被扣著「右派」帽子的姚江濱自然首當其衝地受到衝擊，人被關進「牛棚」，家先後三次被抄。對他來說，衣物的損失算不得什麼，而書刊資料的被抄才是最為傷心的。就在這場幾近於毀滅性的搶劫中，他節衣縮食買來的各種書刊，歷年出版的著作和與出版社、書局簽訂的合同，已發作品的剪貼本、手稿、筆記、資料卡片，與作家們的通信、照片，以及農業經濟方面的大量資料，均被洗劫一空，蕩然無存，數十年的心血毀於一旦，這對他是多麼慘重的打擊！

從此，是漫長的勞動，漫長的期待。手稿和資料雖然被抄走了，但鑒真的形象卻依舊活在他的心裏。

斗轉星移，冬去春來。一九七三年，黨中央為了促進中日友好，決定撥款在揚州大明寺修建鑒真紀念堂，日本方面，也準備派遣大型代表團前來舉行慶祝活動。這對姚江濱的長篇歷史敘事詩《鑒真東渡》的創作，不啻為千載難逢的良機。許多朋友如揚州師院院長孫蔚民等都熱情鼓勵他，他自己也很想重整旗鼓，從頭寫起。但手頭什麼資料也沒有，重開爐灶，談何容易！

說來也巧，正當姚江濱躊躇徘徊之際，在高郵工作的女兒卻意外地在廢品回收站發現了他當年創作《鑒真東渡》時的三本札

記。喜訊傳來，他不禁歡欣欲狂，於是堅定了重寫的決心。後來，他在詩集油印本的前言裏，曾這樣回顧自己當時的心情：

> 遭難之後，再看看那些殘存而閃閃發光的資料素材，再想像那些熱愛中日傳統友誼的兩國友好使者和高僧的氣魄和形象，想像他們不畏艱險、忍受苦難的獻身精神，對我像是無聲的訴說和鼓舞，使我久久沉思。考慮再三，決定奮筆重寫。

　　當時，姚江濱尚名列「另冊」，繁重的勞動仍壓在他的身上。但鑒真東渡的精神感召著他，鼓舞著他。白天，他一面勞動，一面發掘記憶，馳騁想像，夜晚，就挑燈揮寫，苦苦耕耘。經過近一年的奮鬥，長詩終於再度成稿，易名為《鑒真──獻身中日友好的文化使者》。與十年前的初稿相比，重寫稿從十二章擴展到三十一章，不僅內容大為充實豐富，而且思想性和藝術性都躍上了一層樓。

　　一九七六年以後，隨著中日友好關係進入新階段，姚江濱再一次發掘題材，嘔心瀝血作了較大的補充修改，進一步拓展了故事情節，特別是以阿倍仲麻呂（晁衡）的終老長安與鑒真的永留奈良相對照，突出了中日和平友好的歷史淵源和深刻主題。最後，將書名定為《東渡使者》。

　　一九八〇年四月，日本奈良唐招提寺住持森本孝順奉送珍藏千餘年的鑒真大師塑像渡海回鄉，而姚江濱這部苦心經營的長篇歷史敘事詩《東渡使者》，適由天津百花文藝出版社及時出版，向國內和日本同時發行。這本詩集的出版，成為中日友好盛大節日的一項引人注目的重要活動。當鑒真大師的塑像在北京、上海、揚州巡迴展覽之際，《東渡使者》一書為無數的中外觀眾和佛教徒

們爭相搶購，暢銷一時。在日本，它也遍及東京、神戶、奈良、大阪等地的書店，頗受廣大日本人民的歡迎，奈良唐招提寺還將它作為中日友誼的象徵，莊嚴地陳列在鑒真大師的像前。

八、艱難歲月有真情

　　古人曾用「十年磨一劍」來形容事業的不易，而姚江濱創作《東渡使者》，竟度過了近二十年的艱難歲月！

　　在這漫長的時間裏，身陷「另冊」的姚江濱嘗夠了常人所難體會的辛酸苦辣。但自有一股巨大的力量，在推動著他衝破重重阻礙，克服種種困難，駛向勝利的彼岸。這力量，不僅來自鑒真東渡的精神，而且也來自社會上許多有識之士的熱誠支持。

　　早在一九六三年創作之初，揚州大明寺的能勤法師（揚州市佛教協會會長）和滌緣法師（揚州市政協委員），就對姚江濱身處逆境猶自強不息的精神深為欽敬，給予了他熱情的關懷和無微不至的幫助。特別是滌緣法師，更與他結下了深厚的友情。每次姚江濱到寺裏考察和請教，滌緣必奉茶一杯，殷勤答問，不厭其煩。臨走，又遠送寺外山門，依依話別。高僧們的隆情高誼，對姚江濱的創作幫助極大。

　　初稿完成後，滌緣和姚江濱同樣非常喜悅。他滿懷深情地對姚江濱說：「姚老師，您為我們的祖師鑒真寫詩立傳，宣揚功德，實在難能可貴。我作為他的後世傳戒弟子，願意為您謄抄詩稿，以表對鑒真大師的一份心意。」於是，他便冒著嚴寒，在平遠樓臨窗伏案，用毛筆楷書開始謄抄。每次必先淨手禮香，然後才磨

墨鎮紙，揮毫行書。歷時三月餘，詩稿抄成，他親自精裝一冊，題簽加印，又代姚江濱珍藏於平山堂內。

不久「文革」亂起，滌緣被造反派趕出平山堂，又患了重病。他自知來日無多，便顫悠悠地趕到姚江濱的家裏，恭恭敬敬地將長詩抄本連同原稿雙手奉還，說：「姚老師，我壽數將盡，特來向您告別，現在將詩稿物歸原主，鑒真大師有靈，一定會保佑您的大作傳行於世。阿彌陀佛！」說罷相對黯然。幾天後，滌緣便圓寂辭世了。

在那樣動亂的年代，姚江濱自身難保，焉及其他？儘管他小心翼翼，詩稿還是被人作為「宣揚宗教迷信」的罪證抄走，不知所終。姚江濱在惋惜和愧疚之餘，深深地懷念這位至情至聖的滌緣法師，而在懷念之中，又汲取了無窮的力量，堅定了奮鬥的信心。

在姚江濱崎嶇曲折的道路上，還有一位有識之士曾給了他熱情的支持，這就是揚州地委宣傳部長鄭鐸。鄭鐸是老革命，曾經擔任過江都和宜興的縣委書記、鎮江地委宣傳部長等職，在數十年的革命生涯中，為黨為人民立下了汗馬功勞。他為人正直、熱情、無私、無畏，當他聽說姚江濱在逆境中奮筆譜寫中日友好新篇章的事蹟後，便毫不猶豫地伸出了強有力的雙手。他與姚江濱促膝交談，鼓勵他排除萬難完成長詩的創作，為中日文化交流作出貢獻。當姚江濱重寫成功，他又慨然撥款，將詩稿打印成冊，以便廣泛徵求意見。一九七九年，在鑒真大師回鄉「探親」前夕，他為了不誤良時，又當機立斷，決定先在揚州排版，並安排有關方面迅即印出四百餘頁的鉛印校樣本，最後由於百花文藝出版社決定作為急件在天津排印，揚州版才未付印。待人像火一般熱情的鄭鐸，數年前已因病逝世，而這本厚厚的校樣本，則成為姚江

濱書篋中的珍貴紀念品。每當友人來訪，他常檢出示人，摩挲翻閱之際，緬懷故人，情不能已。

孟子云：「得道者多助。」在《東渡使者》近二十年的創作過程中，曾經提供過支持和幫助的，不可勝數。正是這些來自各方面的助力，使詩人深深感到自己所從事的中日友好事業意義重大，從而在艱苦的奮鬥中增添了無限的信心和勇氣。

九、《晁衡師唐》的創作

《東渡使者》竣工之後，姚江濱很快轉入了第二部反映中日友好的長篇歷史敘事詩《晁衡師唐》的創作。

晁衡，日本原名阿倍仲麻呂，唐玄宗時作為日本遣唐留學生前來中國，以科舉考試榮任唐朝客卿。從此出入朝廷，身處要津，為中日友好和文化交流做了大量有益的事情，成為「功在兩邦」的文化使者，最後終老長安，化為唐土。

這是中日友好史上很有光彩的一個人物，特別是他與鑒真東渡有著密切的關係──鑒真第六次東渡成功，就是晁衡親赴揚州一手安排的。所以，姚江濱在創作《東渡使者》時，便已注意到晁衡的形象，並作了濃墨重彩的描繪。後來，為了突出重點，他接受出版社編輯的建議，將晁衡的故事抽出另寫，於是引起了《晁衡師唐》的創作。

這時候，姚江濱的境況已大為改觀。一九七九年，他的錯劃冤案已得到解決，他再也不必像創作《東渡使者》時那樣顧慮重重、藏藏匿匿。如今，燦爛的陽光正照得他滿面紅光，渾身是勁。

而且，他已有了前一部作品成功的經驗。但是，橫亙在面前的困難仍然不少。

最大的難題，莫過於資料的匱乏。煌煌《舊唐書》，有關晁衡的記載不過百六十餘字。其他的史料、文獻和遺跡，中日兩國均少保存。巧婦難為無米之炊，怎麼辦？姚江濱胸有成竹，他認為，一個在歷史上有過重大建樹的人物，人民決不會忘記他，晁衡的事蹟正史上記載不多，不妨從野史和傳說故事中去尋找。果然，當他擴大了視野，收穫便相當可觀。他還從燦若星海的唐詩中，發現了晁衡與李白、王維、賀知章、儲光羲等詩友名流的交往事蹟。這些，很有助於姚江濱對晁衡形象的研究，也為他進行構思、創作提供了豐富的素材。

其次是對晁衡的評價問題。儘管晁衡生前死後，受到中日兩國政府的表彰和紀念，但仍不乏對他的非議。有一種有影響的看法，認為他滯留唐朝是耽於享樂，忘記了報效當時還很落後的祖國日本。顯然，如何認識這一問題，對長詩的創作至為重要。

姚江濱經過細緻的專題研究，撥開了歷史的迷霧，找到了正確的答案。他認為：第一，晁衡當時來到唐朝，是為了學習大唐的先進學術文化，以改變當時日本的落後局面。事實也正是如此，晁衡留在唐朝，充分利用了唐玄宗對他的信任，做了大量有利於本國的事情，諸如徵集和輸送唐朝的文化典籍，安排日本僧人和留學生赴唐取經求學等等。正所謂師唐為了報國，報國必須師唐。第二，作為日本人，晁衡從來不曾忘記自己的祖國，西元七三四年和七五三年，他曾先後兩度上奏唐玄宗，請求東歸日本。前者未獲御准，後一次則被任為唐朝政府回訪日本的全權使臣，卻因遭到特大風暴的襲擊，東渡失敗。不久安史亂起，晁衡亦垂垂老

矣，這才決意終老長安，埋骨唐土，為中日友好鞠躬盡瘁，死而後已。由此可見，晁衡留唐不歸，決非數典忘祖，相反地，正是他熱愛祖國、報效祖國之舉。因此，為這樣的人物譜詩立傳，不僅不會損害日本人民的感情，而且可以促進中日兩國人民的瞭解和友誼。

經過反覆的醞釀與研究，一九八二年春節開始，姚江濱進入了創作階段。歷時三年，六易其鎬，終於完成了四十四章、七千餘行的泱泱長詩《晁衡師唐》。一九八五年十月，由陝西人民出版社出版發行。

姚江濱年近古稀，猶奮筆不輟，其事其情深得社會和友朋們的敬佩。當時任江蘇省文聯主席的老友李進，親筆為長詩題寫書名，並書贈〈詠梅〉詩一首，云：「落了重開又逢春，風霜雨雪見精神。群芳競豔俏然去，自守清香一縷魂！」詩句借花詠人，深情地贊許了姚江濱頑強拼搏的精神和耐得寂寞、清高自守的思想境界。

《晁衡師唐》出版後，北京、上海、遼寧、江蘇、陝西等地的報刊、電臺相繼發表消息，各地讀者也紛紛寫信給姚江濱表示祝賀，陝西電視臺還準備將長詩攝製成電視連續劇。在日本，長詩也引起了熱烈的反響。橫山市七十五歲老人波多野太郎殷殷致函云：「大作捧誦之餘，感慨靡名，這本紀念兩國友好的長篇敘事詩諒必對今後日中的長久友誼產生很大影響。」還有岡山縣日中友好協會會長鴻上芳雄、岡山縣知事長長野士郎和議長烏浩越、奈良大學文學院教授上村幸次、大阪府農林技術中心綱烏照元等人，也都先後來信，對長詩給予高度評價，稱讚姚江濱又一次為中日友好和文化交流作出了傑出的貢獻。

　　《東渡使者》和《晁衡師唐》，是姚江濱詩歌創作的雙璧。為了創作這兩部長篇歷史敘事詩，他度過了多少不眠之夜，付出了多少精神心血！如今，面對著國內外一片盛譽，他不由得思緒萬千，賦詩一首，云：

　　　　老梅重開緣了情，千古知音貴獻身。
　　　　鑒真傳化結友邦，師唐報國念晁衡。
　　　　兩卷長歌譜春秋，一片丹心化詩魂。
　　　　欣值國際和平年，遙祝友協三十春。

十、訪問探勝萬里行

　　老驥伏櫪，志在千里；烈士暮年，壯心不已。

　　完成《東渡使者》和《晁衡師唐》之後，姚江濱已年逾古稀，但他仍雄心勃勃，要為祖國的四化建設和中日文化交流事業作出自己新的成績。

　　一九八五年五月，他應邀前往西安參加吉備真備紀念碑（園）的落成儀式。吉備真備與阿倍仲麻呂（晁衡）同為日本留唐學生，西元七五二年他被日本孝謙天皇任為遣唐副使，前來長安朝貢唐朝，翌年又陪同鑒真東渡扶桑。姚江濱對這位有貢獻於中日文化交流的人物頗為熟悉，在前兩部長詩中都對他有所描寫。這次他到西安參加由中日兩國共同舉行的慶祝活動，得以與來自吉備真備故鄉的日本岡山縣的朋友們歡聚一堂，不禁感到格外親切。

　　席間會後，日本朋友們對姚江濱的兩部長詩推崇備至，殷殷囑望他能再接再厲，為中日友好的又一位使者吉備真備寫一詩傳。姚江濱儘管年事已高，仍愉快地接受了這一美好的建議。

在西安期間，他遊覽了名勝古跡，考察了晁衡當年活動的遺跡，不禁深有感觸。他想起創作《晁衡師唐》時，由於條件所限，未能親赴實地考察，因而寫到有關長安的景物和宮廷生活時，總是感到有難以描寫的苦惱。儘管他反復斟酌，再三修改，仍不免存在一些無法彌補的缺憾。於是，一個念頭油然而生，他決意沿著當年鑒真、晁衡、吉備真備等人走過的足跡，親自作一番實地考察，一方面體驗中日文化交流先行者們的艱難行程，瞻仰他們的光輝遺蹤，另一方面則搜集有關史料、傳說和風俗民情，為歌詠吉備真備作必要的準備。

一九八七年五、六月間，姚江濱即孤身一人開始他的嶺南之行。先從南京飛抵桂林，再乘火車前去南寧，然後沿著邕江、郁江、潯江和西江，順流東下藤縣、梧州，又經肇慶取道佛山，到達南海之濱的廣州。

同年十一月間，他又沿著日本遣唐使和留學生等渡海入唐的另一條路線，跋涉於寧波（古明州）、紹興（古越州）等地，又瞻仰、考察了天臺國清寺、新昌大佛寺等寺院。

一九八八年五、六月間，他北上齊魯大地考察。此行先到泉城濟南，再赴海濱名城青島、威海，轉而去榮城，又順著登州古道，訪問「丹崖仙境」的蓬萊和渤海南岸的龍口，然後相繼訪問了濰坊、青州、臨淄、淄博和淄川。

同年十月間，他再次奔赴山東，經鄒縣直抵魯西南重鎮濟寧。

不必詳細記敘，上述的旅程表就足以撼人心魄。一個古稀老者，為了進行中日文化交流的歷史研究和詩歌創作，在短短一年多的時間內，竟數度孤身遠遊，跋山涉水，櫛風沐雨，行程達數萬里之遙，其毅力、其精神，實在令人歎為觀止！

　　在這漫漫的行旅中，姚江濱得到過許多人的竭誠相助。他任教的江蘇農學院的黨委書記梁隆聖，對他的遠行考察全力支持，不僅在經濟上、物質上作了全面安排，而且又拍電報又寫信，囑託自己在桂林、南寧的熟人對姚江濱「在食、宿、行旅方面惠為照顧」。因而姚江濱每到一地，當地省市政府、文聯、地方誌辦公室的有關負責同志，都熱情接待，噓寒問暖，提供種種方便，使姚江濱在遠道孤旅之中，處處感受到友情的溫暖，因此信心愈足，意志彌堅。

　　但是，畢竟年歲不饒人，長途跋涉對青年人猶非易事，況古稀老人何？在開封某招待所住宿時，他曾遭到小偷的「光顧」，全部衣物資料均不翼而飛。在濟南擠火車時，又有一個小夥子「好心」扶老，主動為他拎提包，但轉瞬之間，人包一齊無影無蹤。其他的辛苦勞累更可想而知。但姚江濱毫不動搖，仍一步一個腳印地向前走去。

　　「行萬里路，讀萬卷書。」在訪古探勝萬里行中，姚江濱對這句古語體會良深。他每到一地，都要求賢問道，瞭解世俗風情，採訪傳說故事，探尋中日文化交流的歷史淵源，或為唐代中日兩國友好使者的宏願與壯舉而讚歎，或對他們遭遇的苦難與不幸感懷不已。實地考察使他獲得了深切的感性認識，同時也引發了他深沉的歷史思考。他興奮地說：「讀書，不光是讀書本，更重要的是讀生活的書、實踐的書。我的萬里踏察，遠勝於多年寒窗苦讀呵！」

　　身為中國作協江蘇分會會員的姚江濱，是一個老資格的旅遊愛好者和旅遊文學家。四十年前，他曾以新體詩的形式，記錄了他在抗戰勝利後漫遊江浙名勝的見聞和感受，並集成兩本詩集行世。在最近幾年的南北旅行、攬勝漫遊之餘，他更是勤奮筆耕，

先後寫成《故都遊思》、《嶺南行記》、《齊魯巡禮》和《吳越風情》等四部遊記，凡五十萬言。這幾部遊記以生動流暢的筆觸，記敘了作者不尋常的萬里之行。在這裏，既有各地名勝古跡、風俗民情、傳說故事的優美的描寫，又有在當今改革開放形勢下建設者們的颯爽英姿和戰鬥業績的忠實記錄，還有作者充滿睿智、發人深省的歷史思索。可以相信，這幾部遊記出版後，同樣會獲得中外讀者的廣泛歡迎，也將成為旅遊愛好者的有益的參考讀物。

在姚江濱的計畫中，待去訪察的地方還有甘肅敦煌和海南島兩處。倘若有可能，他還希望能到吉備真備的故鄉作一番實地考察，藉以獲得有關吉備真備的更多的資料，並對日本的歷史風情有進一步的瞭解。如果，這些計畫能夠順利實施，那末，他的第三部反映中日文化交流的長篇歷史敘事詩《岡山之戀》（暫定名）的創作成功，必將指日可待！

一種聖潔的美好的感情，把中日兩國人民聯繫在一起。日本岡山縣日中友協會長鴻上芳雄為了支持姚江濱創作《岡山之戀》，特意寄來兩大包資料，並懇切地寄語：「我同朋友們都期待著您的大作《岡山之戀》早日完成。」國內的朋友們，也以同樣巨大的熱情關注著姚江濱及其醞釀中的新著。姚江濱自己，通過長期而全面的考察和研究，主人公吉備真備的形象和故事已大體形成，他正馳騁想像，試作篇章，只待考察計畫圓滿完成，就立即投入創作。

呵，眾所矚目的《岡山之戀》！呵，令人尊敬的老詩人！讓我們衷心祝願姚江濱早日完成《岡山之戀》的創作，衷心祝願他為中日友好和文化交流事業作出新的更大的貢獻！

一九八九年七月至九月
於南通—揚州

【重版附言】

　　由於種種原因，姚江濱醞釀中的長篇敘事詩《岡山之戀》未能完成，但他漫遊中華的壯舉最終凝結為百萬餘言的煌煌巨著《萬里行記》（包括《絲路風雲》、《山海雄城》、《吳越遊蹤》和《中原淮海行》四部遊記），先後由黃山書社、中國華僑出版社等出版。作者在多年臥病之後，已於二〇〇七年八月八日走完了人生之路，享年九十三歲。而與他相濡以沫近七十年、始終給他以鼓勵和溫暖的夫人朱彤女士，竟在當天僅僅相隔四小時也隨之溘然仙逝，譜寫了一曲世所罕見、感人至深的伉儷之歌！

二〇〇八年七月六日記

葉聖陶書簡

　　葉聖老生前，我曾有幸得到他的一封親筆覆函。當時他已屆八十七歲高齡，「視力衰退，書寫不甚方便」（葉聖老函中語），但仍熱情作覆，而其字粗樸剛勁，頗具風範。多年來，我一直視之為珍品，愛惜備至。觀字思人，每每為葉聖老的平易近人而感念不已。由於有此一簡在藏，我遂留意收集葉聖老的其他書簡，久而略有收穫。魯迅曾經說過：「寫信固然比較的隨便……可究竟較近於真實。所以從作家的日記或尺牘上，往往能得到比看他的作品更其清晰的意見，也就是他自己的簡潔的注釋。」（《現代作家書簡‧序言》）葉聖老著作等身，歷來不乏評論和研究者，而我喜歡讀他本人的書簡，藉以追尋他真切的心跡。值此他逝世兩周年紀念日（一九九〇年一月十六日）即將來臨之際，我謹披露他的五封書簡（後四封未曾發表過），以表深摯的懷念，兼饗海內外讀者。

一、致范泉

（一九四七年一月二十日）

　　范泉兄尊鑒：屢承　惠賜文藝春秋，而無文字報命，中心懷慚，遂不敢作書。弟手頭並無相片，特往拍攝，強無興致。有錢辛稻君所作畫像一幀，頗為肖似，如可用，當送上。匆
覆，即頌
著安

　　　　　　　　　　　　　　　　　　　弟葉紹鈞頓首
　　　　　　　　　　　　　　　　　　　　一月二十日

　　范泉以主編《文藝春秋》月刊聞名於四十年代文壇。該刊創辦於一九四四年上海淪陷時期，終刊於一九四九年上海解放前夕，歷經驚濤駭浪，而始終堅持愛國的進步的立場，團結了國統區絕大部分重要的進步作家。范泉一貫注意依靠前輩作家的支持，在葉聖陶自四川復員回上海後，就按期向他寄贈《文藝春秋》，以爭取他的關心和指教。一九四七年初，范泉寫信向葉聖陶徵求相片，擬在月刊上發表。葉聖陶遂作此覆函，感謝范泉的以誠相待，對自己未曾為刊物撰稿表示「中心懷慚」。因此覆信後，又在范泉的邀請下，為三月十五日出版的四卷三期「新人推薦號」寫了一篇關於寫作指導的短文，題為〈一篇像樣的作品〉。他的信函手跡和錢辛稻所作畫像，亦在同期發表。嗣後，葉聖陶與范泉時有通信和來往。葉聖陶曾把地下黨員司馬藍火的小說〈懦夫〉介紹給《文藝春秋》發表，又曾應邀寫了〈佩弦的死訊──悼朱自清先生〉一文，發表於《文藝春秋》七卷二期（一九四八年八月十五日出版）的增頁上。直至上海解放前夕，儘管時值新舊交替，人心浮動，葉聖陶還為《文藝春秋》八卷一期撰文，表達對刊物的關切與支持之忱。

　　葉聖陶此函雖曾以手跡形式載諸刊物，但未為其文集收錄，也未為《葉聖陶年譜》（商金林編）一書所提及，可說是一顆滄海遺珠了。

二、致姚江濱

（一九七九年一月十日）

　　江濱先生惠鑒：大札並油印本長詩頃已由文藝報社轉到。誦所敘種種，備悉尊況。鑒真塑像今年將渡海到揚，足下此詩似宜亟謀印行，以襄其盛。我目力衰退，病後益甚，如是扁體鋼筆

字，雖兼用眼鏡放大鏡亦無能為役，以故未能閱讀，良為歉疚。
惟有陳於書架，無使塵積，永誌厚貺耳。患病在去歲六月杪，
就醫割除膽結石。住院至十月上旬始返寓，迄今又三個月，而
心思體力仍遠不如前。閱讀書寫幾乎全廢，足下觀我此書，可
知其況矣。餘不一一，即請撰安。

葉聖陶一月十日

姚江濱是現代詩人和農村經濟研究者。四十年代他的詩集《江山
情詩》在上海出版時，曾得到葉聖陶的關心。建國後，姚江濱歷
經坎坷，備受挫折，但猶不甘沉淪，在艱苦條件下致力於詩歌創
作，以長篇歷史敘事詩的形式，反映中日兩國人民友好交往的歷
史淵源和共同心願。經過多年奮鬥，一九七八年底，他終於完成
了描寫唐代鑒真大師東渡扶桑、傳戒宏法的長詩《東渡使者》。於
是他欣喜地將油印的徵求意見本寄文藝報社轉呈葉聖老，附信彙
報了自己多年來的遭遇和自強不息的努力，並報告日本奈良的僧
人將於當年四月奉送珍藏千餘年的鑒真塑像到揚州的消息。葉聖
老當時雖身體不佳，但對故友的來函極為高興，立即提筆作覆，
肯定了姚詩對於促進中日友好事業的重要價值，並認為「此詩似
宜亟謀印行」。不久，該詩由天津百花文藝出版社公開出版，受到
中日兩國讀者的歡迎和好評。

三、致姚江濱

（一九七九年二月十二日）

江濱同志惠鑒：本月六日覆書敬悉。我雖云恢復，心思體力大
不如前，稍用心思輒數日不舒，以故絕不敢作詩文。《群眾》

所載者乃是去年三月間之講說，今則絕不能再為。因此，承囑
為《江山情詩》新版題詩，乞恕未能應命。試觀此箋，語句粗
率，字跡潦草，亦可見其衰矣。匆覆不一，即請
著安。

葉聖陶二月十二日

　　多年睽違之後，姚濱濱收到葉聖老的覆信，歡欣之情無可言
狀。一九四七年他的新體記游詩集《江山情詩》出版時，葉聖老
為之審稿、題詩的情景，又浮現在他的眼前。其時，他正打算將
《江山情詩》重新出版，他多麼希望葉聖老能再次為新版本題詩
啊。於是，他寄出第二封信，提出了這一要求，信中順便提到，
他在一九七九年《群眾》第二期讀到葉聖老的〈談談有關文風的
問題〉一文。遺憾的是，葉聖老礙於病後體衰，而「未能應命」。
儘管如此，葉聖老及時覆信、坦誠負責的態度，仍給姚江濱留下
了美好的回憶。

四、致欽鴻

（一九八一年五月三十日）

欽鴻同志惠鑒：
廿五日來書敬誦悉。我以視力衰退，書寫不甚方便，僅能簡略
奉答，尚希原諒。
魯翁當時所贈者究為《毀滅》抑《鐵流》，我實未能確憶，拙
文中謂是《毀滅》，係屬推斷。今足下以為推斷不誤，自是可
慰。輓詩注語引號內文字皆魯翁原文，其時魯翁手書尚在。魯
翁來書及他友之書悉毀於樂山之轟炸，故嘗得魯翁若干書信，

惟有查閱魯翁日記矣。其內容如何，今完全不能想起。無可奉告，深以為歉，幸諒之。即請　撰安。

葉聖陶五月卅日

　　一九八一年間，我正在黑龍江克山縣教書，業餘從事魯迅研究。當時讀到葉聖老〈「相濡以沫」〉一文（收於《魯迅回憶錄》第一集），有云：「魯迅先生翻譯法捷耶夫的《毀滅》，出版之後贈我一冊，附來一封信。這封信久已失掉，不能完全記得，惟有『聊印數書，以貽同氣，所謂相濡以沫，殊可哀也』的句子，當時看了極感動，後來一直忘不了。」我遂呈函葉聖老，向他請教三個問題。一是魯迅當時贈他的書，究竟是《毀滅》，還是曹靖華譯的《鐵流》。因為當時有一種說法，認為應是後者。我研究了《魯迅日記》等有關記載後，認為兩書雖然差不多同時出版，而且魯迅當時都曾寄贈友人，但贈葉聖陶之書以《毀滅》較為可信。二是想瞭解文中所引魯迅語，是根據回憶，還是就是信中的原文。三是根據《魯迅日記》，魯迅曾先後給葉聖陶寫了六封信，我想瞭解其他五封的內容。葉聖老回信中一一作了答覆。根據時間推算，葉聖老是收信即覆的，可見他對於一個素不相識的青年研究者，是多麼地熱忱和負責！而信中表現出的謙遜、誠懇、實事求是的態度，又是多麼可敬可佩！

五、敬致囑我寫字的同志

（一九八一年六月十五日）

　　多年以來，朋友們囑我寫張字，或者寫個書名刊物名，我總是一口應承，勉力寫就交去。到了近兩個月，我自信再不能寫毛

筆字了，現在把情況說一說。

白天開了桌燈，戴上眼鏡，左手拿著放大鏡，用鋼筆或者圓珠筆寫字，還可以成個款式，不必重寫。寫毛筆字可不然。不拿放大鏡，落筆沒有數，往往寫出怪字來，譬如寫個田字，中間的一劃一直有時寫到了方框的外邊去。拿著放大鏡也不行，鏡要移動，筆要蘸墨，結果字跟字不貫氣了，大小也不勻稱了。說也慚愧，寫個書名至多不過十個八個字，一遍寫不好，再寫一遍，寫上幾十遍，竟沒有勉強可以滿意的。近兩個月間經常遇到這樣的情況，心裏煩惱，身子疲累，深以為苦。

我不得不抱著甚深的歉意向囑我寫字的同志陳訴：我實在不能寫毛筆字了，孤負雅意是出於不得已，倘蒙原諒，不勝感激。

葉聖陶

一九八一年六月十五日

這是一封打印的信件。當我從友人處見到時，不禁深受感動。像葉聖老這樣體衰力弱的耄耋老者，不再能滿足熟悉的或陌生的索字者的請求，並且無力應對來自四面八方的信函，是完全可以理解的，即使不作答覆，也無可非議。而葉聖老卻不願意讓熱情的來函者無望地等待，於是打印了這封信，信中委婉地講明「孤負雅意」的理由，詳細地申述自己力不從心的具體情況，這種推心置腹的朋友式的傾訴，這種充滿真誠的懇切的歉意，實在令人高山仰止。世人皆云葉聖老德高望重。其德之高，於此可見一斑，其望之重，於此亦可略知其所以矣。

一九八九年十一月杪

丁玲與沈從文晚年失和之謎

丁玲和沈從文，這兩位聞名海內外的大作家，曾經有過幾十年的深厚友誼。這本來是中國現代文學史上動人的一頁，但出人意料的是，他們在晚年卻互相指責，友誼瀕於破裂。一九八〇年三月，丁玲在《詩刊》上發表胡也頻遺詩時，稱沈從文為「巾幗」、「膽小鬼」；在此之前，丁玲還在〈也頻與革命〉一文中，批評沈從文出版於一九三九年的《記丁玲》是「一部編得很拙劣的小說」。沈從文雖然沒有公開撰文回擊，但在友朋之間也對丁玲頗有非議。

丁、沈兩人晚年失和的原因何在，這自然成為文藝界和廣大讀者關心的問題。對此，先後有周健強的〈丁玲晚年為何詈罵沈從文？──聽沈從文細說因由〉[1] 和陳漱渝的〈丁玲沈從文友誼為何破裂？──聽丁玲陳明略說因由〉[2] 兩篇文章發表，提出了各自的答案。雖然兩文各執一端，針鋒相對，但分別披露了許多珍貴的史料，這就便於讀者比較分析，進而得出比較符合實際的結論。

由於刊登周、陳兩文的兩本刊物發行面有限，能寓目者恐怕為數不多。為了幫助廣大讀者揭開丁、沈失和之謎，瞭解事實的真相，我在此對周、陳兩文的主要內容，以及我所掌握的其他一些有關材料，作一粗略的介紹。

概括周、陳兩文所述，主要談及以下幾個方面：

一是關於沈從文著《記丁玲》和《記丁玲續集》二書。

據周文記述，沈從文稱其書寫的「都是真人真事」，當時以為丁玲已死，他是懷著「真摯的痛惜之心、朋友之情」來寫的，而書剛印出便被封禁，足以說明它在當時的意義和價值。沈從文認

為，丁玲的不滿意，「主要還是覺得舉得她不夠高，有損於她偉大形象」，而其實「東南亞或美國人都把它當成一本正經作品」，「研究她的外國人，寫論文如果不用我那本『壞書』，恐怕無從下筆」。

　　而根據陳文介紹，丁玲對沈著極為反感，她生前在這兩本書上寫了一百七十二條眉批旁注，嚴予批駁，只是未曾公之於眾。為了讓讀者有所瞭解，陳文擇要披露了有關的沈著原文和丁玲批語。丁玲的態度在她的批語中表達得非常明確，她認為：一、沈著違反了傳記作品的真實原則，很多內容純屬憑空編造，某些情節的誇張甚至超過了小說；二、沈從文按照自己的低級趣味，把她描繪成一個嚮往「肉體與情魔」、與湘西土娼毫無二致的女人，把她與胡也頻的結合寫成是單純肉體的結合，並有意無意地在她私生活中塗上一層粉紅顏色；三、沈著也歪曲了胡也頻，把他寫成既無文學才華又無政治才識的庸人，把他的革命轉變說成是被革命宣傳所蠱惑的非理智行動；四、沈著還誣衊左翼文藝運動為「過時的題目」、「博注上的冷門」、「毫無樂觀希望」、「到了退休時節」，從而表現出「他對政治的無知，懦弱，市儈心理」。

　　二是關於沈從文援救胡也頻和丁玲的往事。

　　周文引述沈從文的回憶，說胡也頻被捕後，他因為營救胡也頻而丟失了武漢大學的教授位置，後來又冒著生命危險，送丁玲回湖南安置他們的孩子，並「一直冒充胡也頻的筆跡和口氣」，給丁玲的母親寫信寄錢。又說，丁玲被捕後，他是北京「唯一公開寫過兩篇文章呼籲的」，說他「不肯出面」營救，「不是事實」。在周文之前，上海《文學報》（一九八八年三月二十四日）刊登過凌宇所撰的〈「丁玲失蹤事件」前後——沈從文傳略之五〉，文中也說：在上海文化界知名人士聯合發起營救丁玲、潘梓年的活動中，「沈從文皆名列其中」。

　　或許是由於丁玲本人生前已有文章肯定的緣故，陳文未涉及
沈從文援救胡也頻一事。但對所謂援救丁玲事，陳文則明確地不
表贊同。文中披露了當年「丁潘營救委員會」主持者樓適夷致丁
玲丈夫陳明的一封信，指責凌宇文章關於沈從文對丁玲被捕的態
度和行動的記述有悖事實，與樓適夷當時在參加營救時所知的情
況完全不同。樓適夷在信中指出：當時丁玲的摯友王會梧曾經「給
沈從文寫信，托其南下共商營救事宜，被沈拒絕，情感十分冷淡」。
關於這一情況，丁玲生前在長篇回憶錄《魍魎世界》的第二十三
節和第二十六節中，也有詳細的記述，可以為佐證。[3] 該文說，當
時左聯為了援救丁玲，曾託王會梧跟沈從文商議，打算用他的名
義（因左聯成員無法出面）把丁母從湖南接來上海，當面向國民
黨當局打官司要人。而寫過為丁玲鳴不平文章的沈從文，卻覆信
給王會梧，說丁玲並未被捕，而且他與丁玲早已沒有來往，斷然
拒絕了請他出面營救的要求。

　　三是關於沈從文與丁玲之間的友誼。

　　據周文介紹，沈從文聲稱他們「一直都是朋友，一直要好」，
因而對丁玲的指斥他不理解，覺得有些「莫名其妙」。

　　陳文則引述陳明的解釋，說兩人友誼雖然「可以說一直維繫
到解放初期」，甚至一九七九年一月，他們在各自經歷了多年坎坷
之後會面於北京時，還「仍然很親切地握手言歡」。但大約就在這
一年秋季，由於日本學者中島碧女士的饋贈，丁玲才知道世間竟
然還有《記丁玲》和《記丁玲續集》這兩本書，而在這以前，沈
從文從來沒有告訴過她。迨至讀書之後，丁玲憤怒至極，這才寫
了〈也頻與革命〉一文。陳文還公佈了丁玲一九八五年寫給姚君
的一封信，信中表示她「曾想逐條批駁」這兩本書，只是本著「寬
厚」的態度而沒有實行，但考慮到「它有影響」，才撰文提請讀者

注意。還表示不願傷害沈從文，因此曾建議某作者不要發表批評沈著的論文，並勸受信者姚君也「不必為這事做文章」。

綜上所述，丁玲與沈從文晚年失和之謎似乎已經明朗。我以為，沈從文拒絕出面營救丁玲，乃是不爭的事實，對此丁玲當然不會高興，但這還不是他們友情斷絕的根本原因。在《魍魎世界》中，丁玲這樣表示：「在那種風風雨雨的浪濤裏，他向來膽小，怕受牽連，自是不必責怪的。我理解他並且原諒他。」因此自一九三三年丁玲被捕以後的數十年間，他們始終保持著友誼。但沈從文著的《記丁玲》和《記丁玲續集》兩書，卻使丁玲感到不可容忍。這不僅是因為它們出自所謂摯友之手，對於不明真相的讀者，具有極大的迷惑力；也不僅是因為沈從文對丁玲長期保密，使她始終蒙在鼓裏；更主要的，是因為這兩本書嚴重歪曲了事實，詆毀了丁玲和胡也頻無比熱愛並為之獻身的左翼文藝運動。我覺得，這才是丁、沈之間的根本矛盾。由此看來，丁、沈的分歧，並不像某些人所說的是所謂雞毛蒜皮的個人意氣之爭，而是涉及到原則和信仰問題的是非之爭。唯其如此，揭開他們晚年失和之謎，不無意義。

一九九〇年八月

注釋

1　載一九八九年香港《明報月刊》十一月號。
2　載一九九〇年江蘇《南通社會科學》第四期
3　載一九八七年北京《新文學史料》第一期。

法國神父善秉仁與中國現代文學

　　在中國現代文學發展過程中，作為主將並大顯身手的當然是中國的作家詩人們，但也有一些外籍友人參與其間，他們熱愛中國文學，或積極投身新文學運動，或熱情從事介紹工作，或無意中介入了這一領域，從而不同程度上為中國現代文學的發展和建設作出了貢獻。法國神父善秉仁（Jos・Schyns）先生就是其中的一位。

　　提起善秉仁，人們自然會想起他與蘇雪林、趙燕聲合編的英文本《一千五百種現代中國小說和戲劇》一書。這部由北平輔仁大學出版社一九四八年出版的巨著，儘管觀點和選材上有某些不足，但它是建國前唯一的一部較為系統地向海外介紹中國現代文學的大型資料書，其意義之重要是不言而喻的。然而，人們要問：一個法國神父，怎麼會屬意於中國現代文學的介紹工作呢？

　　原來，善秉仁以神父身份自法國來華，已有數十年時間，耳濡目染，飽受了中國文化的薰陶。一九三七年盧溝橋事變後，北平淪陷於日寇鐵蹄之下，善秉仁也成了日寇的俘虜。但衛兵對他看守得不很嚴厲，所以他常與幾位同伴爬出拘留所的牆頭，到街上的書店去購買中國的文藝書籍，偷運回來，埋頭閱讀。由此，他對波瀾壯闊的中國現代文學產生了濃厚的興趣，決心用法文和英文把有關的作家和作品介紹給世界各國的廣大讀者。由中國作家蘇雪林和趙燕聲協助的《一千五百種現代中國小說和戲劇》，就

是他的介紹工作的重要一步。在這以前，他曾在北平普愛堂出版過一部文藝論著《文藝月旦》（一九四七年六月出版）；在這以後，他還編著過一部英文《中國作家傳記集》（插圖本），但此書是否出版，尚待查考。

《一千五百種現代中國小說和戲劇》是善秉仁介紹中國現代文學的代表著作，它規模宏大，內容豐富，舉凡作家生平和文學成就、作品的故事梗概等，都有或詳或略的介紹。它的出版，不僅為海外各國人民瞭解中國現代文學打開了窗戶，而且也為中國現代文學研究保存了許多有價值的資料。一九七七年，香港學者李立明出版的一部《中國現代六百作家小傳》，曾以收羅之廣、材料之豐受到文學界的熱烈歡迎，而據作者自述，他在寫作中曾大得益於善秉仁的這部著作。一九八六年，有朋友為編纂《中國現代小說總書目》，曾翻遍了上海圖書館和北京圖書館的所有藏書和卡片，搜羅不可謂不詳備，但最後與善秉仁的這部著作相對照，仍漏收了二百餘種。由此可見，善秉仁為中國現代文學做了一件多麼重要的工作。

善秉仁傾心於中國現代文學的介紹，同時也對現代作家們抱有相當的熱情。一九四八年九月，他從北平蒞臨上海，曾在復旦大學教授趙景深的引見下，與上海文藝界人士進行了較多的接觸。二十六日下午，他盛情邀請部分作家，假座南京西路康樂酒樓別墅廳舉行茶聚，出席者有葉聖陶、徐調孚、趙景深、朱雯、羅洪、唐弢、范泉、臧克家、孔另境、梅林、趙爾謙和高神父等十二人。在滬期間，他還得到巴金的友好招待，與蕭乾等作家也作了晤面和交談。

九月三十日，善秉仁乘機離滬飛返北平。倚裝待發之際，他應《文藝春秋》月刊主編范泉之約，寫了一篇題為〈和上海文藝

界接觸後〉的感想文章。他認為，上海集結著「一大部分的優秀作家」。他們生活雖然艱苦，但有「高超的理想」、「高尚的人格」和「不自私的犧牲精神」，正努力以自己的作品「使社會和國家日益進步」。他稱讚葉聖陶、趙景深、范泉等作家「在經濟極端困難的情形下，仍然為大眾服務，主持出版事業，始終不懈」；他欽敬巴金「以他偉大的心胸和文藝天才，產生各種作品」，「震撼青年們的心弦」；他推崇孔另境「影劇作品已入化境」，而臧克家則是「久已馳名文壇的詩人」；對「正收集材料，預備寫一本現代文學史」的唐弢，以及「在教書和統攝家務的萬忙中，正寫著一部小說」的羅洪，也懇摯地表達了崇敬之情。由於時間關係，善秉仁未能會見更多的作家，當他即將離滬時，還特意提到鄭振鐸、曹禺、陳白塵、趙清閣、鳳子、豐子愷、許欽文、錢鍾書、楊騷、沉櫻等作家，說他們時刻在自己的「思念和記憶中」，表示要向他們致以「無上的敬意」。

在這篇文章中，善秉仁還暢談了自己對中國現代文學的看法。他認為：「中國現代的文藝誕生後，有不少具有盛名的作家和極有價值的作品，以質量言，均造極峰，是極有地位的。」所以，「中國文藝應該出現於世界文壇之上，占一個重要的位置」。他說，基於這種認識，他早就有從事譯介工作的計畫，而這次與上海作家接觸後，更引起他「新興的情緒，決心格外加緊努力研究中國現代的文藝，以便介紹到外國去」。善秉仁對中國現代文學的真誠與熱愛，在這篇文章中可以說表達得淋漓盡致。

為了紀念善秉仁的這次上海之行，並對他表示感謝之忱，范泉在十月十五日出版的《文藝春秋》第七卷第四期上，刊出了善秉仁的半身像、他與葉聖陶等作家的合影、他的簽名式，以及〈和上海文藝界接觸後〉一文，並殷殷寄語，希望他能夠「一步步地

實現」他的介紹計畫,「做中國文藝深入到國外讀者頭腦裏去的真正的『橋樑』」。

　　善秉仁後來似乎音訊杳然。但是,他對中國現代文學的一片愛心和熱情介紹,卻已深深地印在中國讀者的記憶裏,我相信,也將記載在中外文化交流史上。

一九九〇年二月

「時代的號角」

——談澳門現代詩人華鈴的詩歌創作

　　曾有人把澳門比作「文學沙漠」，其實這是無稽之談。澳門雖以賭城馳名中外，卻與中國大陸許多地區一樣，有著深遠的文學淵源。遠的姑且不論，就是今天，澳門文學界也大有人在。馬萬祺、李鵬翥等名流早已為廣大讀者耳熟能詳，五月詩社等文學社團的新秀們也已眾所矚目。我這裏想介紹一位隱居澳門的老詩人，他就是三、四十年代蜚聲上海抗日詩壇、被著名文學家鄭振鐸譽為「時代的號角」的詩人華鈴。

　　華鈴原名馮錦釗，原籍廣東省新會縣，一九一五年五月誕生於澳門。早年就讀於澳門漢文學校、廣州知用中學，三十年代初考入上海復旦大學，不久轉入國立暨南大學英文系讀書。一九三九年畢業後，曾短期出任雲南省立昆華中學英文教員。一九四二年返回澳門，經政府批准創辦了馮氏英文專科學校，並開辦私人健身院。與此同時，他還兼任澳門廣大附中英文教員、中德中學體育主任。翌年離澳，輾轉任教於桂林、重慶、上海、香港等地。一九五三年重返澳門，恢復馮氏英專，採用錄音進行教授，開當時風氣之先。其間，他還教授過兩年小提琴，又在澳門綠邨電臺樂隊客串小提琴一年。一九七五年退休，此後一直在家潛心讀書寫作。從上述簡歷觀之，華鈴與澳門有著親密的聯繫。他生於斯，長於斯，創辦事業於斯，最後又葉落歸根於斯，可以說，他的一

生與澳門休戚相關，密不可分，他是澳門的兒子。無怪乎他對澳門情深意摯，多年來心繫神駐，即使晚年孤獨，重病在身，仍不肯移居他處。另一方面，他對澳門也頗多貢獻，僅是馮氏英專，就培養了大批英語人才，他的音樂活動也為澳門文藝界增添了光彩。

然而，就華鈴一生而言，他的最大成就是詩歌創作。他是抗戰時期有影響的青年詩人，在民族危亡的關鍵時刻，他以自己高昂、激越、別致、動人的歌聲，積極投身於奔騰磅礴的抗日大潮，為中華民族的生存與挺立，獻出了自己的一腔熱血和無限深情。正是在這樣血與火的淬煉之下，他的睿智和詩才得到了極大的發揮，他的詩歌藝術迅速提高漸臻成熟。他的別具風格的詩作，在當時詩壇頗有影響，並在中國新詩史上留下了自己的印記。

當然，華鈴的成長是有一個過程的。從書齋到社會，從吟詠個人私情到發抒民族大眾的豪情，他經過了自己的思考和探索。他從小喜愛文學，一九三〇年在廣州知用中學讀書期間開始詩歌創作，並寫出處女詩作〈姑娘我怎能愛你〉。這首標誌著作者感情早熟的抒情小詩，雖然不無遊戲意味，卻反映出作者較深的古典文學根基和寫詩的才華，因而受到正在該校兼課的中山大學教授張一凡的誇獎。這件事，對華鈴日後走上詩歌創作之路頗有影響，時至今日，他仍記憶猶新。

五年以後，他在復旦大學寫過一首新詩〈五月〉，陳子展教授看到後十分賞識，立即拿去以〈並不自殺〉為題，發表於自己主編的上海《立報》副刊，並加以按語云：「此詩可與魯迅〈我的失戀——擬古打油詩〉同讀，原題為〈五月〉。」陳子展的褒獎，無疑如一把火，更燒旺了華鈴酷愛詩歌的熱情。從此他對詩歌感情愈深，整日沉浸於詩境之中，如癡如醉。他的老同學吳岩在〈朝

花夕拾〉一文中，回憶說華鈴「天天寫詩，天天講他寫詩的甘苦」，可見一斑。

如果說，初期的華鈴尚不無個人興趣愛好的局限的話，那麼，隨著日本帝國主義侵略和民族危機的加劇，他便逐漸跳出個人溫情的小圈子，而發出了響遏行雲的抗日呼喊。

這時期，上海已淪為「孤島」，四周是汪洋一片的淪陷區，黑雲彌天，人心惶惶。而正在暨南大學讀書的華鈴，卻與吳岩、舒岱等熱血青年，戮力同心創辦了一個旨在宣傳抗日救亡的《文藝》半月刊，為沉悶的「孤島」吹來了一股清新的風。愛國學生們的熱情工作，得到了諸多進步作家的鼎力支持，《文藝》半月刊編得紅紅火火。當時遙在重慶的茅盾興奮地在《文藝陣地》撰文，對該刊評價甚高，稱讚他們「在重重束縛之下」辦了個「頗有精彩」的刊物，「是值得敬佩的」。[1]

作為《文藝》同仁之一，華鈴自然熱心參與辦刊活動，同時他也在該刊發表了大量詩作，如〈人樹歌〉、〈再會了，我親愛的朋友歐裕昆〉、〈知了〉、〈童謠〉、〈亭子間〉、〈戀歌〉、〈流浪人的心上秋〉、〈前進，前進〉（譯詩）、〈螳螂〉、〈鱉──烏龜〉、〈「沒有號數的師團」〉、〈未死的國人喲〉等等，幾乎每期都有他的詩作。可以毫不誇張地說，他是《文藝》的台柱作者之一，他為《文藝》的抗日宣傳工作作出了積極的努力。

除了《文藝》之外，他的詩作還散載於上海《文藝新潮》、《綠洲》、《文藝復興》、《戲劇與文學》、《人世間》、《大英夜報》等許多報紙刊物。但以他當時熾烈的抗日激情和旺盛的創作熱忱，報刊的有限版面已遠不能容納下他豐贍的詩篇。為此，他決定自費出版《華鈴詩六輯》，包括《向日葵》、《玫瑰》、《牽牛花》、《滿天

星》、《勿忘儂》和《疊花》六冊（後因時局關係，後兩冊未能面世）。這些詩集的出版，為「孤島」上海的抗戰文學史和出版史，寫下了很有意義的一頁，因而被暨大《文藝》同仁們引為美談。自此，「詩人華鈴」的名聲愈益響亮了。

縱觀華鈴抗戰時期的詩作，大體可以分為四大部分。首先是直接應和抗戰的心靈吶喊。詩人當時雖然是學生，但「天下興亡，匹夫有責」，在整個中華大地放不下一張平靜書桌的時刻，作為一個愛國青年，豈有無動於衷、袖手旁觀之理？大時代的風雲，激蕩於他的心胸，使他不安於教室，而面向現實，以遒勁有力的詩句，唱出了一支支充溢著愛和恨的動人歌曲，成了一位小有名氣的抗戰詩人。

請看詩人寫的〈狂徒頌──謹獻與拿破崙、希特勒及其徒孫們〉：

> 當你世上縱橫已倦、回守家園，
> 你就跟鄰人再來個你死我活吧！
> 請記取：古來好勇鬥狠之徒們，
> 莫不「英雄到底」。
>
> 乘人之危，是樁取巧生意。
> 收穫往往一本萬利。
> 你就變本加厲地兇狠吧，
> 英雄事大啊，算什麼，「遲早橫死」！

這首小詩以辛辣的筆調，鞭撻了日本帝國主義罪惡的侵略勾當，指明了它在中國人民英勇抗爭下必然「橫死」的可恥下場。詩中

充滿著蔑視強敵的英雄氣概,和對抗日戰爭的必勝信念,讀來頗令人神旺。

　　詩人還把鋒利的匕首指向認賊為父、賣國求榮的無恥漢奸,寫了〈大小流氓〉、〈狗的獻媚〉等詩痛加撻伐。尤其是標榜「為世間全體兩腳的雌狗雄狗而作」的〈狗的獻媚〉一詩,更把狗奴才的醜惡面目揭露得淋漓盡致,頗具「醒世」、「明世」、「警世」的作用。而詩人愛恨分明、嫉惡如仇的凜然正氣,和鞭辟入裏、入木三分的諷刺藝術,也在這裏得到鮮明的體現。

　　在另一些詩作中,詩人以現實主義手法,真實地反映了日寇侵略給中國人民造成的巨大災難,熱情地謳歌了在神聖的抗日鬥爭中流血犧牲的愛國軍民。他把深情的贊詩獻送給親人上前線的女子(見〈戀歌〉)、活躍在鬥爭前沿的兒童團(見〈「沒有號數的師團」〉)、眾志成城的人民大眾(見〈什麼戲〉),甚至自己也表示,要把「提琴撇了」,隨抗日志士們「合夥」奔「赴前方」(見〈再會了,我親愛的朋友歐裕昆〉)。

　　當然,詩人在縱喉高歌時,未必有為人民立言之意,但他在黑雲壓城城欲摧之際,站在中國人民的立場上,抨擊寇仇,痛斥罪惡,歌贊英傑,呼喚勝利,喊出了人民的心聲,反映了時代的主旋律,為全國人民同仇敵愾的抗日浪潮,起到了激濁揚清、推波助瀾的作用。正是在這個意義上,他的詩被鄭振鐸譽為「時代的號角」。

　　華鈴的第二部分詩作,主要反映了他對人生、對社會、對複雜事物的深沉思考。在這裏,雖然沒有直接表現抗日救亡的偉大鬥爭場面,但是詩裏說明的那些深刻的哲理,歌頌的那種頑強不息、奮力前行的精神,那種始終充滿著勝利信念的樂觀態度,同樣應和著時代的脈搏,同樣給廣大讀者以有益的啟發和巨大的鼓舞。

　　與前一部分詩作不同，詩人在創作這些詩篇時，更多地採用了借物喻意的手法，含蓄地、曲折地表現著作品的主題。他用那不怕被雷霆掃光「滿頂華葉」、到春天「我又一樣地向你婆娑，一樣地榮枝迸發」的大樹形象，激勵人們不畏強暴，充滿自信，鬥爭到底（見〈大樹歌〉）。在〈炭〉一詩中，他頌揚了炭「一碰著火就立刻地燃燒——毫不遲疑地，化身為灰、為燼」的那種感人至深的獻身精神，令人聯想起浴血奮戰於抗日前線的愛國軍民。其他如〈牽牛花〉、〈筍〉、〈蜻蜓〉、〈橋〉、〈前後兩烏龜〉等詩篇，也都從不同側面表達了詩人的所愛、所憎、所提倡、所反對，各各寓意深雋，啟人沉思。

　　有時候，詩人也直接抒寫自己對社會人生的體驗，以形象的畫面表達深刻的意蘊。如〈咱們〉上半首：

> 咱們
>
> 山居早起；
>
> 日頭出自咱們腳底。
>
> 咱們雄視日出，
>
> 紅光滿面，
>
> 熱血滔滔，
>
> 如海浪江潮．
>
> 曙光是咱們的！
>
> 咱們不識什麼叫日出奇跡！

此詩的「詩眼」在最末兩句。「曙光是咱們的」，而世上沒有天降「奇跡」，只有力抗寇仇，才能驅散黑暗，迎來「咱們」的「曙

光」。在這裏，形象的描寫深化了詩的內涵，賦予了詩篇委婉的藝術美。

除了上述兩大類詩作外，華鈴在抗戰時期還寫了若干描寫日常生活和男女愛情的短詩。這兩類詩生活氣息較濃，藝術構思也多精巧，富於美的思想和情趣，是華鈴詩歌創作的一個有機組成部分。要全面瞭解華鈴其人其詩，自然不可對此忽視。只是本文篇幅有限，不擬詳加介紹，且引一首〈當〉聊供欣賞──

> 當各式各樣兒的嘴唇，
> 都已淡忘
> 我還記得那麼一個
> 為含鉛筆而弄髒了的小嘴巴
> 那雙用來聽講的凝眸呀
> 也一樣
> 比最嫵媚的眼睛
> 在我的記憶裏
> 都要留得長久些

萊辛曾經說過：「決定人的價值的，是追求真理的孜孜不倦的精神。」華鈴以詩為事業，視詩為生命，幾乎全身心地沉浸在詩的世界裏。他的老同學，老朋友們，對此都有難忘的記憶。許光銳說：「一見面他就和我滔滔不絕地談論他自己底詩」。[2] 吳岩也說，他「見到人就談文學，談詩，談他自己寫詩的甘苦，推敲的過程，而且不惜把金針度與人，往往分析自己詩句的得意之處，得意地把個中經驗和盤托出」。[3] 或許友人們不一定完全首肯華鈴

的觀點，但大家無不為他獨特的率直和天真而感動，為他這種對詩歌近於狂熱的愛和執著的追求而傾倒。

熟悉華鈴的人，都知道他的個性極強。他昂首傲對惡的勢力，毫不妥協，也固執地堅持自己認為正確的事理，絕不人云亦云。但他對於詩創作，卻不無謙和的態度。儘管他不會輕易接受別人的批評意見，但確有道理者，他不僅俯首服膺，而且將批評者引為摯友。他對自己詩作的認真與苛求也達到驚人的程度，幾十年來，他對過去創作的詩篇一直在反覆推敲、精心修改，幾乎每一首詩都與當初的自定稿或發表稿面目不同，而且這還遠不是最後的定稿。他認為，詩人為著對自己、對讀者負責，應當不斷修改自己的作品，精益求精，以臻完美。如今，當我們翻開他的詩稿本時，不禁對他這種虔誠、刻苦和認真的創作態度，油然而生無限的敬意。

藝術家的成熟，標誌之一在於具有獨特的風格。華鈴的詩，在藝術上也有著自己的追求。它們看上去似乎平淡無奇，但決不是一杯白水，只要細加咀嚼，不難發現其中的滋味。在這裏，沒有華麗的辭藻，沒有朦朧的意境，更沒有故弄玄虛的構思，然而，這些平白無奇的詩句卻頗有令人百讀不厭的魅力。詩人曾經說過：「『看似平凡最奇絕』，是藝術上的最高境界。」此語道出了他的審美觀點和詩歌創作上的良苦用心。王統照評論道：「華鈴的詩為中國開闢一條大道——明白如話。既不做作，也不堆砌字眼，一句句讀下去使人感念，使人覺得是詩而不是話。這，作者須有實感而又有白描的手法，方能辦到這樣以話作詩的地步。」[4] 可見，詩人刻意追求的那種質樸的美，那種自然的美，那種真誠的美，不僅打動了廣大的同樣真誠的讀者，而且也獲得了文壇的高度評價。

　　富有音樂的美，是華鈴詩作的另一個主要的藝術特色。詩人不僅生活在詩的世界，而且也生活在音樂的世界。他對音樂的愛好，並不亞於詩歌。無庸諱言，他音樂上的天賦不很高，但多年的刻苦學習和音樂實踐，對他詩歌創作產生了明顯的影響。在他詩中往往流貫著一種音樂的韻律，節奏鮮明，聲調和美，讀來抑揚頓挫，朗朗上口。所以他的許多詩在當時的朗誦詩會上，受到讀者和聽眾的歡迎，不少享有盛名的音樂家，也都樂於為之譜曲。詩人曾贈我兩盤為他詩作譜曲演唱的磁帶，我一直珍藏著，有時取出來欣賞一番，聽那動人的樂曲，似乎更增進了對他詩作的理解。

　　實至而名歸。華鈴的詩創作，得到其老師、著名文學家李健吾頗為剴切的評價。李健吾在三十年代為《華鈴詩六輯》所作的序文〈華鈴詩人論〉中指出：華鈴的詩「有節奏，一種非人工的音籟；字句不求過分的錘煉；意義不求過分的深切，然而一種抒情的幻想流灌在裏面，輕輕襲取我們的同情……有熱情，不太奔放，有音響，不太繁碎。這裏是語言，是一切生活裏面的東西，無以名之，名之曰本色。」

　　其實又何止李健吾，諸多文藝界前輩和同好，凡曾讀過其詩者，大多有美的稱譽。歐陽予倩讀了他的長詩〈給葉芝〉後，對他說：「我從來沒有讀過這樣的好詩，你真的非好好寫不可呀！」田漢說：「這篇〈滾〉是誰寫的？好大的魄力！」孫大雨讚不絕口：「我才讀到你的〈螳螂〉，是篇好詩，是篇好詩！」蔣錫金則極力推薦他的〈牽牛花〉一詩，稱它是「我們公認為有朗誦詩以來最為成功的一篇」。還有楊振聲、查良釗、鄭振鐸、戴望舒、顧仲彝、黃寧嬰、柳無垢、林枳敔、歐陽文彬等著名作家、學者，都曾投

以贊許的目光，充分肯定他對新詩創作的貢獻，諄諄勉勵他努力
精進，爭取更大的成就。

　　華鈴也確實沒有辜負眾多師友們的厚望，幾十年來，他在忙
碌於生活、工作的同時，從不忘情於自己所鍾愛的繆斯女神，辛
勤耕耘於詩的園地。他一方面反覆修改自己的舊作，並精心寫注，
編成一部總結性的書稿《華鈴五十年詩作與分析》，還由福建海峽
文藝出版社出版了一冊被列入「上海抗戰時期文學叢書」的詩選
《火花集》；另一方面還不斷構思新作，完成了不少佳篇。他一向
重視文學翻譯，曾譯過托爾斯泰的中篇童話〈傻瓜伊凡〉、保羅‧
諾爾多夫和保爾‧格累布合作的〈九十一歌劇故事及五十三歌劇
作家〉、馬雅可夫斯基的著名長詩〈好！〉等作品，並編成《譯詩
集》一部。他的研究和寫作涉獵面頗廣，除上述作品外，還先後
完成了《改良英語音標》、《英語成語精選》、《英文散文選注》、《世
界語錄精華》、《今千字文》、《聯與聯話》、《雜文‧隨筆》、《書翰
集》、《華鈴抒情歌集》、《華鈴藝術歌集》、《運籌學》等書稿，真
可謂碩果累累。

　　華鈴成就卓著而生性淡泊，他著述雖多，卻疏於發表，上述
這些作品大多完成於定居澳門期間，而揭載於港澳報刊的只有極
少數。他也從不愛拋頭露面，無意周旋於社交場合，只是潛游於
詩與學問的王國，心不旁騖，自得其樂。因此，不但大陸文藝界
漸漸淡忘了這位曾經名噪抗戰詩壇的詩人，就是在他定居數十年
的澳門，也很少有人知曉他的存在。然而塵封的歷史終將掀開，
一切曾對人民對社會有過貢獻的人都將受到人民的注意和尊敬。
相信大陸和澳門人民一定有興趣瞭解華鈴及其詩歌創作，我因此
樂於略作評介。

　　　　　　　　　　　　　　　　　　　　　一九九一年七月底

注釋

1　見玄（茅盾）〈西北高原與東南海濱〉，載一九三八年十月一日《文藝陣地》第一卷第十二期。

2　見許光銳〈華鈴底道路〉，收欽鴻編華鈴《火花集》，海峽文藝出版社一九八九年十二月出版。

3　見吳岩〈懷念華鈴〉，載一九八八年二月二十六日《新民晚報・夜光杯》。

4　見王統照〈「再會了，歐裕昆」編者按〉。

輯二

塵封已久的一顆明珠

──記范泉主編的《文藝春秋》

　　范泉在上海主編的《文藝春秋》雜誌，創刊於一九四四年十月，終刊於一九四九年四月，前後總共出版四十四期。這是四十年代上海──乃至整個國統區持續時間最長、基本上按月出版、囊括了當時國統區絕大多數重要作家、進步傾向十分鮮明的一個文藝刊物。它在當時的文壇上產生了廣泛的影響，也應當在我國現代文學史和現代出版史上，佔有一定的地位。

　　但是，在相當長的時間內，《文藝春秋》卻沒有受到應有的重視。五年前，四川省社科院文學研究所編印《抗戰文藝報刊篇目彙編》時，收入了抗戰勝利後創刊的《文藝復興》等，卻將名副其實的抗戰文藝刊物《文藝春秋》摒棄在外。近年來出版的一些辭典，如鄂基瑞等編的《簡明中國新文學辭典》（江西人民出版社一九八八年出版）、王錦泉等主編的《簡明中國現代文學辭典》（黃河文藝出版社一九八七年出版）、程凱華等編的《中國現代文學辭典》（華岳文藝出版社一九八八年出版），都沒有收錄有關《文藝春秋》的辭條。周揚主編的《中國大百科全書・中國文學卷》，也沒有關於《文藝春秋》的介紹。

　　不僅如此。一九八八年《新文學史料》第四期發表的胡風〈關於解放以來的文藝實踐情況的報告〉中，還有這樣的評介：抗戰勝利後的上海，在「黃色刊物」氾濫成災的同時，有「南京暗探

范泉主編《文藝春秋》」,「幹著」「羅丹所說的『為引誘群眾而皺眉扮臉,裝腔作勢』的文藝事業」,「至於『進步』刊物,少到幾乎沒有」。[1]胡風此語,其實是一種無稽的流言和「左」的思想觀點混雜的產物。它反映了文壇上一部分人對《文藝春秋》及其主編范泉的一種曲解。或許,這也正是多年來《文藝春秋》未能得到應有的肯定和重視的原因所在。

那末,事情真相究竟如何呢?讓我們來對《文藝春秋》作一個歷史的回顧。

一、受命於危難之際

一九四四年上海淪陷時期,創業於清末的永祥印書館,由於增資和形勢的發展,不滿足於單純的印刷業務,而計畫成立編輯部,先編期刊,然後陸續出版各種圖書。

當時在復旦大學任教務長、後來是民主促進會中央委員的金通尹,因受書館要求推薦人員的委託,便來找他的學生范泉,要他去永祥印書館就任編輯部負責人。金通尹的用意很明確:「如果我們不去佔領這個文化陣地,那末,汪偽的文化渣滓就一定會去佔領。」[2]

范泉畢業於復旦大學新聞學系,對老師金通尹的進步思想一直很欽敬。一九三九年,在淪為「孤島」的上海,他曾由金通尹介紹,進入國民黨掛著洋商招牌、從事抗日反汪宣傳的報紙中美日報社編輯副刊《堡壘》,發表了包括錫金、朱維基等撰寫的許多進步文章。此後雖因「共黨嫌疑」被撤職,但老師對他更加賞

識，發現他思想進步，善於組稿編稿，可以勝任一家書店編輯部的領導工作，因此再一次找到了他。范泉聽了金通尹有關當時形勢的分析，明確了任職的利害關係以後，心情很激動，不顧可能招致的危險，毅然決定接受這個任務。

「凡事預則立。」為了能在險惡的環境裏進行有效的鬥爭，當然必須有不怕受迫害、遭逮捕乃至獻出生命的精神準備，同時也得有周密的籌畫和巧妙的鬥爭藝術。在許廣平等許多文藝界師友的關注和支持下，范泉首先對永祥印書館的基本情況作了細緻的調查，摸清了它的性質── 一個沒有政治背景的資本家企業，從而確定了利用資本家牟利發財的心理出版進步期刊的基本方針。其次，針對敵偽當局關於出版期刊必須登記的規定，決定採用「叢刊」的形式分輯出版，每輯一個書名，以逃避登記。為了蒙蔽敵偽的耳目，還決定採用毫無鋒芒、完全屬於中性的「文藝春秋」四個字，作為叢刊的名稱。

二、一塊綠洲

經過一番籌備，《文藝春秋叢刊》於一九四四年十月十日正式創刊。編輯者署永祥印書館編輯部，實質就是范泉，發行人為書館老闆陳安鎮。第一輯出版，適逢永祥印書館總發行所開幕兩周年紀念，因而取名《兩年》。這一期的內容，除了「兩年紀念專輯」以外，還有兩個專輯。其一是「林語堂的來去」文藝史料特輯。一九四三年底，林語堂自美回國，所到之處竭力鼓動青年讀《易經》，這在抗戰時期顯然是不合時宜的，因而引起進步文

化界的普遍反對。《兩年》組織這一特輯，以林語堂的有關言論為靶子，發表了郭沫若、曹聚仁等的批駁文章。其二是「紀念魯迅先生逝世八周年」特輯，刊載了范泉以「本刊」署名的一篇專文和他的譯作〈魯迅先生的晚年〉（日本小田嶽夫作），並重點編發了包括許廣平〈啟事〉在內的一批有關魯迅藏書出售問題的文章。范泉在題為〈紀念魯迅先生逝世八周年〉的專文中，明確指出：出售魯迅藏書絕不是魯迅家屬真正的意願，「必然另有其人」，這是一次「陰謀」，應當予以揭露。君宜的〈魯迅藏書出售說〉一文，進一步揭露了事實真相。他說：「魯迅翁在平家屬，除其弟豈明老人外，僅前妻一人，本與其老母同居。」「事變之後，豈明老人淹留故鄉，即因有『老母寡嫂在』之故。今其老母已逝，所餘僅『寡嫂』一人，日用消耗，亦極有限。豈以豈明老人今日之地位，竟不能庇一『寡嫂』而必欲出售魯迅翁遺澤始足為生耶？」顯而易見，該特輯的矛頭是直指周作人的。當時周作人任偽華北政務委員會委員、偽華北綜合調查研究所副理事長等職，其勢正炙手可熱，《兩年》編者明文譴責，而且編成特輯，儘管比較含蓄，但其膽識卻是頗足稱道的。

　　與叢刊名實相符的，是卷首由編者所輯的「文藝春秋」專欄，收錄簡訊十九則，介紹了以溝通抗戰大後方文藝界動態為主要內容的中外各地文藝資訊，涉及上海、桂林、重慶、臺灣、日本、朝鮮等地，涉及的作家有巴金、郭沫若、冰心、鄒韜奮、孔另境、洪深、曹禺、呂思勉、顧仲彝、司馬文森等。資訊或詳或略，因人因事而異，卻各有其情趣。詳者如介紹司馬文森的長篇小說《雨季》的出版，編者以優美的文筆述說故事梗概，提示一個青年的現代女性「向舊社會、向幽囚過多少女性的牢籠宣戰」的必然性，

最後評論說：「作者這部作品，就像是隱藏在雲層中的陽光，它
帶給了讀者新的理想，新的希望。」這則文藝簡訊，不啻為一
篇小小的書評，主題明確，發人深思。略者如關於鄒韜奮逝世的
資訊：

> 素以犀利筆鋒著稱的中國時事評論家鄒韜奮氏，最近已於江蘇
> 省北部患腦癌逝世。聞臨終前雙目失明，厥狀殊慘。

這則資訊雖不到五十字，卻用意深遠。我們知道，共產主義戰士
鄒韜奮一九四四年七月二十四日病逝於上海，重慶和延安各界人
士曾先後集會追悼，中共中央還追認他為共產黨員；而淪陷區的
上海卻鮮有人知，他的遺體也只能用假名暫厝於上海殯儀館。在
這種複雜的形勢下，《兩年》及時披露了這一資訊，並將逝世的
地點易為「江蘇省北部」，既發抒了哀悼之情，又蒙蔽了敵人，
掩護了有關的中共地下黨員和醫務工作者。

　　此外，《兩年》還刊有小說、散文、小品、戲劇、評論、譯
作、史論等，形式多樣，內容豐富，作者隊伍也較可觀，有李蘭、
司馬文森、沈子復、司徒宗、范泉、孔另境、呂思勉、顧仲彝、
魯思等。封面裝幀則出於留居上海的裝幀藝術家錢君匋之手。

　　《文藝春秋叢刊》第一輯《兩年》的誕生，無異是上海淪陷
區荒蕪的沙漠中出現的一塊綠洲，它既伸張了民族的浩然正氣，
又溝通了抗戰大後方的資訊，使處身於淪陷區的文藝青年看到了
持久抗戰的勝利希望。

三、鮮明的進步傾向

繼《兩年》之後，范泉陸續編出《文藝春秋叢刊》三輯：第二輯《星花》，第三輯《春雷》，第四輯《朝霧》。

這三輯堅持《兩年》的編輯方針，以隱晦曲折的形式傳達民族正義的呼聲，編發了許多有時代精神和社會意義的作品。主要內容有以下四個方面。

第一，繼續編發以抗戰大後方為重點的中外文藝資訊。如關於蘇聯翻譯出版收有茅盾、老舍等最新作品的《中國小說》、成都上演陽翰笙的《兩面人》等劇作、重慶文藝界座談討論茅盾的新作《霜葉紅似二月花》等。特別是以較多篇幅報導了作家們的窘迫處境：

> 當端木蕻良離開桂林時，曾和秦黛在六合路口開了一家甜品店，專門出售北平酸梅湯，可惜不久端木害病了，因此店鋪也就關了門。[3]
> 司馬文森、周鋼鳴、韓北屏，他們挈妻攜雛，在柳州和艾蕪同樣地狼狽：文章沒有地方發表，稿費便斷了來源。……（韓北屏）說要教書，以為教書匠還能活命。而司馬文森也向他的友人訴苦，他說：「設法活下去，已成了最迫切的問題。但今後，行動卻不能一定，到底……」言下不勝悵惘。[4]

比較突出的是關於魯彥的報導。魯彥是著名的鄉土文學作家，他在《柚子》、《黃金》、《野火》等小說集中，以現實主義的筆觸，揭露世態的炎涼、悲慘的現實，憤怒地詛咒和攻擊「一

切壞的惡的生活」[5]，受到魯迅等作家和廣大讀者的好評。但他不容於當時的黑暗社會，抗戰後期更陷於貧病交迫的困境，終於在動亂顛簸中淒涼地死去。抱著對魯彥的同情和關注，范泉在「文藝春秋」的資訊欄裏，連續報導了內地文化界發起「募集王魯彥先生醫藥費運動」以及魯彥的困頓和病逝等消息。還在第三輯中以較多的篇幅，對魯彥因不堪流亡道路的磨難而死的情況，作了詳細的報導。

此外，還報導了方敬、邵荃麟、葛琴、穆木天、彭慧、熊佛西、宋雲彬、田漢等人的困厄情況。編者將眾多作家顛沛流離、生活艱難的情形披露出來，這是對國民黨消極抗日、積極反共、置進步作家於不顧的反動實質的揭露和鞭撻，也是對日本帝國主義殘暴侵略的血淚控訴！

第二，反映國統區和淪陷區的黑暗現實。這方面的作品數量較多，主要有：征農的〈婦人〉、司徒宗的〈一顆圖章〉、戚雍父的〈荒河沿〉、司馬文森的〈盲人〉等短篇小說，方君逸（吳天）的〈記亡兒偉寶〉、康了齋（師陀）的〈夏侯杞〉、吳仞之的〈北行隨感〉等散文，顧仲彝的《野火花》和《衣冠禽獸》、東方曦（孔另境）的《晚霞》等劇作。其中范泉的短篇小說〈債〉，描寫一對青年農民福德和翠寶夫婦長年辛勤勞動，卻不僅償還不了父輩的欠債，還受到獨眼龍、王老虎等惡霸財主的百般欺凌和侮辱。最後在忍無可忍之下，翠寶殺死了王老虎後服毒自盡。而福德在進步教師嚴先生的啟發下，認識到：只有清算了「吃人不見血的討債的社會制度」，才能建設「充滿陽光和溫暖」的「幸福之都」。在荊天棘地、烏雲密佈的淪陷區，范泉敢於在自己所編的刊物上，發表這樣的進步作品，不用說是冒著極大的風險的。

　　第三，傳達廣大人民企盼抗戰勝利的呼聲。在第三輯《春雷》上，發表了歐陽山作於重慶的散文〈今年元旦〉。寫的是抗戰中某一年元旦，當人們逢佳節、思故鄉、希望戰事早日結束時，有一位年輕的婦女工作者卻說：「單是希望有什麼用呢？許多可能的事情，你不去做，或者做，──太慢了，或者根本做錯了，也未必能夠實現！」其文雖曲，其意卻不難揣摩。與此相呼應的，是同輯上金雷（范泉）的散文〈秋雪〉。作者抒寫了現實給予自己的一種窒息感：走到室外，天空好像被巨人扯起灰色的帆遮住了半壁，使嫩綠的雲霞只剩下殘缺的一片；進入辦公室，牆壁又像千斤萬兩的枷鎖，扼住了視線囚困了心。他終於憤憤地想：憤怒的火焰總有一天要焚燒起來，「燒滅那吃人的野獸，那污穢的牆壁，那枷鎖，那狹底籠！」這兩篇文章隱晦曲折，意在言外，足見作者和編者的良苦用心。

　　第四，介紹蘇俄批判現實主義文藝。除了「文藝春秋」欄的資訊外，范泉在第二輯《星花》中，組織了「紀念契訶夫逝世四十周年」的特輯，發表了沈子復、蕭廷義、郭豐等人介紹和翻譯契訶夫的文章四篇。范泉在署名「本刊」的〈紀念契訶夫逝世四十周年〉一文中，強調指出紀念契訶夫的意義，在於「我們的時代更需要著像契訶夫那樣能夠發掘社會病菌的作家們」。在第三輯《春雷》中，還發表了辛薤的〈莫斯科的兒童劇場〉一文。

　　此外，這三輯還編發了茅盾的〈談出版文化〉、郭沫若的〈神明時代〉、錫金的〈論離騷〉、朱維基的〈擺倫與哥德〉、林辰的〈論《紅星佚史》非魯迅所譯〉，以及日本小田嶽夫的《魯迅傳》（范泉譯）片斷等重要作品。

　　寫到這裏，有必要辨析一下對於《文藝春秋叢刊》前四輯的評價。有人以為，前四輯刊載的「較多的是適應市民閱讀」的作

品，有些「比較注重社會人生的描寫，但思想傾向不甚顯豁」。[6]
我認為這樣的評價是不公允的。如上所述，處於敵偽鷹犬遍地、
血腥彌天的淪陷區，一個公開發行的刊物既要宣傳抗日、矛頭直
指魔妖，又要保存自己，是何等的不易。而《文藝春秋叢刊》能
夠不畏艱險，殫精竭慮，刊發了那麼多的優秀作品，傳播了那麼
多進步的、愛國的、抗日的資訊，它的進步傾向難道還「不甚顯
豁」嗎？

四、衝破黑暗

　　一九四五年夏季前後，猖獗一時的日寇已經日落西山，敗局
鑄定；但困獸猶鬥，長惡不悛，共產黨員和進步人士仍然面臨著
坐牢、殺頭的危險。

　　范泉在編輯六月十日出刊的第四輯《朝霧》時，已經估計到
有可能出現的風雲變幻，所以在〈編後〉寫道：第五輯《黎明》
「如果沒有意外的障礙，將於三四十天以後出版」。

　　果然，不久以後，范泉就因為《文藝春秋叢刊》的出版，被日
本憲兵司令部指控為「共產黨」，遭到無休止的盤查、審訊和追捕，
終於不得不隱蔽起來，第五輯《黎明》因而也就無法如期出版。[7]

　　但就在這生死攸關的危難之際，范泉置自身的安危於度外，
依然工作不輟，為出版《黎明》積極做著準備。

　　八月十四日，迫於世界反法西斯力量的強大攻勢，日本天皇
正式宣佈無條件投降。中國人民歷時八年的艱苦抗戰，終於贏得
了勝利。

重新獲得自由的范泉，懷著激動的心情，迅速編妥了叢刊的第五輯《黎明》，於九月一日正式出版。為了慶祝抗戰勝利，范泉組織了總題為〈黎明前奏〉的筆談，為之撰稿的有歐陽翠、司徒宗、K・P（許廣平）、孔另境、顧仲彞、佚茗、方君逸、周文同、吳仭之、沈子復、錢君匋、魏於潛（吳琛）、邵心真、胡道靜等人，大都是堅持在淪陷區從事抗日愛國活動的文藝戰士。范泉自己，則撰寫了〈八年來的上海文藝工作者〉一文，熱情歌頌了那些在八年抗戰中「犯了『愛國罪』，在敵偽憲警的監視、逮捕和嚴刑拷打下，過著屈辱、饑饉和流亡生活」的上海文藝戰友們。

至此，《文藝春秋叢刊》的歷史使命已經完成。范泉在《黎明》的〈編後〉中，滿懷喜悅地向讀者預告：「從下一期起，……決定將本刊改為純文藝月刊。月刊的名稱就定為《文藝春秋》。」

五、抗日戰爭反思

《文藝春秋》月刊於一九四五年十二月十五日正式出版。為了保持刊物的連續性，范泉將前五輯作為第一卷，以後則承前從第二卷算起。從此，《文藝春秋》的出版走上正軌，每年出版二卷，每卷六期，直至一九四九年上海解放前夕為止。

永祥老闆陳安鎮對《文藝春秋》甚為重視，總是強調它在敵偽時期有鬥爭歷史，沒有掉進汪偽的泥坑，是書館的光榮和驕傲。所以，他想盡辦法，為刊物排憂除難。經過他的爭取，《文藝春秋》於一九四六年十月獲得了「京警滬字第一百五十八號」登記證。

但另一方面，陳安鎮又出於對企業的政治考慮，事先未與范泉商量，替書館找了一頂「保護傘」。一九四六年二月，他聘請

了上海敬業中學校長陶廣川來書館兼任顧問，負責審查圖書和期刊的稿件。陶廣川是「國大代表」陶百川的胞弟，國民黨員。為了敷衍他，並利用他的所謂「保護」，范泉委曲求全，採取表面接受、暗裏抵制的手法，總是將一些無關緊要的書稿交由資本家派人送去，而把《文藝春秋》的稿子留下，藉口校印時間緊迫，抵制送審。

刊物是時代的視窗。一個嚴肅的刊物，必然是廣大人民的忠實喉舌。儘管在複雜的形勢下有著種種的障礙和風險，但高明的編輯者總是能夠因勢利導，巧妙地傳達人民的呼聲，反映人民的鬥爭。

在從一九四五年底至一九四六年底出刊的《文藝春秋》第二、三兩卷中，一個突出的主題，就是反映廣大人民群眾的抗日情緒和對抗日戰爭的反思。

首先應當提到的，是對進步文化界的叛逆周作人的聲討。在勝利後最早出版的二卷一期中，發表了署名「公討」的〈論周作人之流〉一文。公討是誰的化名，現已不詳，但這一署名顯然是表示人民大眾對文化漢奸周作人之流的一致聲討。文章指出：所謂文奸，「是指的那些執筆文人，賣身於敵偽方面，在這些年來專從事著作上混淆黑白，認賊作父，認日本敵人為『大東亞』的領導者，自己甘心俯首屈居其下，不惜貶低我們國族的地位，做敵人的應聲蟲。」由於文奸們有一枝「生花之筆」，善於「做遮掩史實的欺騙伎倆」，所以「比一切其他漢奸更非掃除不可」。而其中，周作人更是「文奸的典型代表而且是魁首」。為了不讓歷史「再三的重演」，必須要毫不留情地對他們「以眼還眼，以牙還牙」。在三卷二期中，還刊發了「受審途中的周作人」的照片。

　　其次，發表了眾多以抗日為題材的文藝作品。如鍾敬文的戰地報告〈銀盞坳〉和〈東洞〉、豐子愷的漫畫〈桃太郎繳械〉、許傑的短篇小說〈逃兵〉、周貽白的長篇小說連載〈第六號牢籠〉、曉歌的短篇小說〈友敵之間〉、黎嘉的短篇小說〈負傷者〉、施蟄存的散文〈他要一顆鈕扣〉和〈三個命運〉、黃水的詩〈祖國，我愛你〉等等。這些作品，有的描寫人民在日寇鐵蹄下的劫難，有的反映抗日軍民的戰地生活，有的展示了仇恨敵人、熱愛祖國的情愫，有的則記錄了歡慶勝利的歷史畫面。其中〈負傷者〉描寫一家貧窮的母女，在醉鬼三叔的協助下，救護負傷掉隊的抗日戰士的故事，情節並不複雜，卻緊張動人，幾個人物也各具性格，讀來栩栩如生。

　　與抗擊日寇的主題相配合，還發表了一批反映歐洲人民反對德意法西斯鬥爭的作品。如 SY（劉盛亞）的中篇小說〈小母親〉、舒嚴譯的報告文學〈巴黎在德國鐵蹄下〉（A・Rubakin 作）、馬耳（葉君健）譯的短篇小說〈故國〉（英國 J・賽曼菲作）等。

　　再次，集中發表了「中國文藝工作者十四家對日感想」的專輯文章，撰稿者為葉聖陶、許傑、魏金枝、夏衍、范泉、施蟄存、雪峰、孔另境、司徒宗、任鈞、羅洪、郭紹虞、蔣天佐和葛一虹。[8] 他們一致譴責日本軍國主義的侵略罪行，同時也指出：「承擔著戰後的苦痛與災難的依舊是日本的人民……只有日本人民的力量能夠支配自己命運的時候，遠東的和平才能得到保證」。[9]

六、呼喚民主，呼喚光明

　　抗戰勝利後不久，范泉就編發了湯鍾琰的短篇小說〈變〉，並推崇它「對於勝利以後的中國讀者」，「應該是一篇最切實際

而且最有價值的文藝作品」，因為它「嚴正而切要地指出了『勝
利絕不是休息』」的「主題」。[10]這篇作品的處理，清楚地表明瞭
編者范泉對當時局勢的看法。

從這一基點出發，這時期的刊物先後編發了一系列揭露國民
黨黑暗統治的作品。林紅的短篇小說〈復員〉，通過李潔小姐的
遭遇，披露了抗戰勝利後「達官顯貴步步高升，漢奸走狗也說是
有功黨國，而整天勤勞的小職員卻要給人攆走」的嚴酷現實。杭
約赫（曹辛之）的詩〈還鄉記〉，則以「殺我弟兄的，拆我房屋
的，依然高傲地從我底家門口踏過」的詩句，說明「這茫茫的黑
夜還沒有盡頭」。

一九四六年七月十五日，著名的愛國民主戰士、詩人聞一多，
被國民黨特務暗殺於昆明。范泉立即在八月出版的三卷二期中，
約請趙景深寫了一篇題為〈聞一多先生〉的紀念文章，向反動當
局提出控訴：「中華民國既稱為民國，人民的國家，為什麼不該
走向民主呢？」聞先生只是為了「呼籲和平，爭取民主」，卻「被
狙擊而死，還有什麼話可說？」

同年十月，范泉在三卷四期「紀念魯迅先生逝世十周年」特
輯中，組織了總題為〈要是魯迅先生還活著……〉的一組文章。
林煥平在〈戰鬥只有加劇〉一文中寫道：假如魯迅還活著，當他
看到昆明的無聲手槍，看到外國軍隊在我國飛揚跋扈，看到半個
中國的漫天炮火，「他的愛和恨只有更加尖銳而深刻，他的戰鬥
只有加劇」。為這一特輯撰文者，還有蕭乾、劉西渭（李健吾）、
臧克家、羅洪、施蟄存、茅盾、王西彥、沈子復、田漢、熊佛西、
安娥、魏金枝、周而復和任鈞。

在抨擊黑暗、呼籲民主的同時，范泉還努力介紹來自延安解
放區的文藝作品，藉以讓國統區的讀者對解放區有所瞭解。如反

映翻身農民參加革命的長詩〈吳滿有〉（艾青作），描寫延安大生產運動的短篇小說〈開荒篇〉（周而復作），歌頌新四軍戰士英勇鬥爭的報告文學〈海上的遭遇〉（劉白羽、吳伯簫、周而復、金肇野集體創作），表現深厚的軍民魚水情和同志兄弟誼的小小說〈同志〉（劉白羽作）等。[11]

刊於二卷四期的周而復〈西北文藝的進程──群眾文叢序〉，是一篇重要的文章。它介紹了陝甘寧邊區文藝運動的發展，特別是強調了延安文藝座談會的基本精神，指出了新時代文藝的方向──「表現人民喜怒哀樂，代替過去抒寫個人的喜怒哀樂，從文藝為群眾服務，走向創造群眾文藝」。同期還刊登了解放區的兩套創作叢書──「北方文叢」和「群眾文叢」──的出版資訊，其作者是周揚、丁玲、艾青、何其芳、孫犁、柳青、荒煤、馬加、歐陽山、蕭三、艾思奇、冼星海、劉白羽等。

俄蘇文學作品的介紹，仍然是這段時期刊物的重要內容之一。有朱維基翻譯萊蒙托夫詩、趙景深介紹契訶夫作品、葛一虹論俄國文學的愛國主題等，而茅盾、朱雯等人譯介的蘇聯衛國戰爭小說，尤其引人注目。

一九四六年底，茅盾應蘇聯大使館盛情邀請赴蘇訪問。這在當時上海進步文化界是一件大事。范泉除了為茅盾做了不少準備工作（諸如協助查找有關蘇聯的參考資料，精裝茅盾準備贈送蘇聯友人的他的著作等）外，還在《文藝春秋》三卷六期上以插頁的形式增出「歡送茅盾先生出國小輯」，收入茅盾的〈寄語〉和郭沫若、端木蕻良、范泉的文章。其中郭沫若的〈臨別贈言〉寫道，請茅盾回國時，「從自由天地裏更多地帶些溫暖回來」，含蓄地表達了留居在國統區裏的進步文藝界人士，對茅盾這位中蘇友好使者的殷切期望。

七、以誠相待

　　大批復員返滬的進步作家，在與范泉的真摯交往中，逐漸成為《文藝春秋》月刊的積極支持者。

　　郭沫若曾經建議范泉開闢「文藝短論」專欄，以加強刊物的戰鬥性。他自己身體力行，率先為專欄撰寫了〈文藝的新舊內容和形式〉（三卷一期）一文，另外還為刊物提供了雜感〈O‧E‧索隱〉、論文〈文藝與科學〉、散文〈峨眉山下〉等，大力支持范泉的工作。茅盾回到上海後，曾與范泉住在一起，並交給《文藝春秋》月刊發表了人物志〈記杜重遠〉、雜文〈談蘇聯戰時文藝作品〉等一系列文章。戲劇家熊佛西應邀為刊物續寫完成了一部重要的長篇小說〈鐵花〉，田漢創作了長達六十九場的話劇《琵琶行》，這兩部作品分別在刊物上連載多期。巴金在後期的《文藝春秋》月刊上接連發表了多篇譯作，一直到刊物停刊為止。

　　與范泉交往最為密切的，是小說家艾蕪和詩人臧克家。艾蕪來到上海後，住在郊區大場陸詒的家裏，每次來到市區，總來看望范泉，在他家裏吃飯。范泉也去大場看望艾蕪，把一支自來水鋼筆送給他，使他結束了用蘸墨水的鋼筆尖寫作的歷史。[12]後來艾蕪回到四川，不斷地寄來稿件支持刊物。他的短篇小說代表作〈石青嫂子〉，和臨近解放時寫的自傳體長篇小說〈我的幼年時代〉，都在《文藝春秋》上發表或連載。臧克家夫婦自重慶回到上海後，住在北四川路的一間閣樓裏賣文為生，經濟比較困難。范泉常去看望他們，還為臧克家出謀劃策，鼓勵他破例創作小說，以便多開稿費。就這樣，詩人臧克家在《文藝春秋》月刊上發表了不少短篇小說，如〈重慶熱〉、〈「民主老頭」〉、〈媽媽哭了〉、

〈牢騷客〉、〈文藝工作者〉、〈榮報〉和〈睡在棺材裏的人〉，
還在《文藝復興》等其他刊物上發表小說。後來，范泉為他出版
了短篇小說集《擁抱》等。從經濟上支援或給予方便的，不僅是
艾蕪和臧克家。范泉還曾以稿酬名義撥付款項支持錫金逃離上海
前往新四軍，支持碧野轉道北平前往八路軍，曾將出售自己譯作
《魯迅傳》的版權所得稿酬全部贈給《魯迅全集》第一版（復社
版）的發行人黃幼雄，曾支援了因受國民黨迫害從臺灣秘密逃到
上海寄寓孔另境家的李何林，還準備通過艾蕪不記名贈款給從解
放區回到四川老家養病的沙汀 [13]。這類例子很多，不再一一贅述。

　　總之，范泉是以自己的進步思想和滿腔熱忱，贏得了廣大進
步作家的信任。在他主編的《文藝春秋》（包括《文藝春秋副刊》）
上發表作品的重要作家，還有洪深、靳以、李霽野、白薇、阿英、
王任叔、戴望舒、黎錦明、陳伯吹、賀宜、袁鷹、唐弢、許傑、
駱賓基、許幸之、端木蕻良、蕭乾、柳亞子、樓適夷、沉櫻、胡
仲持、吳景崧、傅彬然、葉聖陶、劉北汜、李健吾、田濤、王亞
平、王西彥、孔另境、林林、倪海曙、青勃、王統照、黎烈文、
邵力子、李廣田、林辰、歐陽予情、施蟄存、趙景深、何家槐、
蔣牧良、豐村、穆木天、魏金枝、司馬文森、韓萌、芳信、師陀、
葉君健、鍾敬文、林煥平、鄭振鐸、豐子愷、蔣天佐、馮雪峰、
朱雯、郭紹虞、林淡秋、徐遲、黃裳、林如稷、臧雲遠、郭風、
戈寶權、徐調孚、陳白塵、林英強、沙鷗、單復、齊同、陳翔鶴、
柯靈、任鈞、安娥、劉盛亞、朱維基、谷斯範、何為、顧仲彝、
呂思勉、方之中、錢君匋、陳敬容、汪曾祺、陳煙橋、周貽白、
葛一虹、莫洛等，總數達二百餘人，在《文藝春秋》周圍，團結
了四十年代後期國統區絕大部分的進步作家。

八、《文藝春秋副刊》

　　在《文藝春秋》前三卷的出版過程中，許多讀者致函范泉，要求刊物在發表中長篇作品的同時，也發表一些短小精悍而饒有趣味的輕型文章。但范泉不想改變《文藝春秋》發表重型作品的特點，適逢發行人陳安鎮計畫進一步擴大書館的影響，於是經過研究，決定增出《文藝春秋副刊》月刊，隨《文藝春秋》附送。副刊專門刊登篇幅短小、注意情趣的輕型文章，如文藝短評、文壇瑣聞、書話書評、影劇評價，以及回憶錄、作家漫談等。取名「副刊」，是由於它是《文藝春秋》月刊的有機組成部分。形式是三十六開本，小五號字排印，每期三十六頁，約二萬字左右。

　　《文藝春秋副刊》創刊於一九四七年一月，同年三月終刊，共出三期。由范泉主編，陳欽源任副主編，負責組稿，最後由范泉定稿。由於范、陳兩人都曾在《文匯報》工作，所以《副刊》的作者以《文匯報》同人居多，有柯靈、唐弢、何為、梅朵、黃裳等。特別是當時任《文匯報》記者的何為撰文最多。他用夏侯寵、夏奈蒂、林抒、小訶、參賞、程式等多種筆名，撰寫了〈契訶夫斷片〉、〈高爾基二三事〉、〈巴爾扎克和債主〉、〈貝多芬：一個巨人〉以及書訊書評近十篇，此外又以參、賞、抒、程、序、旁、觀、者等單字筆名，寫了題為〈域外書市〉的許多短文。

　　柯靈寫了〈關於鄭定文〉一文，通過自己與青年作家鄭定文交往的回憶，稱讚了他「對於醜惡的現實的反擊」和他作品中的「遼遠的境界，一種逼人的飽酣的氣勢」，並為他厄於英年深表惋惜。唐弢以晦庵的筆名，寫了〈書話〉十二則。黃裳除了〈李林先生紀念〉一文外，還用筆名方蘭汝連載兩期〈舊報新譚〉。

梅朵則闢了「一月影劇」專欄，介紹了《八千里路雲和月》、《女人與和平》、《居里夫人》等中外影劇。

其他作家的文章也多精彩之作。連載三期的〈郁達夫回憶瑣記〉，出自淺草社著名作家陳翔鶴的手筆。作者於二三十年代與郁達夫過從甚密，出筆又不虛浮誇飾，所以文章比較真實地記敘了郁達夫的環境、交遊、言行和內心的思想，以及對各種問題（包括婚姻與性）的見解，為讀者刻劃了一個活生生的郁達夫。這篇瑣記提供了許多彌足珍貴的資料，是迄今為止郁達夫研究中不可漏列的重要文章。

靜遠的〈周作人二三事〉一文，對周作人與乃兄失和、下水，以及與沈啟无之爭等諸事進行評述，時有獨到的見地。例如對周氏兄弟的比較，文章說：「魯迅先生有的人看來冷酷，而實極熱情，周作人卻真的來得冷酷，用俗語來說，是相當薄於情分的人，文章雖沖淡，實際上卻在小事情上粘滯，鬧小意氣，往往因之而拋棄大體。……後來在意氣之中更夾入了利害，連『超然』的自鳴得意也沒有了。」

此外，像黃伯思的〈談何其芳〉和〈關於廢名〉、靜遠的〈追憶李堯林先生〉、辛未艾的〈雪峰的雜文〉、陳敬容的〈懷《水星》〉、李何林的〈讀《魯迅書簡》〉，以及戈寶權、曉歌等人的文章，都是值得一讀的。

《文藝春秋副刊》篇幅雖然不大，但由於文章一般都較短小，所以容量也頗可觀。而且涉及到中外文學、藝術、新聞、出版等方面，憶人敘事往往材料翔實，情真意切；論長評短則多不乏真知灼見，而引人深思。文章體式多樣，文字生動活潑，可讀性很強。所以，出版後很受讀者歡迎。

　　然而這樣一個虎虎有生氣的刊物，卻像盛開著的鮮花，遭受到政治壓力和物價飛漲的暴風雨的無情摧殘。《文藝春秋》月刊因為被永祥老闆看作書館存在的象徵，才得以勉強維持，而《副刊》在出了第三期之後，就與書館出版的另外幾個刊物《文章》、《少年世界》等一起，不得不宣告停刊了。

九、兩個專輯

　　進入一九四七年，《文藝春秋》面臨著越來越困難的形勢。一方面，由於國民黨發動的內戰節節失利，經濟崩潰的危機日深，物價瘋狂上漲，人民生活愈益陷入水深火熱之中，出版事業也受到猛烈衝擊，處於朝不保夕的厄境。另一方面，國民黨政府對言論的壓制更加嚴厲，正如茅盾所說：當時「文網之森嚴已經超過了三十年代」。[14]

　　在這種形勢下，書館的顧問陶廣川對刊物的審查也更加苛刻了。本來從第三卷起，范泉接受郭沫若的建議，為了發揚刊物針砭時弊、掃蕩濁流的戰鬥性，辟了「文藝時論」專欄，由郭沫若、吳景崧、王亞平等人撰稿，相繼刊出了〈我們仍然需要戰鬥性的文藝〉、〈用筆來揭發世紀末的罪孽〉、〈關於作家自由的保障〉、〈掃蕩文壇新風花雪月的趨向〉等文章，在廣大讀者中頗得好評。但這類文章遭到陶廣川的反對，自第四卷起，這一專欄被迫取消。

　　為了度過難關，把刊物的生命「維持到不可想像的久遠」，[15]范泉苦心孤詣，慘澹經營，想了許多辦法。他雖然不得不將刊物的每期清樣多打一份送審，但在力所能及的範圍內，又千方百計

對刊物內容巧作安排，儘量保持它的時代鋒芒，而又不讓人有可趁之隙。

這時期，他先後編輯了幾個專輯。首先是四卷一期的「翻譯專輯」。收入蘇俄的高爾基、羅曼諾夫、普希金、契訶夫，美國的斯坦倍克、茂辛、史密斯，英國的蓬巴斯，日本的島崎藤村，印度的泰戈爾、張達，法國的儒衛勒，以及希臘、西班牙、瑞士、伊朗等國的小說、傳記、詩歌、論文近二十篇，譯者是戴望舒、徐遲、洪深、陳伯吹、任鈞、林如稷、克興、范泉、費明君、韓罕明等。

范泉在這一期的〈編後〉寫道：「世界永遠在變動，一批批的人們不斷地在天災與人禍裏無聲地死去。藝術如果是一種消閒和享受的工具，那人類會墮落到毀滅的深淵。」這段話，道出了他的現實主義的藝術觀，也道出了他編輯這一「翻譯專輯」的基本方針，即借異域的酒壺，澆華夏的塊壘。所以，他特別推崇印度作家張達的中篇小說〈我不能死呀〉，並在〈編後〉作了這樣的評價：

> 真的，他深深地感觸，他憤怒，他眼對慘酷的現實，為了印度的三百萬餓斃的同胞，他吶喊，他控訴，他說出了印度人的生命還不及一個瓷器的洋囡囡，他指出了這個饑餓的人群是在怎樣的哭泣和咳血裏一個個倒入死亡的懷抱。他用結實而有力的藝術的針，刺在每個人的潔白的良心上，是這樣的藝術作品喚醒了你，引動了整個世界的聽聞，產生了有良心的人們的同情、憤怒和戰鬥。〈我不能死呀〉真是淋漓盡致地發揮了藝術的戰鬥任務。編者謹在這裏鄭重地推薦。

　　基於掖助新進作家的一貫思想，范泉於三月十五日出版的四卷三期中，隆重推出了「新人推薦專輯」。他本人寫了題名為〈時代的脈搏〉的卷頭語，稱讚這一輯發表的新人之作「呼喊出時代的聲音」，「跳動著時代的脈搏」，「它們發射的光芒絕不在於成名作家之下」。配合新人推薦，葉聖陶寫了〈一篇像樣的作品〉，指出：發表一篇新人的佳作，「就公義方面說，是不辜負所有的讀者；即就私見方面說，也是刊物的光榮事情」。為了獲得文藝界的廣泛關注和支援，范泉還組織了「推薦新人問題筆談會」，從上海本市和廣州、漢口、成都、香港等地寄稿與會的有十七位作家，他們是：SY、孔另境、田濤、吳天、林淡秋、林煥平、施蟄存、徐調孚、徐遲、郭紹虞、許傑、靳以、端木蕻良、趙景深、劉北汜、適夷和鍾敬文。大家對《文藝春秋》發掘和培養新作家的良願和努力，給予了充分的肯定，並積極提出了許多有益的建議。

　　被這一專輯介紹的，有閔子、濱洛、歐坦生、周壁、麗砂、楊林、放平、羅高、劉貝汶、陸沖嵐、鍾離北等十餘位作者。他們中有些人是第一次發表作品，有些人雖然不是初涉文壇，但得到像《文藝春秋》這樣有影響的刊物的推薦，無疑會促使他們更快地走向成熟。以後，《文藝春秋》不止一次地編發歐坦生、劉貝汶等人的作品，繼續給予培養。

　　此外，范泉還編發了「木刻藝術小輯」、「獻給本月二十三日詩人節」、「紀念高爾基逝世十一周年」等小輯，組織了由陳白塵、適夷、許傑、劉北汜、臧克家等人參加的「五四文藝節座談會」。

　　在第四卷發表的眾多作品中，還有許多值得一提。例如王統照的〈「五四」之日〉，詳細地回憶了現代中國的第一次學生運

動，此文發表於「遍地都有轟轟烈烈的學生運動」，「遊行，示眾，挨打，流血」[16]的一九四七年六月，意義十分深刻。又如經北平的吳晗、上海的施蟄存轉遞而發表的聞一多遺作〈歌與詩〉，表達了進步文化界對為民主而獻身的烈士的深情悼念。此外還有田漢的劇作〈琵琶行〉、王西彥的長篇小說連載〈微賤的人〉、豐子愷的散文〈蜀道奇遇記〉、耿濟之的遺作劇本《慈母心》，以及黎烈文、林煥平等的小說，也都是警心之作。

十、出版《文藝叢刊》

　　一個事物常常有兩個方面。在抗戰勝利後國統區進步文藝期刊每多「短命」的情況下，《文藝春秋》得以青春長駐，除了其他原因外，不能不說與陶廣川任書館「顧問」有一定關係。但作為一個向市警備司令部承擔責任的國民黨員，陶廣川對有所謂「反政府」傾向的稿子又不可能不顧不問。他常常在刊物送去的清樣上用墨筆或鋼筆進行塗改，有時把稿子弄得面目全非。范泉為此十分惱火。一九四七年九月，茅盾為《文藝春秋》月刊寫了〈民間藝術形式和民主的詩人〉一文，因為首句是「人民的嘴巴是封不住的」，結果第一段被陶百川全部砍去，其餘各段也有不少被亂塗亂改。為了讓這一篇慘遭刪改的文章得以全貌與讀者見面，范泉與孔另境、何家槐、蕭傳芳、馮之原、徐同康等人商議，合資組建了文藝叢刊社，出版一份可以不受審查的《文藝叢刊》。

　　《文藝叢刊》於一九四七年十月創刊，范泉主編，三十六開本，每期三十頁左右。先後以文藝出版社和中原出版社的名義出

版。最初月出一集，從第四集起不定期出版，每集各借取其中一個文題作為書名。一九四八年八月左右出至第七集後終刊。因為此刊已稀見於世，新近出版的集大成的《中國現代文學期刊目錄彙編》[17] 一書也漏收其刊，特將它的全目 [18] 列錄如下，以供廣大讀者和研究者參考──

第一集　腳印
　　　　（一九四七年十月出版）

民間藝術形式和民主的詩人	茅　盾
魯迅小說中的婦女問題	李廣田
自負和自卑	許　傑
田園的憂鬱	艾　蕪
懷駱賓基	臧克家
記楊邃	范　泉
腳印	鍾敬文
戰敗後的日本文藝界	蕭九如

第二集　呼喚
　　　　（一九四七年十一月出版）

論文藝創作的實踐	許　傑
談詩歌朗誦	李廣田
關於〈大姊〉	巴　金
「意外」的揚棄	孔另境
巴巴羅特的屋子	戴望舒
泥土	王西彥
沈默的碉堡	范　泉

殘夜	津　秋
沉迷中的囈語	王西彥
夢	碧　野
風雨故人	谷斯範
北平的文學界	杜　霞

　　第一集《腳印》的首篇就是茅盾的論文，另一篇范泉的〈記楊邈〉，也是從《文藝春秋》的清樣裏抽出來的。這一集出版後，茅盾曾致函范泉，說：「為拙文被削而自費另辦的《文藝叢刊》第一期《腳印》，已轉來，謝謝。此刊從內容到形式，別具風格，務望堅持。」[19]

　　嗣後諸期，還有一些因被檢查塗改而從《文藝春秋》清樣中撤下來的詩文，例如豐村的小說〈呼喚〉、碧野的詩〈遙念〉、林煥平的評論〈九月的中國〉、王西彥的讀書札記〈關於文學和生活〉、洛雨的詩〈雨季吟〉、李健吾的雜文〈說帝王惑於朱紫〉、孔另境的雜文〈朝花偶拾〉[20]等。其餘的作品，一部分是來自於組稿，一部分則直接從來稿中選用。其中蕾嘉的作品係艾蕪所寄，作者姓王，是艾蕪的夫人，三十年代曾在上海參加左聯活動，並在中國詩歌會的刊物《新詩歌》發表過詩作。津秋，是小說家和散文家田濤的筆名，他在第四卷至第七卷《文藝春秋》月刊發表了近十篇作品，均署名田濤。一九四八年十二月出版的七卷六期上，他又以陳藎青的筆名發表了電影劇本《夢裏恩仇》。

　　四十年代進步文藝界的內部分歧，在《文藝叢刊》中也有所反映。第三集《邊地》發表的陳白塵〈「色情」與「開心」〉一文，係回答某些作家對他的劇作《升官圖》的指責。《升官圖》

以喜劇的形式，對國民黨官僚社會的黑暗現實，作了辛辣的嘲諷和猛烈的抨擊，劇作在國統區各大城市演出後，深受歡迎，影響甚大。而有些作家卻譏評為「這是讓官們開心的戲」，抹煞了它的戰鬥性。陳白塵的文章則激烈地予以反駁，認為他們是從敵人那裏學會了「卑劣的『輕』人之術」。第五集《人間》有一篇朱謹之的〈寫給窄門先生的一點「咀嚼」資料〉，是就窄門在自編刊物上對《文藝春秋》編輯方針的指責進行的論辯。同期上許傑寫了〈批評與批評的混亂〉一文，批評了進步文藝界內存在的某些宗派情緒，指出其實質與危害，是「錨錯了箭頭，對準了自己的友軍，甚至連大的一致都要衝破，……以致是非不分，弄得自己的營陣自相撕殺，讓敵人站在旁邊，笑痛了肚皮」。

十一、營救駱賓基及其他

在為《文藝春秋》和永祥印書館寫稿的龐大的作者群中，大都是站在時代前列的進步作家和文藝青年，其中如吳景崧、吳天、錫金、田漢、適夷、周而復、馮雪峰、駱賓基、林淡秋、林煥平、豐村、吳嶠、何家槐、沈子復、司馬藍火（祁崇孝）、蕭白（張其棟）等人，都是中共地下黨員。雖然范泉當時並不確知這些作家的政治身份，但他們的言行和作品，已使范泉感到足以信賴。他積極向他們組稿，依靠他們把握刊物的方向，發揮刊物的戰鬥作用，同時也通過預支稿費等方式，幫助他們解決種種困難。如范泉為書館主編的「青年知識文庫」第一輯中，有一冊《中國民族的由來》，就是一位不知名的地下黨員所著。為了讓他有錢吃

飯，范泉早早地支付了稿酬。後來這位作者忽然失蹤，范泉遂代署筆名林炎，將書出版，以為紀念。

一九四七年七月前後，范泉還配合中共地下黨，以《文藝春秋》等刊物為陣地，參加了營救駱賓基的活動。

駱賓基是一九三八年入黨的共產黨員。一九四七年春，當內戰已在局部地區爆發的緊迫關頭，他在馮雪峰的支持下，從上海赴東北參加黨所籌畫的「軍運」活動。當他在「東北人民自治委員會組織草案」上簽字之後，被人出賣，於秘密奔走解放區的途中被國民黨軍隊逮捕，並押送到瀋陽。[21] 為了營救駱賓基，中共地下黨馮雪峰等人通過邵力子做了許多工作。范泉也積極配合，在當時出版的《文藝春秋》五卷一期的卷首，特地編發了題為〈記駱賓基〉的圖片專頁，刊出由地下黨轉來的駱賓基的四幅照片和一幅畫像，還有駱賓基北上前致范泉函的手跡，並配有說明詞：「駱賓基先生於今年春離滬北返省親，路經瀋陽，被當局誤會，拘留至今……」，有意將北上的原因說成是「省親」。同期發表蕭白寫的〈記駱賓基〉，與《文藝叢刊》第一集《腳印》發表的臧克家寫的〈懷駱賓基〉兩文，在談到他北上原因時，也均稱是「回老家探望一下老娘和妹妹」，借此迷惑敵人，以幫助駱賓基虎口脫險。在地下黨的組織下，其他一些作家也紛紛在刊物上發表關於駱賓基的文章，如鳳子的〈給無名的舵手〉、流金的〈談《混沌》〉、司馬梵霖（司馬文森）的〈關於駱賓基的幾則瑣憶〉、杜庸的〈憶駱賓基〉、瑚璉的〈懷駱賓基〉[22] 等等。這些文章互相呼應，給了國民黨政府一定的壓力。范泉還將駱賓基的中篇小說〈一個倔強的人〉，收入他為益智書店主編的「一知文藝叢書」出版，並將稿酬交由中共地下黨轉致駱賓基的家屬。

　　這段時期，《文藝春秋》在讀者中更加金聲玉振、名聞遐邇。刊物的發行，除上海和江浙一帶外，還遠及北平、漢口、重慶、成都、長沙、蚌埠、昆明、開封、西安、天津、香港、臺灣等地，海外如菲律賓、星加坡、印尼、日本、三藩市、倫敦、巴黎、莫斯科等國家和地區也有許多訂戶。編者每天可以收到大量來信來稿，「有的寄自遙遠的邊疆──內蒙和西康，有的來自海外的地區──馬來亞、菲律賓和日本。平均每天的來稿字數約有五萬以上」。[23]范泉認真採納讀者有益的建議，改進自己的工作。為了加強與讀者的聯絡，還曾考慮籌組文藝通訊社和文藝春秋讀者聯誼會；[24]同時，他又細緻地沙裏淘金，從堆積如山的來稿中發現和扶植優秀的新人新作。刊物因此更加獲得海內外各界讀者的熱烈歡迎。據六卷三期所載〈悼念許壽裳先生〉（署文藝春秋社）一文披露，刊物的發行量達一萬二千餘份。一個純文藝刊物有這樣大的影響，在當時是比較少見的。

　　《文藝春秋》與各地文藝界朋友的聯繫也愈益密切。一九四七年六月，朱自清受聞一多夫人囑託，將聞一多的遺稿〈什麼是九歌〉一文轉交吳晗，附函指定要吳晗介紹給《文藝春秋》月刊發表。後來，此文就刊登在五卷二期上。從此，朱自清與《文藝春秋》建立了聯繫，並應允為刊物撰稿以示支持。但到了翌年八月，《文藝春秋》七卷二期正在裝訂時，意外地傳來朱自清病逝的噩耗，范泉當即決定在即將出版的這一期增印紀念插頁。這就是未及排入目錄的〈佩弦的死訊──悼朱自清先生〉一文。該文作者葉聖陶儘管當時痛失知己、「心緒惡劣」[25]，但依然應范泉之約，在短短的半天時間內趕寫了這篇悼念文章，保證了刊物按時出版。

艾蕪早在四川時，就一直與范泉書信不斷，並多有作品在《文藝春秋》上發表。一九四七年七月，他從重慶搭輪赴滬，適逢黎烈文從臺灣蒞臨上海，范泉約請李健吾、許傑、臧克家、碧野等常為刊物執筆的作家，為艾、黎兩位舉行茶話會以示歡迎，還在五卷二期特設增頁，用四幅照片作了報導。

為了促使廣大讀者對邊陲地區的重視，范泉在五卷五期編了一個「邊疆文藝特輯」，發表了反映新疆、貴州、臺灣等地土著居民生活的三篇小說：張鈞若的〈哈薩克的叛徒〉、王魯雨的〈馬宜浪〉和歐坦生的〈沉醉〉。茅盾對這一輯的出版很滿意，他對范泉說：「這一期專輯編得不錯。文章不必多，只要質量高。作者可以是無名的，只要把好質量關。」

十二、關注臺灣新文學

一九八九年七月中旬，臺灣的中國現代文學研究家周錦專程赴滬，看望現在上海書店工作的范泉。他對上海書店經理說：「在四十年代，范泉在臺灣的聲望很高，臺灣作家無一不以能到上海拜望范泉為幸事。」范泉在臺灣新文壇之所以有如此的聲譽，與他在主編《文藝春秋》時對臺灣新文學的熱情關注有莫大的關係。

早在一九四四年《文藝春秋叢刊》創刊之初，范泉就已注意到臺灣的新文學。在第一期《兩年》中，他率先報導了臺灣在傳統戲劇基礎上發展起來的「新劇運動」的資訊。接著，又在第二期《星花》上，發表了自己譯自日文的臺灣作家龍瑛宗的短篇小說〈白色的山脈〉，並在這一期〈編後〉，稱讚作品生動地「刻

劃了各種不同的人物」，特別是塑造了名叫「惜」的「美麗的臺灣女性」，認為這篇「血淚的故事」可以「增添我們生人的情思」，具有教育作用和美感作用。

　　抗戰勝利後，臺灣從日本侵略者的鐵蹄下掙脫出來，回歸到祖國的懷抱。《文藝春秋》傳到臺灣，大約也始於此時。許多臺灣作家讀到這本憂民愛國的進步刊物，不勝喜愛，紛紛寫信給范泉，或對刊物提出建議，或惠寄稿件和書籍，有的還千里迢迢北來上海，登門求教。如臺灣新文學運動的前驅之一、老詩人楊雲萍，被譽為「壓不扁的玫瑰花」的愛國作家楊逵等，都曾與范泉有過書信往來。一九四七年七月出版的五卷一期末頁，編輯部刊出啟事，要求芥舟等人賜示通訊地址。這個芥舟，便是臺灣白話文運動的倡導者和臺灣寫實報導文學創始人之一郭秋生。看來，郭秋生當時也與范泉有過一段聯繫。

　　一九四七年臺灣「二二八」事件發生後，楊逵在國民黨增援部隊抵達臺灣時突然失蹤。消息傳到上海，范泉深為關切，詢問了許多臺灣朋友，都杳無音訊。一種不祥的預感向范泉襲來，他撫摸著楊逵親手題贈的「遺著」，「用顫抖的手」寫下了悼念文章〈記楊逵—— 一個臺灣作家的失蹤〉，載於《文藝叢刊》之一《腳印》。文中讚揚了楊逵的革命精神和他對臺灣新文學運動的貢獻，並寫道：「如果楊逵真的已經死去，那不僅是臺灣文藝界的損失，更將是中國文藝界的損失。」但是，「我相信楊逵還活著——至少像楊逵那樣的人永遠會活著，永遠會活著……」[26]

　　臺灣籍老詩人楊雲萍曾經給范泉寄來他用日文創作的詩集《山河》，范泉非常感念遠方友人的深情厚誼，便花了不少工夫，譯出《楊雲萍詩抄（二十首）》，載於一九四八年四月出版的《文

藝春秋》六卷四期上。其中一首〈巷上盛夏〉，又發表在同年三月《詩創造》第九期。對於楊雲萍寫於臺灣光復前的這些詩篇，范泉認為「雖然充滿了寥穆和悲哀」，但卻可以看到作者的「熱血與呼聲」，「這不是無援的消沉，而是充滿了新的希望的反抗的吶喊」，因此，他高興地把它們介紹給大陸的讀者，又向作者「寄與無窮的熱忱和希望」。[27]

在《文藝春秋》發表作品較多的臺灣作家，當推歐坦生。他一九二三年生於福州，曾畢業於暨南大學，大約一九四七年六月前後去臺灣。在大陸期間，他有三篇小說在《文藝春秋》上發表。赴台後，又先後為刊物創作了〈沉醉〉、〈十八響〉和〈鵝仔〉等三篇短篇小說。其中〈沉醉〉發表前，他曾攜稿親赴上海，在范泉的指點下重作改寫。范泉對他的「熱忱和努力，以及對於藝術的認真的態度……異常感動」，特意撰文予以表彰。[28]

通過與臺灣作家的交往，范泉對臺灣新文學興趣愈濃，關切愈深。他搜集了五十餘種論述臺灣與臺灣文藝的日文期刊和書報，進行了潛心的研究。後來，他在上海《新文學》半月刊寫了〈論臺灣文學〉一文，又在《文藝春秋》相繼發表了〈臺灣高山族的傳說文學〉、〈臺灣戲劇小記〉等文章，還由文藝出版社出版了報告文學《記臺灣的憤怒》，由中原出版社出版了臺灣高山族傳說集《神燈》（黃永玉插圖），不斷地向大陸的讀者介紹臺灣的新文學情況。這些作品的發表，在臺灣的文藝工作者中產生強烈的反響。

對大陸去臺灣工作的作家，范泉同樣投以關注的目光。他多次為李何林、黎烈文寫的文章提供版面。一九四八年二月，許壽裳在臺灣不幸遇刺殞命，他及時在三月出版的《文藝春秋》六卷

三期上編刊了兩篇悼念文章，一是洛雨的〈記許壽裳先生〉，一是印在插頁上的〈悼念許壽裳先生〉，作者署名文藝春秋社，其實便是范泉本人。

范泉對黑暗勢力的憤怒抗爭，和對友人、對祖國、對臺灣同胞的赤誠之愛，贏得了臺灣文藝界的尊敬和盛譽。一九八○年七月，周錦對范泉作了這樣的評價：「抗戰末期，淪陷區的文壇是沉靜的，只有一些妖魔跳舞著，他苦撐起《文藝春秋》（月刊），結合了真正愛好文藝的青年。……在勝利以後的上海文壇，范泉做了不少事情，他編的《文藝春秋》突破紙張、印刷、郵資等重重難關，延續得最久，內容也非常充實。」[29]時至今日，臺灣老一輩的作家們還深深地懷念著他們的知音──范泉。

十三、迎接光明

從一九四七年下半年起，全國形勢發生了急劇的變化，人民解放軍以摧枯拉朽之勢，向國民黨軍隊發起猛烈的進攻，蔣家王朝搖搖欲墜，岌岌可危。

這時，有一些讀者給《文藝春秋》編輯部寫信，對刊物未登「揭露現實極有鋒芒的作品」表示不滿，溫州有五位讀者，還聯名寫了封長信，「責罵編者忽略了當前的時代任務」。[30]這些讀者的心情可以理解，但編者當時所受的壓力和他的苦心，卻未必盡人皆知。黎明前最黑暗，行將滅亡的野獸更瘋狂。當時許多革命人士紛紛慘遭逮捕和殺戮，許多進步報刊紛紛受到查禁，而《文藝春秋》依然能堅持下來，應當說是相當不容易的。魯迅在談到

三十年代神州國光社出版的「現代文藝叢書」夭折時說：「這並不是中國書店的膽子特別小，實在是中國官府的壓迫特別凶」，[31] 此語可以用來解釋《文藝春秋》當時的情況。

但是，也正如魯迅所說的，即便「壓於大石之下」，進步刊物「還是不能不設種種方法，加入幾篇比較的急進的作品去」的。[32] 范泉主編的《文藝春秋》也同樣如此。

這裏首先要提到邵力子的隨筆〈柳暗花明〉。這篇文章寫於邵力子作為國民黨「五人和談代表團」成員之一，於一九四八年底最後一次赴北平參加國共和談的前夕。這位曾任駐蘇大使的國民黨元老，其時已對蔣家王朝的腐敗反動和滅亡頹勢洞若觀火，這次攜夫人傅學文北上，正作了「不復歸」的準備。當范泉邀請他為一九四九年一月出版的《文藝春秋》八卷一期「新春隨筆」專欄撰稿時，他欣然以這篇〈柳暗花明〉交卷，其意就是在他臨走前對范泉親口所說的一句話：「中國有前途，希望在共產黨。」

同期發表范泉本人寫的散文〈音樂〉，則是一首歡唱淮海戰役偉大勝利的頌歌。作者用含蓄而又充滿詩意的筆觸，激情地抒寫了農民和工人們對這場戰爭的擁護，對勝利的狂歡和對於「春天」的嚮往。許傑的〈面對著新的現實〉一文，也表達了「戰勝殘冬，創造光華燦爛的春的世界」的期望。

孔另境在迎春之際，寫了一篇〈展望〉，文中含沙射影，斷言「不相信群力而任性胡為」的「獨夫」和「造孽」者，「在歷史的巨輪下會被碾得粉身碎骨」。其矛頭所指，一目了然。

一九四九年三月出版的八卷二期上，有一篇許傑的短篇小說〈餞行的席面上〉，則是針對當時有錢人紛紛逃往香港的現實情況，用形象的描寫，宣傳黨的「繁榮工商業」的政策，規勸民族資本家留居上海，以穩定人心，迎接上海解放。

　　除此以外，這時期的《文藝春秋》還刊登了眾多重要的有價值的作品。

　　巴金從一九四八年起，為刊物提供了一系列譯稿，如俄國亞歷山大・庫普林的小說《白癡》、俄國薇娜・妃格念爾的傳記《獄中記》（連載）、德國洛克爾的哲理小說《六個人物》（連載）等。面對著當時嚴重的白色恐怖，巴金不甘沈默，採用了翻譯外國文藝作品的方式，進行著自己的鬥爭。

　　其他作家的重要作品還有：巴人的〈風下之國〉、洪深的〈鼠世界〉、李廣田的〈說果戈里的《外套》〉、林辰的〈魯迅與狂飆社〉、王西彥的〈論羅亭〉、顧仲彝的〈碧血丹心〉、李健吾的〈向貴人看齊〉等等。

　　一九四九年初上海解放前夕，永祥老闆陳安鎮在臺北羅斯福路設立分館的基礎上，準備將書館和刊物撤往臺灣。他為范泉買好船票，邀請范泉相偕南下。當時，在山海工學團工作的中共地下黨員劉競程（艾蕪的學生）與范泉接觸很多，有時住在他家裏，經常在他家吃飯，對他頗有影響。周而復也從香港寫信來要范泉留在上海迎接解放。[33] 范泉自己，眼看企盼已久的新中國即將誕生，也不願意棄而他往。他拒絕了陳安鎮的安排，反過來又勸說陳安鎮也留了下來。上海解放後，陳安鎮參加了上海市書業同業工會，還和其他資本家一起，去東北老解放區參觀學習。

　　此時，《文藝春秋》因為積極準備迎接解放，受到國民黨政府的威脅和刁難，已陷於困難境地，先是延長刊期，至四月十五日勉強印出八卷三期後，便不得不休刊。後來，這一期就成了歷時六年的《文藝春秋》的終刊號。

　　五月二十七日，上海在鑼鼓和鞭炮聲中迎來了解放。范泉迅即編出以歡慶解放為主題的八卷四期，向上海軍管會申請登記出版。但因為上海解放伊始，形勢非常複雜，當時所有的文藝刊物均未獲准登記，《文藝春秋》亦只能停止出版，那編訖校畢只待付印的八卷四期再無機會面世。以後，該期清樣又在十年動亂中被劫丟失了。但一九四九年六月三日上海《解放日報》曾刊登過八卷四期的出版預告，披露了它的要目，這是《文藝春秋》的最後一份資料，彌足珍貴。茲將這篇要目抄錄如下：

　　許　傑：迎上海解放
　　張鈞若：血的復活
　　巴　金：哈姆雷特的路
　　魏金枝：序言
　　黎烈文：悼馬宗融兄
　　范　泉：翻身的日子
　　王西彥：蜜月旅行

　　解放後不久，范泉被抽調到中國新聞出版印刷工會上海市委員會宣傳部，編輯以抗美援朝為主要內容的機關報《上海印工》，從此開始了他的新的歷程。

十四、關於「南京暗探」

　　回顧范泉四十年代的文學道路，[34] 可以清晰地看到他始終一貫的進步的、傾向革命的立場，看到他對新文學運動的貢獻。那末，關於「南京暗探」是怎麼一回事呢？

　　原來，一九四六年抗戰勝利後不久，范泉曾與國民黨中宣部
駐滬特派員詹文滸打過交道。詹文滸在上海「孤島」時期是世界
書局和《中美日報》的總編輯，而范泉就曾在他手下編輯副刊《堡
壘》。他對范泉的抗日立場十分清楚，所以當他作為國民黨中宣
部駐滬特派員抵滬後，就前去探望范泉，向范泉打聽上海淪陷時
期敵偽文化界的活動情況，還擬請范泉去他辦公室工作。當時，
范泉因為在永祥印書館工作，生活比較安定，《文藝春秋》改成
月刊後事務很忙，所以謝絕了他的邀請。但出於昔日的同事之誼
和對敵偽的仇恨，他還是答應臨時幫一些忙。嗣後，范泉曾利用
業餘時間，去詹文滸的辦公室協助工作，主要是提供他所瞭解的
淪陷區汪偽文化界的基本情況，將國民黨政府接收日本人書店（作
為敵產）所得的日文書籍，擇其主要部分，對書名及內容概要一
一作了翻譯介紹。約兩個多月後，詹文滸的辦公室撤銷，他被調
任《新聞報》總經理，范泉則一直在書館忙於《文藝春秋》的編
務，從此再無聯繫。

　　這就是范泉與國民黨官員詹文滸的全部交往。所謂「南京暗
探」，可能出於此，因為他再不認識其他的國民黨大官。但只要
稍加分析，其牽強荒誕是顯而易見的。第一，范泉業餘在詹文滸
辦公室協助做一些譯書工作，是在抗戰勝利之初國共合作時期的
特定形勢下進行的，他所從事的又是清查敵偽文化的工作，這應
該說是合乎時代要求的，是完全正義的。第二，范泉與國民黨並
無組織關係，並未參加國民黨、三青團等任何反動黨團組織（包
括反動道會門）。第三，從上海淪陷、勝利以至解放，范泉始終站在
愛國的、進步的立場上，以實際行動向階級的、民族的敵人作了
堅決的鬥爭。事實證明，他不是什麼「南京暗探」，而是中國共

產黨的忠實追隨者。所以，在解放以後，他經過黨的嚴格審查，由解放前就已經知道他是進步文藝工作者的沈峻坡[35]介紹，於一九五四年三月加入了中國共產黨。直至今天，他仍是共產黨員。

　　所謂「南京暗探」的流言，最早見於書面流傳的，是一九五五年春由《文藝報》印發全國的胡風三十萬言書（即《關於解放以來的文藝實踐情況的報告》）。隨著胡風被定性為「反革命分子」，在全國範圍內開展了肅清暗藏的反革命分子的運動。范泉因「南京暗探」之嫌，即被上海市工會系統列為肅反重點對象，受到隔離審查。當時擔任上海總工會肅反辦公室主任的沈峻坡也被撤職，並被責令交待為何介紹國民黨特務入黨。經過將近兩年的內查外調、三批六鬥，最後對范泉作出的結論是沒有任何政治問題。但在隨之而來的協助黨整風的大鳴大放中，秉性耿直的范泉由於就「南京暗探」問題，流露了自己的委屈情緒，鳴放了「不應該先隔離後調查」的意見，因而仍未免於罹難，被錯劃為「右派」，貶謫青海達二十二年之久。

　　一句流言，竟導致了一位進步的作家和編輯從中國文壇上長期消失，導致了一個正直而熱情的文藝工作者幾近毀滅。這是時代的悲劇。這樣的悲劇，應當永遠成為歷史。

　　在結束本文的時候，我不禁想起「拂塵重光」四個字。目前，中國四十年代文學越來越受到海內外文學研究界的關注。我以為，像《文藝春秋》這樣在當時出刊時間最久、基本上按月出版、讀者最多、囊括了四十年代國統區絕大部分重要作家、而又確實傾向進步的刊物，像范泉這樣熱情劬勞、才識卓越、在險惡的環境下不屈不撓、而又能把刊物編得有聲有色的作家和編輯，不應當長久地被埋沒或曲解。他和他主編的《文藝春秋》，不應再棄

置於塵封的角落。那些在《文藝春秋》上揮毫耕耘過的作家們，
更不應受到絲毫的損害。我相信，春風將為之拂去塵埃，其熠熠
之光輝必將重新展現於世人的面前。

　　　　　　　　　一九八九年九月寫於上海──南通，十月修改
　　　　　　　　　二〇〇四年五月略有修訂

注釋

1. 梅志在一九八九年二月致函《新文學史科》編者，說明胡風文中「提到『南京暗探范泉』」，是根據傳言，並無確切材料」，並「向范泉先生表示歉意」。信載《新文學史料》一九八九年第二期。
2. 參見范泉〈我編《文藝春秋叢刊》的回憶〉，載《中國現代文藝資料叢刊》第八輯，上海文藝出版社一九八四年七月出版。
3. 引自一九四五年六月十日出版的叢刊之四《朝霧》「文藝春秋」欄。
4. 引自胡道靜〈桂林作家的流亡〉，載一九四五年八月十五日出版的叢刊之三《春雷》。
5. 見魯彥〈關於我的創作〉。
6. 見〈《文藝春秋》簡介〉，載《中國現代文學期刊目錄彙編》，天津人民出版社一九八八年九月出版。
7. 參見范泉〈我編《文藝春秋叢刊》的回憶〉，載《中國現代文藝資料叢刊》第八輯，上海文藝出版社一九八四年七月出版。
8. 這十四篇文章原載日文版《改造評論》月刊創刊號，為中國文藝作家與時評作家「對日箴言」的一部分。范泉徵得該刊同意後，將其中十四篇文藝作家的中文原稿刊載於《文藝春秋》。
9. 見夏衍〈寄期待於日本人民〉，載一九四六年七月十五日《文藝春秋》三卷一期。
10. 見一九四六年三月十五日《文藝春秋》二卷四期〈編後〉。
11. 來自延安的作品由馮雪峰和周而復提供。
12. 一九八四年二月，艾蕪的學生劉競程去看艾蕪時，艾蕪還提起這件事。
13. 見艾蕪一九四八年十一月十日致范泉函。
14. 見茅盾〈訪問蘇聯‧迎接新中國〉，載一九八六年《新文學史料》第四期。
15. 見一九四七年二月十五日《文藝春秋》四卷二期〈編後〉。
16. 見一九四七年六月十五日《文藝春秋》四卷六期〈編後〉。
17. 該書係由唐沅、韓之友等編，天津人民出版社一九八八年九月出版。

18 最後一集《朝華》暫缺待補。

19 見〈茅盾致范泉〉，載《古舊書訊》第五期，上海書店一九八七年十月出版。

20 此文載於第七集《朝華》。

21 參見駱賓基一九八九年十月二日致范泉函。

22 前三文分別載一九四七年至一九四八年《人世間》復刊第八、九期合刊，第十一、十二期合刊和第十三期。後兩文所載待查。

23 見一九四七年八月十五日《文藝春秋》五卷二期〈編後〉。

24 分別見於一九四七年三月十五日和九月十五日《文藝春秋》四卷三期和五卷三期〈編後〉。

25 見葉聖陶一九四八年八月十三日致范泉函，收入〈葉聖陶書簡四通〉，載一九八八年三月六日上海《解放日報》

26 其實，楊逵逝世於一九八五年三月十二日。

27 見〈臺灣詩人：楊雲萍〉，收入范泉著《創世紀》，上海寰星書店一九四七年七月出版。

28 見范泉〈關於三篇邊疆小說〉，載一九四七年十一月十五日《文藝春秋》五卷五期。

29 見〈本書作者〉，收入臺灣成文出版社一九八〇年七月出版的范泉散文集《綠的北國》。

30 見一九四八年九月十五日《文藝春秋》七卷三期〈編後〉。

31 見魯迅〈《鐵流》編校後記〉，收入《集外集拾遺》。

32 見魯迅〈黑暗中國的文藝界的現狀〉，收入《二心集》。

33 見周而復一九四八年十一月十二日致范泉函。

34 可見范泉〈回憶「孤島」時期的文藝戰友們〉，收入《上海「孤島」文學回憶錄》上冊，中國社會科學出版社一九八四年三月出版。

35 沈峻坡解放前是上海報攤業的中共地下黨支部書記，曾從事黨的刊物《文萃》的發行工作。

論《文藝春秋》對魯迅的紀念與研究

一、長時期、多方面地紀念和研究魯迅

　　魯迅先生一九三六年與世長辭，在進步文化界引起長時間的深切哀痛。當時及以後，幾乎沒有一種進步的報紙刊物不曾刊登過有關悼念魯迅的文章。在這龐大的紀念魯迅的刊物群中，范泉四十年代在上海主編的《文藝春秋》月刊是較為突出的。

　　《文藝春秋》從一九四四年十月在日偽時期以叢刊名義創刊起，就很重視刊登紀念魯迅的文章。在創刊號中，范泉以較多篇幅編了「紀念魯迅先生逝世八周年」專輯，並就「魯迅藏書出售問題」，組織了許廣平等人寫了一組重要文章。嗣後，幾乎每年十月魯迅逝世紀念日的前後，他都要安排紀念專輯，以「喚起閱讀的人對於魯迅的回憶」。[1] 一九四五年十一月初，范泉原已為第二卷第一期編就了「魯迅先生逝世九周年特輯」，後因故推遲至十二月中旬才付梓，錯過了九周年紀念時間，而他仍保留了專輯文章，只是將輯名改為「學習魯迅‧研究魯迅」。一九四六年十月十五日出教的第三卷第四期中，范泉以該刊三分之一強的篇幅，隆重推出了「紀念魯迅先生逝世十周年特輯」，並以「要是魯迅先生還活著……」為題，組織了由茅盾、田漢等十五位著名作家參加的筆會，還配合發表了有關魯迅及其葬儀的多幅照片。一九四七年十

月魯迅逝世十一周年時，范泉雖未編發紀念專輯，但仍在第五卷
第四期刊登了劉峴的回憶錄〈魯迅與木刻〉、刃鋒的木刻〈魯迅像〉
等。至一九四八年四月出版第六卷第四期，還編發了林辰的〈魯
迅與狂飆社〉一文。從上面的簡述中可以看到，在范泉主編《文
藝春秋》的六年中，對於魯迅的紀念一直是一個極其重要的內容，
它幾乎貫穿了刊物出版的全過程。

　　《文藝春秋》對於魯迅的紀念與宣傳，絕不是應景式的無病
呻吟，也不是淺薄者的故作姿態，而是真誠的痛切的悼念，是紮
紮實實的、認真的研究。編者范泉不僅熱愛和崇仰魯迅的人品和
作品，而且深諳魯迅精神的要義，故而他念念不忘對魯迅的紀念
和對魯迅精神的發揚，每逢魯迅逝世紀念日來臨之際，他都緊密
結合當時的形勢，編發一些具有時代意義和戰鬥鋒芒的紀念或研
究魯迅的文章，藉以闡發魯迅的思想，傳播魯迅的精神，推動社
會的前進。

　　例如，一九四四年十月《文藝春秋》創刊之日，正是文化漢
奸周作人藉口「家人生活困難」，為出賣魯迅北平寓中所藏中外書
籍而積極活動之時。為了搶救魯迅的珍貴遺物，唐弢、劉哲民兩
位代表許廣平和上海進步文化界，專程赴北平百般設法，終於保
住了這批藏書。與此同時，范泉在《文藝春秋叢刊》創刊號《兩
年》中，及時組織文章，對「魯迅藏書出售問題」進行評論，尖
銳地指出出賣魯迅藏書是周作人的無恥陰謀，「應當予以全面的挑
剔和暴露」。[2] 范泉借紀念魯迅逝世八周年之機發表這組文章，不
僅揭露和打擊了周作人之流的陰謀，同時也有力地配合了進步文
藝界發起的「魯迅遺物的保衛運動」。

　　再如，《文藝春秋》第三卷第四期組織的「要是魯迅先生還活
著……」的筆談會，也很有戰鬥的鋒芒。面對著當時暮色蒼茫的

形勢，范泉提出這一富於深意的假設之題，博得與會作家們的熱烈反響。有的說：「假如先生還活著，他的愛與恨只有更加尖銳而深刻，他的戰鬥只有加劇」（林煥平〈戰鬥只有加劇〉）。有的說：「他必反對今天的內戰」，「反對今天美國的……對華政策」，「消滅這些人類的謀殺者」 （田漢〈正義的聲音〉）。更有的說：魯迅先生活到現在是不可想像的（劉西渭〈我不敢想像〉、熊佛西〈心聲〉），因為他即便「活到抗戰勝利」，又「怎麼能倖存於聞一多先生之後」呢（施蟄存〈也必然已經死了〉）。范泉為紀念魯迅逝世十周年組織的這次筆談，無疑弘揚了魯迅的硬骨頭的鬥爭精神，同時又像一把利劍，將當時國內外反動勢力的猙獰面目剝露在廣大讀者面前。

《文藝春秋》非常重視對魯迅精神的研究，曾發表了多篇文章進行闡述。其中有一篇是日本友人鹿地亙寫的〈魯迅魂〉（歐陽凡海譯），文中指出，魯迅之所以「帶著病軀」拼命工作，「用心血一點點滴在紙上」，寫出具有「時代的鏡子」意義的偉大作品，乃是出於他對「民族及其運命」、對「奇重的負擔及其負擔者的青年們」的巨大關注。文章熱情地歌頌了魯迅博大的胸懷和嫉惡如仇、不屈不撓的鬥爭精神，認為這是對青年們的「有力鞭策」。像這樣的評述，對於廣大讀者理解並學習魯迅的精神，是有著積極的作用的。

在總體上闡發、褒揚魯迅偉大精神的同時，《文藝春秋》還注意從各方面對魯迅進行深入的研究。

在小說創作研究方面，《文藝春秋》發表了茅盾的〈論魯迅的《吶喊》和《彷徨》〉、徐莊的〈阿 Q 正傳解析〉等文。前者是茅盾繼〈讀《吶喊》〉之後又一篇重要的魯迅小說專論。文章認為魯

迅發出「吶喊」，是基於這樣的認識：「一方面雖然覺得那時『新文化運動』的主張未能『徹底』，但另一方面又認定在反封建這點上應給與贊助。」對於《彷徨》的產生，文章則認為，由於魯迅「目擊了『新文化運動』的『主將們』的『分化』」，那些「曾被『新文化運動』所喚醒的青年知識份子」，卻又肩負著「舊時代的重擔」，魯迅並不以為這缺陷是「命定」的，因而借屈原《離騷》詩句「路漫漫其修遠兮，吾將上下而求索」，來抒寫他的「渴望」。根據這樣的分析，茅盾斷然否定了那種所謂《彷徨》「是作者的悲觀思想到了頂點」的錯誤觀點，得出了「《彷徨》應該看作是《吶喊》的發展，是更積極的探索」的結論。茅盾的這篇專論，正確地剖析並評價了魯迅小說及其思想，有力地駁斥了那些「表面而皮相的」歪曲魯迅的觀點，對四十年代國統區的魯迅研究，頗有指導的意義。至於徐莊的〈阿 Q 正傳解析〉一文，它以四萬餘字的篇幅，從作者的創作動因、創作過程、典型環境與典型人物、結構和語言等多方面，對作品進行了系統而有深度的研究，也堪稱魯迅小說研究史上一篇很有份量的力作。此外，范泉還編發了李廣田的文章，就魯迅小說中的婦女問題進行了研究和評論。[3]

　　《文藝春秋》還著意於魯迅書簡的研究。在第二卷第一期上，有一篇寒齋[4]的〈魯迅書簡三十一通〉，文中披露了魯迅當時尚未發表的書信片斷三十一則。雖然這些片斷在收信者所寫的回憶文章中已經引錄，但予以集中刊發，在許廣平所編的《魯迅書簡》出版之前，顯然是大有助於廣大讀者真切地瞭解魯迅思想的。一九四六年十月，許廣平編的《魯迅書簡》由魯迅全集出版社出版，范泉隨即在《文藝春秋副刊》第二期上，編發了李何林的〈讀《魯迅書簡》〉一文。據《魯迅研究資料索引》上冊[5]記載，這是最早

評介和研究《魯迅書簡》的一篇文章，而這方面其他文章的發表，要遲之一年多以後。當然，李何林此文的重要性，不僅在於最先發表，更在於最早闡發了魯迅書簡的價值，為魯迅書簡的研究開闢了道路。文章認為：這本《魯迅書簡》不僅內容豐富，提供了《魯迅全集》[6] 裏「所找不到的許多寶貴的意見」，而且由於是私人通信，寫時比較自由，因而與魯迅「公開發表的文字」比較起來，「告訴了我們更多方面的東西」；文章還指出：《魯迅書簡》展現了魯迅愛恨分明、百折不撓、為人民事業鞠躬盡瘁、死而後已的「崇高偉大的靈魂」，展現了魯迅「處處實事求是，不尚空談，腳踏實地，一步一步做去」的現實主義精神，因而是研究魯迅「真實的寶貴的資料」。這些意見，閃爍著真知的光彩，至今對我們還深有啟迪。

　　此外，《文藝春秋》還編發了眾多研究魯迅的文章，其中重要的有：公討的〈論周作人之流〉、靜遠的〈周作人二三事〉、孔另境的〈回憶魯迅先生喪儀〉、郭沫若的〈O・E索隱〉、陳煙橋的〈魯迅與中國新木刻〉、劉峴的〈魯迅與木刻版畫〉、黎錦明的〈一個印象〉、趙景深的〈讀魯迅《古小說鉤沉》〉、林辰的〈魯迅與狂飆社〉和〈論《紅星佚史》非魯迅所譯〉等等。這些文章或具有新穎的見解，或拓寬了研究的思路，或提供了彌足珍貴的材料，均各有其獨到之處，因而對四十年代魯迅研究的發展和深化，起了一定的作用。

二、源自於對魯迅的深刻認識

　　《文藝春秋》如此長時間地、多側面地發表紀念魯迅、宣傳魯迅和研究魯迅的文章，與該刊主編范泉的思想認識有莫大的關係。

　　首先，作為一個青年作家和文學編輯，范泉與魯迅有過一定的聯繫。早在一九三三年，他就在北四川路內山書店見過魯迅，與魯迅握過手談過話，感受過魯迅對文藝青年一見如故的親切熱忱。以後，他又曾隨木刻家陳煙橋登門拜訪（未遇）。一九三六年十月魯迅逝世時，正在北平讀書的范泉懷著沉痛的心情，參加了北京大學舉行的追悼大會。一九三七年春，范泉轉學到上海復旦大學新聞系，不久又走上編輯崗位。以後，與魯迅夫人許廣平以及魯迅的許多朋友如茅盾、孔另境、唐弢等人接觸頗多，也受到不小的影響。據范泉本人回憶，他在上海淪陷、敵偽橫行的複雜形勢下，毅然接受《文藝春秋叢刊》的編輯任務，並對刊物編輯的方針和策略作了周密考慮，以及在創刊號《兩年》上大張旗鼓地開展保衛魯迅藏書遺物的鬥爭，都是與許廣平一起研究過的。[7]

　　其次，范泉對魯迅非常崇敬。從他開始編刊物起，就把紀念魯迅擺在首位。一九三七年六月創刊的《作品》半月刊，是范泉走上社會後所編的第一個刊物，而該刊的第一篇文章，就是魯迅用日文寫的遺作〈王道〉（陳琳譯）。嗣後，他無論編什麼刊物，都念念不忘編發紀念和研究魯迅的文章，念念不忘繼承和發揚魯迅的戰鬥精神。不獨《文藝春秋》為然，就是他歷經廿年坎坷路途之後出任青海師院《中小學語文教學》月刊主編時，還一仍其舊，並富有創造性地組織了「紀念魯迅先生誕生一百周年系列專輯」，足足編發了十二個月三十九篇紀念與研究魯迅的文章，成為魯迅研究史上的一大盛事。范泉如此崇仰魯迅，來源於他對魯迅的深刻認識。在他看來：「在民族解放運動的革命工作上，魯迅是中國人民大眾的導師；在進步的文化藝術的創造工作上，魯迅是具有中國民族特質的世界性的文化鬥士。」他認為魯迅的影響不

僅在中國，而且在全世界；不僅在當代，而且也將在「以後的無
數代」；不僅範圍異常廣泛、時間異常久遠，而且「在程度上異常
深邃」。[8] 范泉對魯迅及其精神的深刻領悟和剴切評價，正是他長
期堅持紀念魯迅和研究魯迅的原因所在。

　　再次，范泉本人也是一個有成績的魯迅研究者。四十年代初，
他鑒於當時學術界缺乏系統研究魯迅生平、思想和創作的專著，
便在內山完造的推薦和鼓勵下，下工夫翻譯了日本小田嶽夫的《魯
迅傳》。必須指出的是，范泉這部譯著雖然一九四四年十月才開始
連載於《文藝春秋叢刊》，一九四六年九月才由開明書店出版，但
實際上，他早在一九四一年就已譯成，原稿被日寇損毀後，他又
於一九四二年重譯，翌年就已由開明書店收購，所以從完稿來說，
范泉的譯本應早於國內出版的同一書的同名譯本。[9] 另外，由於魯
迅思想的博大精深，也由於原作者在人事上和地域上的隔膜，存
在著不少較嚴重的錯誤。范泉在翻譯過程中，仔細研究了《魯迅
全集》和其他有關材料，虛心聽取了許廣平、夏丏尊、黃幼雄等
人的校閱意見，對某些章節作了認真的修訂或改寫。正因為如此，
范泉譯著在質量上也是當時其他譯本所無法企及的。

　　最後，范泉就紀念魯迅與研究魯迅的問題進行過比較系統的
考慮。他曾鄭重地向文藝界提出建議：

　　　　第一，分類研究魯迅先生廣泛的思想範疇裏的各個部門，出版
　　　　專著；第二，從事撰寫創作本的《魯迅傳》；第三，整理魯迅
　　　　先生的遺著，訂正並擴大《魯迅全集》的印行，把未出版和新
　　　　發現的遺著一律編入新《魯迅全集》；第四，創設「魯迅紀念
　　　　館」，將魯迅先生的一切遺物和有關的史料物件集中公開永久

展覽，俾能便利於學者的研究；第五，編寫《魯迅傳》電影腳本，把魯迅先生戰鬥的一生搬上銀幕，讓中國的人民大眾都能夠認識魯迅的精神。[10]

經過四十餘年以後，我們今天重讀這段文字，不能不對范泉生出由衷的敬意。他的這些建議，考慮得是那樣周密謹嚴，又那樣切合實際，如今幾乎一一被黨和人民付諸實現，可見他對魯迅的理解之深切了。

正因為上述種種，所以范泉主編的《文藝春秋》成為四十年代進步文化界紀念魯迅、宣傳魯迅的一塊重要陣地，它為魯迅研究事業作出了不可忽視的貢獻。

三、也有某些不足

當然，《文藝春秋》在對魯迅的紀念與研究方面，也還有其不足之處。儘管由於刊物的性質、當時複雜的形勢，以及其他主觀和客觀的種種局限，我們不能對它提出過苛要求，但從刊物前後期比較來看，後期（特別是第六卷以後）刊登這方面的文章明顯減少；而從研究的深度和廣度看，較之魯迅的博大精深，也顯然還是很不夠的。此外，一九四八年七月《文藝叢刊》第六集《殘夜》編發的〈大眾本《毀滅》序〉一文，縱然署著「魯迅」的大名，但看來大半是一篇偽作，編發這篇文章，應是被小人鑽了空子。[11]

但是，小弊不掩大德。從總體上看，范泉主編的《文藝春秋》對魯迅的紀念與研究的成績是卓著的，它將魯迅研究與中國人民的民族解放運動和民主革命運動緊密結合在一起，有力地推動了

四十年代魯迅研究的深入發展，促進了魯迅精神的發揚光大，在魯迅研究史上書寫了閃光的一頁。

一九八九年十二月初稿
一九九〇年二月至三月修改

注釋

1　見《文藝春秋叢刊》一九四五年十月第一輯《兩年》的〈編後〉。
2　見署名「本刊」的〈紀念魯迅逝世八周年〉一文，其實乃范泉所作。
3　參見李廣田〈魯迅小說中的婦女問題〉，載《文藝叢刊》一九四七年十月第一集《腳印》。《文藝叢刊》系范泉為配合《文藝春秋》而創辦的，兩刊關係甚為密切。
4　即曾編輯上海《文匯報‧筆會》的陳欽源。
5　該書由北京圖書館和中國社科院文研所合編，人民文學出版社一九八二年一月出版。
6　指一九三八年由上海復社出版之二十卷本《魯迅全集》。
7　見范泉〈我編《文藝春秋叢刊》回憶〉，載《中國現代文藝資料叢刊》第八輯，上海文藝出版社一九八四年九月出版。
8　見范泉〈關於《魯迅傳》〉，載一九四六年十月十五日《文藝春秋》第三卷第四期。
9　單外文譯《魯迅傳》，偽滿新京（長春）藝文書房一九四三年出版；任鶴鯉譯《魯迅傳》，上海星洲出版社一九四五年出版。
10　見一九四六年十月十五日《文藝春秋》第三卷第四期范泉所寫之〈編後〉。
11　詳見本書〈《大眾本毀滅序》非魯迅佚作〉一文。

論范泉主編《文藝春秋》的編輯藝術

一、一個重要而奇特的刊物

四十年代范泉先生在上海主編的《文藝春秋》月刊，[1] 是一個重要而又奇特的刊物。說它重要，是因為它是上海四十年代持續時間最長、基本上按月出版、囊括了國統區絕大部分重要作家而進步傾向又十分鮮明的一個純文藝刊物，它為我國的現代文學史和現代出版史，寫下了不容忽視的一頁。說它奇特，是因為在它身上，有一些似乎難以理解的現象，有一些多年來未經消釋的疑問。

（一）當時一般刊物大都「短命」，唯獨《文藝春秋》卻歷時久遠。

在四十年代國統區，由於政治環境險惡，作家、編輯們大多生活困窘，以及其他一些原因，那些具有進步傾向的文藝刊物常常是比較「短命」的。以《中國現代文學期刊目錄彙編》[2] 一書收錄的文學刊物（包括部分文化刊物）為例，四十年代出版於上海、北平、重慶、桂林和香港等國統區的約有五十六種，而其中僅僅維持了一二年、出刊不足十期的，竟有三十二種之多；即以上海而言，當時出版的文學期刊有《戲劇與文學》等十四種，其中只有如《萬象》、《文藝復興》等少數幾種刊物維持時間較久，但也

無法與《文藝春秋》相提並論，[3]絕大部分刊物的「壽命」只是在數月之間、數期之內。

相比之下，同樣是在四十年代上海的複雜環境裏，范泉主編的《文藝春秋》卻似乎「得天獨厚」。該刊從一九四四年十月創刊，經過淪陷時期、國民黨統治時期，直到一九四九年四月上海解放前夕終刊，前後堅持了近五年之久，共出刊達四十四期之多。同時，他還主編出版了《文藝春秋副刊》三期、《文藝叢刊》七期，並主編出版了好幾套文學叢書。

（二）《文藝春秋》受到某些進步作家的懷疑，卻譽滿海內外。

傾向進步的《文藝春秋》的長期生存，在當時曾被進步文藝界部分作家所懷疑。一九四八年五月司馬藍火（祁崇孝）在《文藝春秋》六卷五期發表了短篇小說〈懦夫〉後，中共上海地下黨負責人之一、當時任《時代日報》文藝副刊編輯的林淡秋，曾對他說：小說很有意思，但為什麼要投《文藝春秋》呢？范泉此人我們還看不准他，你最好不要把真名和通信地址告訴他。[4]至於一九五四年胡風〈關於解放以來的文藝實踐情況的報告〉中稱范泉為「南京暗探」，更是四十年代部分作家猜疑心理的典型反映。

與此相反，廣大讀者和作者對《文藝春秋》卻頗為歡迎。積極為之撰稿的進步作家和作者，有郭沫若、茅盾、巴金、王任叔、田漢、柳亞子、許傑等二百餘人。編輯部經常收到各地讀者的來函，或熱情提出建議或要求，或善意給予批評或指責。而刊物的發行量也不斷遞增，最高時竟達一萬餘份，銷行範圍已越出國界，遠及南洋、日本、英、美、法、蘇聯等國家和地區。

　　不言而喻，像《文藝春秋》這樣一個卓然於四十年代上海文壇、而又譽謗歧異的文藝刊物，應當納入現代文學研究者的視野。我們不僅要解開這些斯芬克斯之謎，重睹《文藝春秋》的原貌，讓它在現代文學史和出版史上恢復應有的地位，而且要研究它的編輯藝術，以為今人之借鑒。

二、頑強地在刀叢劍林中尋覓生路

　　在危機四伏的上海四十年代文壇，在進步刊物受到嚴重壓制和摧殘的形勢下，《文藝春秋》卻能青春長駐、聲聞遐邇；而且，它既沒有出賣原則，投敵附逆，也沒有媚眾取寵、自甘墮落，而始終堅持愛國民主的進步立場，積極為中華民族的解放和中國革命的勝利進行鬥爭──這，不能不歸功於編者范泉高超的編輯手法和編輯藝術。

（一）逃避登記，抗拒審查。

　　在《文藝春秋》的歷史上，曾經被迫辦過兩次「叢刊」。第一次是在淪陷時期創刊第一年。按當時的規定，出版期刊必須向汪偽當局登記註冊，而出版叢刊則不必，范泉就鑽了這個空子，使刊物逃避了登記，免受敵人的審查。第二次在一九四七年十月間，范泉在出版《文藝春秋》的同時，又與友人合作編印《文藝叢刊》，其目的也是為了繞過國民黨政府的審查，讓遭到粗暴刪改、無理「槍斃」的稿件得以原貌順利刊出。可見，為了衝破嚴酷的禁錮，傳播真理的聲音，范泉是頗費了一番苦心的。

（二）對老闆採取爭取、利用和抵制相結合的方針。

　　范泉很善於處理與永樣印書館老闆陳安鎮的關係。對於這樣一個沒有政治背景的資本家，范泉巧妙地利用了他牟利發財的心理，充分地爭取他的支持，來從事自己的進步出版活動。因此，在敵偽時期，當范泉受到日寇懷疑和追查時，陳安鎮竭力為他開脫，甚至不惜破財消災；抗戰勝利後，陳又積極爭取向政府當局登記註冊，使刊物獲得合法地位；當政治和經濟形勢緊張時，陳停辦了書館出版的其他刊物，唯獨對《文藝春秋》大開綠燈。當然，陳安鎮的種種作為，完全是為了企業本身的利益，但《文藝春秋》因此得以長存，卻是一件大好事。

　　范泉對陳安鎮巧與周旋，並不放棄鬥爭。他採取陽奉陰違、偷樑換柱的策略，對陳安鎮請來的書館顧問、國民黨黨員陶廣川的所謂的審查進行抵制。及至後來無法避開審查時，他又另闢陣地，堅持鬥爭。

（三）多方面尋求辦刊之路。

　　為了擴大宣傳陣地，向廣大讀者提供更多的精神食糧，范泉一面慘澹經營《文藝春秋》，一面還千方百計出版其他刊物。除了上述《文藝叢刊》外，他還約請茅盾和以群主編《文聯》，約請吳天主編《文章》，約請司徒宗和歐陽翠主編《少年世界》等雜誌，他本人則與陳欽源合編《文藝春秋副刊》。他曾主編出版了「文學新刊」、「青年知識文庫」、「少年文學故事叢書」等叢書。另外，鑒於一些進步作家的書稿橫遭干涉和非難，他又從其他出版單位尋找出路，分別主編了「中原文學叢書」、「寰星文學叢書」和「一

知文藝叢書」。這些出版物，可以說是《文藝春秋》的延伸和擴展，它們的問世，無疑拓寬了《文藝春秋》的影響。

（四）善於自我保護。

　　范泉儘管與廣大進步作家（包括眾多中共地下黨員）有著密切的關係，儘管編發了許多伸張正義、譴責罪惡的作品，儘管配合過中共地下黨組織的營救駱賓基等活動，但他表面上恪守自由立場，從不參加公開的政治活動。為了避免陶廣川的懷疑，他連「文協」也沒有參加。[5] 他的審慎和善於自我保護，使得敵偽當局和國民黨政府抓不到他的把柄，而無奈其何。這也是《文藝春秋》所以能長期生存的重要原因之一。

　　總之，《文藝春秋》所面對的，絕不是一條平坦寬闊的大路，它同其他許多進步刊物一樣，都處於陰霾密佈、險象環生的環境，「無論作者、出版者和編者，都為自己的生命捏一把汗」。[6] 然而，范泉不畏兇殘的敵人，不顧一己的安危，細緻謹慎地採取了一系列對策，使刊物屢屢化險為夷，渡過了一道又一道難關，終於堅持到新中國的誕生。對於刊物來說，生存毫無疑問是戰鬥的基礎和前提。《文藝春秋》能夠黑雲壓城城不摧，頑強地生存下來，為廣大讀者保留了一塊精神上的綠洲，為廣大作者保存了一塊戰鬥的陣地，這是編者范泉的編輯藝術的勝利。

三、巧妙地把政治傾向隱埋於字裏行間

　　魯迅在談到同強大的黑暗勢力作戰時，說應當採用「壕塹戰」的策略。范泉主編《文藝春秋》，看來也是深諳此理。他從不輕率

地公佈自己的政治觀點，一般也不破門而出大聲吶喊，而只是以一個文藝作家和編輯的姿態出現，巧妙地把政治傾向隱埋在字裏行間，與廣大作者和讀者作會意的交流，向黑暗勢力進行堅韌的戰鬥。

打開《文藝春秋》，最引人注目的首先是眾多進步作家的名字。范泉一貫注意邀約和採用那些進步作家的稿子，而絕不為漢奸文人或堅持反動立場的作家提供發表園地。這一做法本身，就體現了刊物的鮮明傾向，從而受到各地讀者熱烈的關注與歡迎。當年的讀者、詩人田風回憶說：「在當時『勘亂』之聲甚囂塵上之際，難得讀到一本嚴肅的純文學刊物，而且又是名作家撰文，彌足珍貴，猶如在沙漠裏遇到甘泉。」[7]有的讀者，更因此消除了對《文藝春秋》的疑慮。前述〈懦夫〉的作者司馬藍火，就是看到刊物發表了茅盾、艾蕪等作家的作品後，主動前往拜訪范泉，從而結下了四十餘年的深摯友誼。[8]范泉善於以知名進步作家的作品來增強《文藝春秋》的吸引力和號召力，因此將為數眾多的新作家和進步作者緊緊團結在自己的周圍。

其次，范泉注意根據不同的形勢，採取不同的手法，組織相應的文章。當形勢比較嚴峻時，他往往採取含沙射影、不露鋒芒的策略，迂迴曲折地向罪惡勢力施以攻擊。例如《文藝春秋》創刊後，曾組織文章向文化漢奸周作人發難。范泉抓住「魯迅藏書出售問題」進行旁敲側擊、指桑罵槐，有力地揭露了周作人的醜惡嘴臉，狠狠鞭撻了他的賣國敗家的罪行，同時也沒有給敵偽當局留下什麼明顯的把柄。而在形勢比較和緩時，范泉又不失時機地進行積極的宣傳。例如抗戰勝利後，他及時編發了艾青、周而復、劉白羽等延安作家的作品，為國統區讀者瞭解解放區打開了

窗戶。靈活多變的編輯藝術，使《文藝春秋》有效地掃蕩著世間的污泥濁水，傳達了人民的呼聲，透露了新生活的前景。

　　第三，注意採用象徵或隱喻筆法，含蓄地表達刊物的傾向和觀點。這方面的特點可以表現為以下兩個方面：一是為刊物取用具有象徵意義的名字。例如《文藝春秋叢刊》除第一輯外，其餘四輯的書名各有其深邃的象徵意義。只要結合同期刊登的題解文字，[9] 細加揣摩，我們不難發現，所謂「星花」，象徵著給漫漫長夜中廣大人民以光亮和希望的革命聖地延安；所謂「春雷」，象徵著久被嚴冬摧殘威脅的人民大眾渴望聽到的勝利資訊；所謂「朝霧」，象徵著在強大的「光和熱的面前」即將「被融化」、被驅散的侵略勢力；而所謂「黎明」，則象徵著中國人民經過八年抗戰即將迎來的勝利曙光。由「星花」到「黎明」，形象地反映了中國人民在艱苦卓絕的抗日鬥爭中的心路歷程，其間有對光明的憧憬，有對頑敵的藐視，也有對勝利的必勝信念，這些自然會給讀者以強烈的感染和鼓舞。二是注意在刊物上編發含有象徵意義的作品。范泉本人就寫了好幾篇這樣的散文。除上述題解散文以外，還有八卷一期（一九四九年一月十日出版）上的散文〈音樂〉。它描寫了一幅色彩鮮明的油畫。畫面上，有象徵著中國人民解放軍的上萬個農民和工人正發出「勝利的吼叫」，這是他們「把血和汗，勞力和生命交付給一個長時期的戰鬥」後，終於贏得的一曲「神聖的『勝利之歌』」。從作者充滿激情的文字裏，我們自然會聯想到當時剛剛取得勝利的淮海戰役，體會到作者和編者的真實意圖。此外，如歐陽山的〈今年元旦〉（載叢刊第三輯）、金雷（范泉）的〈秋雪〉（同上）、邵力子的〈柳暗花明〉（載八卷一期）等散文，也都是面對現實、意蘊深刻之作。

第四，注意在編後記裏作適當的提示。為了幫助讀者理解作品思想內容和編者意圖，范泉有時候也注意在編後記裏作一定的提示。例如第二卷第三期和第四期在發表解放區作家作品時，他特意在〈編後〉介紹艾青的長詩〈吳滿有〉「描寫了一個時代的無名英雄」，介紹〈海上的遭遇〉是「一篇充滿了血和戰鬥的集體創作」，並特別指出其「執筆者」周而復的名字，以喚起讀者對這些作品的重視。又如第四卷第六期編發王統照的回憶錄〈「五四」之日〉時，他在〈編後〉強調指出「今年的五月」的情況：「遊行，示威，挨打，流血，遍地都有轟轟烈烈的學生運動」，這就透露了他所以在此時此刻編發這篇文章的旨意。

講究鬥爭的藝術，目的全在於鬥爭。范泉精心地把自己的愛憎感情、政治傾向和編輯意圖隱埋、滲透於字裏行間，也是為了保存自己，以便更好地堅持有效的鬥爭。正因為如此，所以當重大事件發生時，他便毅然挺身站到鬥爭的前列。如聞一多、許壽裳等民主戰士慘遭國民黨特務暗害時，他便立即在《文藝春秋》上組織文章悼念先烈，聲討兇手，矛頭直指國民黨反動政府，充分表現出他作為一個編輯和戰士的勇氣。

四、熱情地在編後記裏與讀者交流思想

「把心交給讀者」，[10] 這是巴金數十年寫作的經驗之談。我們在考察范泉的編輯業績時，同樣可以看到這種坦誠相待的讀者觀。

范泉一向對讀者極為重視。他深深懂得，讀者是刊物的「上帝」，刊物要生存，要發揮它的作用，必須爭取「獲得更多的讀

者」。[11] 為此，他懷著一顆真誠的心，一方面努力為讀者提供盡可能豐厚、精美的精神食糧，用優秀作品的力量來吸引和打動讀者，另一方面又向讀者敞開胸懷，與他們進行經常性的思想交流，用自己誠摯的感情，來爭取讀者的理解和支持。在主編《文藝春秋》的整個過程中，他始終注意與讀者保持密切的聯繫，特別是緊緊抓住寫編後記這一環節，熱情地與讀者作推心置腹的對話，充分體現出他的高度自覺的讀者意識。

翻開全套《文藝春秋》，期期有范泉所寫的〈編後〉。每期雖然只有三百餘字，他卻寫得非常用心，不僅內容寬廣，而且字字有情，句句動人，為刊物平添了許多光彩。

他坦誠地向讀者抒寫自己的編輯理想，表示「要改革《文藝春秋》的版面」，「使讀者一旦翻閱到這個期刊，立刻便發生了濃郁的興趣」；[12] 他很懂得讀者渴望讀到刊物的心理，如果刊物因故不能按時出版，他一定誠懇地向讀者解釋原委，以求諒解；[13] 他將讀者看成自己的朋友，常常不諱言刊物面臨的困難和遭受的挫折，同時表明自己的態度：準備「毫不放鬆地奮鬥下去」，「把本刊的生命維持到不可想像的久遠」；[14] 他還以「喜悅的感情」接受各地讀者潮水般的來稿，又不吝向投稿者提出中肯的意見。[15]

為了編好刊物，范泉還非常重視從廣大讀者中汲取豐富的滋養。他曾考慮籌組文藝通訊社和文藝春秋讀者聯誼會，以加強刊物與讀者之間的聯繫。[16] 他經常給各地讀者復信，並且在〈編後〉裏與讀者討論如何編好刊物的問題，讀者的批評建議只要言之有理，他無不虛心採納，並立即付諸實施。例如，讀者提出「刊載一些富有現實意義的報告和通訊之類」的要求，[17] 他很快就編發了鍾敬文寫的〈銀盞坳〉、〈東洞〉、〈牛背脊〉等反映抗日鬥爭的戰

地報告。讀者希望「編刊一些軟性而富有趣味的報導文字」，他馬上作出反應，認為這是「增加讀者對文藝的趣味和感情」、「聯絡本刊和讀者間的感情」的良法，[18] 於是編輯出版了一份專載作家記、文藝資訊、書刊評介等短文的《文藝春秋副刊》。即便對某些不盡合理、不盡正確的指責，他也不是一棄了之，仍常常在〈編後〉作委婉的解釋。這裏不妨引錄一則：

> 在文藝刊物這樣寥落的現階段，我們按期送出了這樣一份單薄的精神食糧，我們的內心真是感到十分的難受。我們難受的是：第一，有許多揭露現實極有鋒芒的作品，目前無法刊出；第二，由於篇幅的限制，我們不能多登較有份量相當優秀的中長篇小說。溫州的五位讀者聯合寫了一封長信，責罵編者忽略了當前的時代任務。是的。我們深深懂得。但是當我們想到萬一這份單薄的精神食糧也無法延續它的壽命時，我們的讀者不是將要感到更加寂寞了嗎？類似這樣的信我們接到了不止一封，除了用真誠的感激來接受讀者的一切指責外，我們不願多加詮釋。擺在我們面前的任務是：更艱苦的工作！如果我們的工作能夠獲得多數讀者和作者的理解時，那也就是我們真正的寶貴的收穫了。[19]

這篇〈編後〉寫於一九四八年九月。當時中國共產黨領導的人民解放戰爭已進入決戰階段，蔣家王朝大廈將傾，危如累卵，但卻不甘心失敗，正在百倍瘋狂地垂死掙扎。在國統區，則施行了更加嚴厲的管制和鎮壓。在這樣的情況下，個別讀者要求刊物鋒芒畢露地執行「時代任務」，顯然有欠策略。但范泉很理解讀者的心

情，在這篇短文中，他誠懇地抒寫了自己的心曲，委婉地闡釋了自己的憧憬，並堅定地表達了要「更艱苦的工作」的決心。這樣開誠佈公的陳述，這樣入情入理的分析，適足以消除某些讀者的疑雲，而取得「多數讀者和作者的理解」。

在范泉所寫的〈編後〉中，對於作家和作品的介紹，佔有相當的比重。這也是他與讀者交流思想感情的一個重要方面。他在編輯工作中與作家們有一定的聯繫和交往，對他們的創作思想、生活境況以及創作中的甘苦比較熟悉，因此往往借〈編後〉作適當的披露。例如，他曾介紹過艾蕪身居斗室寫出短篇小說〈石青嫂子〉、[20] 吳晗和施蟄存為發表聞一多遺作而操心、[21] 熊佛西辭職寫長篇小說、[22] 葉聖陶關心和幫助新進作家創作 [23] 等事情。這些作家軼事，不僅為廣大讀者所喜聞樂知，而且也大有助於他們對作品的閱讀和理解。

范泉在介紹作家作品的同時，還往往結合自己的感想發表一些評論。例如，他介紹蘇聯小說〈鋤奸〉，說它「每一個字好像一個鐵錘，那麼沉重而有力地敲擊在讀者的心上」。[24] 在談到小說〈債〉和〈凋殘〉時，他又說：這是「兩篇血淚的故事，它可以掀動我們的感喟，但也可以增添我們生人的情思」。[25] 這裏，他似乎在與讀者座談讀書的體會，娓娓話語，溝通了他和讀者之間的感情之脈。

五、刻意追求不同凡響的編排設計

范泉在主編《文藝春秋》的過程中，始終奉行內容與形式並重的方針，既不放鬆對內容的要求，同時又刻意追求刊物的編排設計，努力使之別具一格，搖曳多姿，從而吸引和感染更多的讀者。

（一）用照片、木刻、繪畫等來反映作家活動和藝術傾向。

　　范泉非常重視圖文並茂，把它作為一種「編輯理想」來追求。他曾多次表示，打算每期編一頁「作家近影和作家活動的照片」，[26]還「要改革《文藝春秋》的版面，使文字和木炭插圖，木刻版畫，線條畫和人事圖照等混合編排」，[27]以使刊物別開生面。范泉不愧為高明的編輯，他十分懂得讀者的欣賞習慣和欣賞心理，非常善於以藝術手段來吸引讀者的注意力，激發他們的興趣，使刊物產生最大的影響。

　　然而僅僅以「圖文並茂」來概括范泉主編《文藝春秋》的編輯藝術特點，那還是膚淺的。因為，第一，清末民初以來的鴛鴦蝴蝶派刊物如《禮拜六》、《小說新報》等，也經常刊登許多圖照，也可以說是有文有圖，但其圖往往與刊物內容無甚聯繫，而且以色情和趣味取勝，格調低下，影響惡劣。《文藝春秋》顯然與它們有著天壤之別。第二，《文藝春秋》與「五四」以來的新文學刊物也有明顯的不同。應當充分肯定新文學編輯家們在摒棄鴛鴦蝴蝶派刊物的庸俗作風、改革刊物裝幀版式、插圖等方面的成績，特別是不能忽視魯迅等人重視和強調刊物插圖的重要意義。但在范泉以前，只有影劇刊物經常用圖片介紹演員藝人的活動，一般新文學刊物卻較少刊登反映文學作家活動的照片插圖。而范泉主編的《文藝春秋》卻別開生面，它不惜篇幅，以數量可觀的作家照片、書信或文稿手跡，以及描繪作家形象的木刻畫等，並配以精煉的文字說明，先後重點介紹了魯迅、茅盾、郭沫若、洪深、馮玉祥、鄭振鐸、熊佛西、田漢、柳亞子、葉聖陶、施蟄存、端木蕻良、臧克家、駱賓基等著名作家，這就在很大程度上滿足了廣

大讀者希望瞭解作家的心理，溝通了讀者與作家之間的感情聯繫，增強了刊物的可讀性和吸引力，從而更擴大了刊物的影響。《文藝春秋》這種用圖片和文字相結合介紹作家的編輯法，在新文學期刊史上是很有影響的，爾後許多文藝刊物紛紛仿而效之。

（二）編排大方醒目而富有藝術性。

　　《文藝春秋》在編排設計上很有自己的個性，無論是封面、目錄或是正文，編者都要求大方醒目而富有藝術性。

　　封面設計上，范泉先後組織並選用了裝幀藝術家錢君匋和舞臺美術家池寧的藝術構思，還常將該期的要目（多為作家的手跡）影印其上，使封面不僅富於文藝氣息，還突出了重要的作家和作品，給讀者以一種既粗獷醒目又參差勻稱的美的感受，從而留下深刻的印象。這種新穎別致的封面設計，也是《文藝春秋》吸引讀者的重要因素之一。

　　目錄設計上，范泉首先主張必須一目了然。他喜歡將作品分組分類或按專輯編排，並且將所有的篇名印在一面紙上。如果一面紙排不下，就採用類似扇面折頁的形式，所以《文藝春秋》的目錄頁就呈現了多種形態，除了一面紙的以外，還有雙面折頁的（如第一、三、四卷）和單面折頁的（如第五卷）等。而不管哪一種，讀者只要打開目錄頁，所有的作品篇名無不在一覽之中。另外，范泉靈活運用了各色花邊和線條，使之與大小不一的各種字體相配合，使目錄頁形成一個極為和諧的整體，不但富有藝術的情調，而且也突出了編者想要突出的內容重點。

　　正文編排上，范泉充分利用各種花邊、大小字號、排列方式等手段，將絕大部分作品編排得不多不少，紙盡文畢，從無轉接

（即「下轉某頁」）的現象，從不給讀者以零碎雜亂的感覺，同時又使版面顯得生動活潑、莊重大方。

（三）運用靈活多變的插頁形式。

　　作為一個嚴謹的編輯，范泉很看重刊物的時間性，在《文藝春秋》歷時近五年的出版過程中，除了極個別特殊情況外，一直是按時出版的。同時，他的進步立場，又要求他及時反映社會現實或文藝界隨時發生的大事。為了妥善解決這一矛盾，突破時間的局限，他別出心裁地採用了插頁的形式。例如三卷六期的〈歡送茅盾先生出國小輯〉、四卷四期鄭振鐸的〈耿濟之先生傳〉、六卷三期文藝春秋社的〈悼念許壽裳先生〉、七卷二期葉聖陶的〈佩弦的死訊──悼朱自清先生〉等文，就都是以插頁的形式趕印後刊登的；而且由於范泉利用了適當的色彩、圖片和特殊的編排，所以別具一番動人的風采。儘管文章的題目有時來不及排入目錄頁，有時僅僅印在目錄頁的反面，但這些文章卻得以迅速面世，爭取了時間，有效地發揮了作用。《文藝春秋》的這種做法，在當時的出版界也可以說是一個創造。

　　以上從四個方面對范泉主編《文藝春秋》的編輯藝術作了初步的探討。雖然難免掛一漏萬，但也足以使人看到范泉走過的道路是何等艱辛，他的期刊編輯手法和編輯藝術是何等的卓越，在當時形勢險惡、大多數刊物「短命」的情況下，《文藝春秋》能「風雨不動安如山」，堅持出版達近五年之久，確實有些「奇特」。但當時和以後有些人因此懷疑它，甚至抹煞它的成就，卻是沒有道理的。事實證明，《文藝春秋》既沒有為反動勢力張目，也沒有迎

合小市民的庸俗口味，而始終站在進步的立場上，向黑暗的社會抗爭，傳達了人民的吶喊和祈望，成為四十年代文壇的一朵奇葩。范泉身處險境，而無所畏懼，堅持了正確的方向，培育了許多文藝新人，同時又敢於突破凝固僵化的舊程式而求變創新，使刊物具有自己獨特的藝術個性，為現代文學事業和現代出版事業作出了傑出的貢獻。對於這樣一個優秀的文藝期刊，我們沒有理由無視它的存在，更不應當隨意懷疑、貶低、否定它的成績，而應當給予充分的肯定和科學的評價，更應當認真地研究主編范泉的期刊編輯手法和編輯藝術，以便真正深刻地認識范泉及其《文藝春秋》，更好地承繼這一份極可珍貴的精神財富。

一九八九年十二月至一九九〇年四月

注釋

1　該刊共出八卷，除第一卷五期以叢刊形式出版外，其餘每卷六期，均按月出版。
2　該書由唐沅、韓之友等編，天津人民出版社一九八八年九月出版。它雖然還不很完備，但是迄今為止收錄建國前文藝刊物最豐富、參考價值最高的一本工具書。
3　《萬象》從一九四一年六月創刊至一九四五年六月終刊，共出四十三期，但前兩年係由鴛鴦蝴蝶派作家陳蝶衣主編，從一九四三年柯靈接編起，其面貌才有較大的變化，可這段時間僅出刊十七期。《文藝復興》當時影響也很大，但它出刊時間不過一年多（一九四六年一月至一九四七年十一月），出刊二十期。還有一個《詩創造》，刊期也僅十六期。
4　見司馬藍火一九八九年十二月二十四日致筆者函。
5　范泉直到建國後，才參加了中華全國文學工作者協會。當時由中共上海市委書記處書記劉曉過問，由馮雪峰將表格交給范泉填寫，經巴金和魏金枝介紹才加入的。

6　見《文藝春秋》五卷一期〈編後〉。

7　見田風一九八九年十月一日致筆者函。

8　見司馬藍火一九八九年十二月二十四日致筆者函。

9　《星花》和《春雷》兩輯的題解文見於各期〈編後〉，《朝霧》和《黎明》兩輯的解題文均獨立城文，作者均署名范泉。

10　見巴金〈把心交給讀者〉，收入《隨想錄》第一集，人民文學出版社一九八六年十二月出版。

11　見三卷五期〈編後〉。

12　見六卷一期〈編後〉。

13　見二卷三期〈編後〉。

14　見四卷二期〈編後〉。

15　見五卷二期〈編後〉。另據筆者瞭解，范泉對每一篇來稿都仔細閱讀過，凡不採用的，都親筆覆信退回，並提出中肯意見，如散文詩作家鄭瑩、電臺編輯汪作民等，迄今對此感念不忘。

16　見四卷三期和五卷三期〈編後〉。

17　見二卷五期〈編後〉。

18　見三卷六期〈編後〉。

19　見七卷三期〈編後〉。

20　見五卷三期〈編後〉。

21　見四卷四期〈編後〉。

22．26　見三卷一期〈編後〉。

23　見六卷五期〈編後〉。

24　見五卷二期〈編後〉。

25　見《文藝春秋叢刊》第二輯《星火》的〈編後〉。

27　見六卷一期〈編後〉

《文藝春秋》憶舊

一、趙景深與《文藝春秋》

　　一九四五年抗戰勝利後，趙景深在《文藝春秋》二卷一期發表了散文〈古立道中〉。編者范泉在該期〈編後〉說，趙景深剛從安徽立煌回到上海，即「把他的稿件最先交給本刊發表，這種友情的護愛，使我們感到無上的溫暖。」

　　當時上海的文藝刊物頗多，趙景深何以獨獨對《文藝春秋》如此青睞呢？這可以從他寫的〈抗戰八年間的上海文壇〉一文中找到答案。文中，作者在回顧和評述抗戰期間上海文壇的文藝刊物時，稱讚《文藝春秋》是一個「可看的」、「極純正的文藝刊物」，給予了較高的評價。看來，趙景深當時雖然遠在安徽，卻注意到了戰鬥在上海淪陷區血雨腥風的環境裏的《文藝春秋》（當時為叢刊），感受到了它所反映的熱烈的抗日情緒，聽到了它所傳達的強烈的鬥爭吶喊。無怪乎，他會賜厚愛於《文藝春秋》了。

　　趙景深對范泉及其主編的《文藝春秋》，表現出極大的熱忱。他回到上海後，在該刊接連不斷地發表了許多文章，如〈湯顯祖與莎士比亞〉、〈讀魯迅《古小說鉤沉》〉、〈聞一多先生〉、〈記一個作家集會〉等等。其篇數之多、頻率之高、份量之重，在同時期《文藝春秋》的作家中堪稱首屈一指。

　　當時，范泉正為永祥印書館主編一套「文學新刊」叢書。趙景深對此也十分關切。他慨然將自己的一批文學論文彙集成書，題名為《銀字集》，交給范泉編入該叢書第一集。這本論著內容紮實，新意迭出，為叢書添色不少。范泉因此非常感激，時至今日猶念念不忘，說：「這是他對我的極大支持。」

　　范泉在編《文藝春秋》時，為了增進讀者對作家的瞭解，並使刊物更加生動活潑，登了不少作家的照片和手跡。其中有一部分信函手跡，就是一些作家寫給趙景深的，例如二卷四期的巴金函和老舍函、二卷五期的謝冰瑩函、三卷一期的洪深函等。只是由於發表時抬頭被一律隱去，遂使趙景深成了「無名英雄」。據范泉回憶，這些信函發表於《文藝春秋》，乃是《現代作家書簡》的編者孔另境所提供的，但它們與趙景深的密切關係，卻是顯而易見的。

二、戲劇家熊佛西寫長篇小說

　　在《文藝春秋》二卷六期的〈編後〉，范泉欣欣然向讀者宣佈：「我們正在特約幾位作家的長篇創作，將自第三卷第一期起開始連載。」其中之一，就是著名戲劇家熊佛西的長篇小說〈鐵花〉。

　　四十年代的國統區文壇，出現過一股長篇小說的創作潮，而戲劇家問津長篇小說創作，則是這股熱潮的一大特色。熊佛西的〈鐵花〉，是他繼〈鐵苗〉之後的又一部長篇小說，一九四二年間曾在桂林《文學創作》雜誌連載過一部分，但因局勢動盪而未竣工。一九四五年十一月他來到上海後，〈鐵花〉的人物、故事仍在

腦際浮動。恰好范泉為了增加《文藝春秋》的份量，需要長篇小說連載，熊佛西遂接受邀請續寫〈鐵花〉。當時，他正與顧仲彝一起籌建上海實驗戲劇學校，同時又主編著《人民世紀》雜誌，事務十分繁冗。但他為了完成〈鐵花〉的創作，決意「辭去一切的編務與雜務」，「每月撰寫一萬字至二萬字」（見《文藝春秋》三卷一期〈編後〉）。他對《文藝春秋》的這一份厚意，使范泉感激不已。

　　然而熊佛西終究未能完全擺脫戲劇學校的事務，仍常常忙得不亦樂乎。為了保證這部重要作品能如期連載，范泉只得採取勤聯繫多催促的辦法，有時候到了最後發稿期還沒有拿到稿子，他便跑到作者家裏去坐等。而熊佛西也很守信，見范泉來催稿，便立即放下別的事情，當場揮毫疾寫，每次讓范泉滿意而歸。因此，〈鐵花〉在《文藝春秋》上連載六期，一次也沒有中輟。時至今日，范泉對熊佛西的才思敏捷和信守然諾，依然記憶猶新。

　　熊佛西在百忙中能完成長篇小說〈鐵花〉，可以說是范泉「逼」出來的。但「逼」之中自有隆情存焉。他們之間往來密切，推心置腹，無話不談，早已超過了編輯與作者的關係，而成了道義相砥的朋友了。一九四六年十二月，當〈鐵花〉連載結束時，范泉特地在三卷六期為熊佛西增印了兩張插頁，刊出他的一組照片，有熊佛西返滬後留影、夫婦合影、寫作時留影、與田漢夫婦合影等五幀，還有十一月二十日致范泉函的手跡。其內容之豐富、安排之精巧，傾注了范泉的一片深情，這是范泉對熊佛西的通力合作與支持的由衷感激和真誠紀念。

三、紀念民主戰士聞一多

　　一九四六年七月十五日，為爭取人民民主而英勇鬥爭的著名詩人和學者聞一多，在昆明慘遭國民黨特務暗殺。消息傳出，全國震驚。出於對先烈的敬仰，《文藝春秋》月刊主編范泉迅即約請趙景深趕寫了一篇題為〈聞一多先生〉的悼念文章。趙景深在文中記述了他對聞一多的印象和他們之間的交往，並憤怒地指出：「聞一多只不過站在老百姓的立場說過幾句話」，他「呼籲和平，爭取民主，像這樣一個學者都要被狙擊而死，還有什麼話可說」。激憤的語言，引起范泉強烈的共鳴，他立即把這篇文章排入八月十五日出版的三卷二期發表，鮮明地表示了自己和刊物的立場。

　　范泉不顧白色恐怖，敢於在自己所編的刊物上控訴罪惡，伸張正義，深為廣大進步作家和讀者所敬重，刊物的影響因此越來越大，一些本無聯繫的作家，也開始注意起這個刊物來。不久，聞一多生前的摯友吳晗從北平致函施蟄存，托他將聞一多的一篇遺作轉給范泉。這篇題為〈歌與詩〉的聞一多遺作，後來就發表在一九四七年四月出版的四卷四期上。這一行為，深切地寄託了朋友們對這位民主鬥士的懷念之情。

　　同年六月，聞一多的另一位莫逆之交朱自清，受聞夫人的囑託，也給范泉寄來了一篇聞一多遺作〈什麼是九歌〉。朱自清當時正在主持《聞一多全集》的編輯工作，與范泉並無直接聯繫，於是取過一張印有「國立清華大學用箋」字樣的信箋，給老友吳晗寫了封信，云：

春晗兄：送上〈什麼是九歌〉一稿，兄可交文藝春秋。稿費到後，乞轉交聞太太，並示知數目，為感！　即頌

日祺！

朱自清頓　六、廿五。

吳晗收到信後，隨即在信箋的左上側空白處寫了數語，連同聞稿一起寄給范泉。吳晗的信寫道：

范泉兄：奉上一多遺稿一份，乞即刊載為感。耑此敬頌

編安

弟吳晗上　六、廿八

范泉對聞一多這篇生前未曾發表的重要論文極為重視，很快就在八月十五日出版的五卷二期上以顯要位置予以刊載，而將朱自清和吳晗的那張信箋，很珍惜地保存至今。因為他忘不了朋友們對聞一多的厚誼和哀思，也忘不了大家對他和《文藝春秋》的信任和支持。

四、紀念朱自清片斷

《文藝春秋》主編范泉素來仰慕朱自清的高風亮節，早就有邀請他為《文藝春秋》寫稿的打算。一九四七年六月朱自清為發表聞一多的遺稿〈什麼是九歌〉，主動問津於范泉的《文藝春秋》。雖然中間通過吳晗的轉遞，但他對范泉的信任卻是不言而喻的。

善於組稿的范泉在高興之餘，不失時機地抓住這一契機，與朱自清建立了聯繫，朱自清也慨然允諾願為《文藝春秋》撰稿。但遺憾的是，這一美事由於朱自清的病逝而終未成功。

一九四八年八月十二日，朱自清在北平病逝的噩耗傳來時，《文藝春秋》七卷二期已經印完正在裝訂。范泉聞訊十分難過，便當即決定在該期增印插頁以示悼念。請誰寫悼念文章呢？范泉想到了葉聖陶，葉聖陶與朱自清相知數十年，無疑是最佳人選，於是馳書相邀。由於刊期緊迫，范泉信中還要求葉聖陶在十三日當天交稿。葉聖陶此時雖已陷入哀痛之中，但悼念摯友，「意不可卻，即為動筆，至下午完篇」（見葉聖陶八月十三日日記，載《新文學史料》一九八八年第三期）。隨即修書一封，連同文稿遣人急急送到編輯部。信云：

> 范泉兄：
> 示悉。文字勉強作二千字，今奉上。心緒惡劣，寫不好。朱先生照片無有，有一信，乞斟酌，如可用，即用之。
> 即頌
> 刻安。
>
> 　　　　　　　　　　　弟　鈞頓首
> 　　　　　　　　　　　八月十三日
> 收到後乞示覆

范泉收到後，迅速趕奔印刷廠，和排印工人一起，連夜印製了深藍色的紀念插頁，上載葉聖陶的悼文〈佩弦的死訊──悼朱自清先生〉，反面左上方則是朱自清當年一月三十一日致葉聖陶函的手跡。

　　八月十五日，《文藝春秋》七卷二期按時出版。這張未及排入目錄的紀念插頁，凝結著范泉和葉聖陶共同的心血，寄寓著他們對一代文豪朱自清的不盡哀思。

《文藝春秋》上的作家書簡

　　范泉先生四十年代在上海主編《文藝春秋》月刊時，幾乎每期都要登載一些作家的相片或書簡文稿手跡。他的這一做法，在當時，恐怕是為了使讀者增加對作家們的瞭解，使刊物增添些生動有趣的魅力，而在無意之中，卻為廣大讀者保存了若干文化史料，為後人研究作家、研究刊物、研究四十年代文學提供了重要的線索。

　　下面是《文藝春秋》上發表的七封作家書簡，收信人均是該刊主編范泉。為有助理解，我分別作了簡略的注釋。拂去歲月的風塵，人們可以從這裏看到一顆顆真摯的火熱的心，可以聽到一曲曲深沉而動人的友誼之歌！

一、洪深致范泉

（一九四六年七月二十八日）

　　范泉先生：

　　昨承枉駕，失迎為歉。《文藝春秋》稿，因連日腹瀉，尚未執筆，唯星期一晚，弟在某處將作一演講，題為〈文學與鬼〉，講後或可寫一二千字，仍可為「隨感」性質。專此，即請
　　撰安

　　　　　　　　　　　　　　　　　　　　弟　洪深啟
　　　　　　　　　　　　　　　　　　　卅五、七、廿八

　　范泉三十年代走上文壇後不久，就曾在洪深主編的《光明》半月刊發表過報告文學〈張家口的味の素及其他〉，從此與洪深建立了友誼。以後，他在洪深的介紹下認識了謝六逸，並從北京轉學到上海復旦大學新聞系。一九三七年春，他在上海主編《作品》半月刊時，洪深曾應約撰稿。因為有上述交往，所以當他主編《文藝春秋》時，自然忘不了洪深。他最早於一九四六年七月出版的三卷一期上，披露了洪深關於出賣《電影戲劇導演術》書稿的信函手跡。隨後，他又正式向當時已復員返滬的洪深約稿，並於七月二十七日登門催詢。洪深當時雖然有病在身，但二十九日（星期一）作了講演後，隨即於八月一日寫成〈文學與鬼〉一文寄給范泉，可見他是多麼看重友誼和信用。投桃報李，范泉很快地將洪深的文章編入九月十五日出版的三卷三期，同時隆重推出紀念增頁予以配合。刊登在增頁上的，除了洪深七月二十八日致范泉函的手跡外，還有洪深與夫人孩子的合影、洪深與冼星海、金山、王瑩等人抗戰時期的合影，以及洪深返滬後導演的第一個話劇《春寒》的一組劇照。洪深與范泉之間的互相支持和成功合作，進一步加深了他們的感情。嗣後，洪深在繁忙的工作之餘，始終不斷給《文藝春秋》供稿，先後發表了〈讀書偶譯〉、雜感〈鼠世界〉、讀書札記〈恩仇〉等作品。

二、熊佛西致范泉

（一九四六年十一月二十日）

　　范泉兄：

　　〈鐵花〉最後一章已草草寫成，便中祈遣人來取。《文藝春秋》第五期懇惠賜二冊，至感。匆匆敬頌

　　著安

　　　　　　　　　　　　　　　　　　弟　熊佛西拜
　　　　　　　　　　　　　　　　　　　十一月廿日

　　此信所談的〈鐵花〉，是熊佛西為《文藝春秋》月刊撰寫的長篇小說。一九四六年五、六月間，范泉在考慮對月刊編輯進行改革時，打算請幾位著名作家撰寫長篇連載。茅盾以前曾答應提供一部長篇小說，不巧的是，這時他應蘇聯大使館之盛邀，正準備赴蘇觀光，無暇兌現前諾。范泉於是轉請好友熊佛西。熊佛西雖然以戲劇家著稱，但亦涉獵長篇小說創作，曾寫過〈鐵苗〉和半部〈鐵花〉。在范泉的慫恿下，熊佛西便開始續寫〈鐵花〉，邊寫邊在《文藝春秋》上連載。十一月二十日熊佛西寫信給泡泉時，〈鐵花〉已在第三卷上連載五期，最後一章和這封信的手跡，以後都刊登在十二月十五日出版的第六期上。

　　就在這一期的〈編後〉，范泉向讀者預告：從第四卷起，將連載熊佛西的長篇回憶錄〈我的文藝習作生涯〉。他說：這「是熊先生從個人觀感出發，敘述五四運動以來中國文化藝術界的人物和事件的傳記文字，這裏面觸及的範圍相當廣泛，包括戲劇，詩，繪畫，乃至文化藝術的其他部門。每期刊載約一萬字，連載六期。」這篇回憶錄的重要價值是不言而喻的，范泉對它的重視也顯而易見。但不知何故，該文僅連載兩期便戛然中止。我為此曾請教范泉，他也已經記不清原因了。

三、駱賓基致范泉

（一九四六年十二月五日）

　　　范泉先生：
　　　這次沒能在上海見面一談，甚憾。承預支稿費十萬元，謝謝。
　　　現在另郵寄〈姜仰山的農舍〉一篇，望查收賜覆。

稿子潦草的[得]很，本想另抄一篇[遍]，怕您等稿急，就這樣
匆匆寄上了，先在這裏謝謝校對。

匆匆祝

好

弟賓基　十二、五

來示寄：滬杭線硤石袁花

油車浜四號張宅轉駱普君寄[收]

　　駱賓基最早於一九四六年八月十五日出版的《文藝春秋》三
卷二期上，發表過一篇題為〈節日〉的短篇小說。自此，他與范
泉開始了愉快的交往。因為當時上海房租昂貴，駱賓基難於支付，
便於一九四六年秋赴浙江，在杭州和海寧硤石兩處從事寫作。十
一月十九日他完成了《蕭紅小傳》的寫作，隨即返滬籌集路資，
準備北返吉林故鄉。他這次返滬籌資，據韓文敏《駱賓基評傳》（見
山東教育出版社一九八六年版《中國現代作家評傳》第四卷），是
從《文萃》編輯處預支《蕭紅小傳》的稿費。其實並不盡然。從
上信可知，范泉的《文藝春秋》編輯部也為他預支了稿費。范泉
編《文藝春秋》時，常以預支稿酬的辦法，幫助一些遇到困難的
作家（其實均是范泉個人墊款，因為書店是憑發表作品計數付款
的），對駱賓基亦復如此。駱賓基深為范泉的信任和情誼所感動，
回到硤石袁花後，立即給范泉寄來了一篇〈姜仰山的農舍〉，這是
長篇小說《姜步畏家史》中的一章，後來發表於《文藝春秋》四
卷二期上。

　　一九四七年一月二十一日（丙戌年除夕），駱賓基在馮雪峰授
意下，從上海黃浦江碼頭登輪北上。他的此行其實負有一項秘密

使命——協助黨爭取東北某地的十萬武裝。但是，他到東北後不
久，即被國民黨軍隊拘捕入獄。為了營救他，中共上海地下黨在
馮雪峰等人的主持下，進行了一系列活動。范泉當時雖然還未入
黨，但積極配合工作，在他主編的刊物上，先後編發了蕭白、臧
克家寫的兩篇文章，文中突出駱賓基去東北是為了探望母親，藉
以蒙蔽敵人，掩護朋友。在一九四七年七月十五日《文藝春秋》
五卷一期上，他又專門編了一張題為〈記駱賓基〉的增頁，登有
駱賓基的五幀相片，以及上述駱賓基致范泉的書簡手跡。范泉在
文字說明中，再次強調駱賓基是「北返省親」，因「被當局誤會」
而「拘留至今」。與此同時，他還將駱賓基的一個中篇小說〈一個
倔強的人〉編入自己主編的「益智文學叢書」中，並代作者邀請
臧克家寫了一篇序。出版後，他把稿酬交給有關同志轉給駱賓基
的家屬。范泉的這些努力，與中共地下黨發動的宣傳攻勢相呼應，
為營救駱賓基起了一定的作用。經過這件事，范泉與駱賓基的友
誼更為親密了。

四、柳亞子致范泉

（一九四六年十二月十八日）

范泉先生：

手教敬悉。弟腦病未瘥不能作文，勉題數字奉上，未知可用否？
《文藝春秋》三卷六期已拜閱，索三卷五期，如能補遺，不勝
感激之至！

再會！

柳亞子　十二月十八日

　　這封信刊載於一九四七年一月十五日出版的《文藝春秋》四卷一期。

　　為了讓「讀者在新年裏多獲得一些珍貴的精神食糧」，同時也為了向讀者獻一份「新年的禮物」（見四卷一期〈編後〉），范泉在一九四六年底就籌畫出版一期新年特大號，除了「翻譯專輯」和幾大連載外，還準備組織一個題為「一九四七年試筆」的筆會。於是約請了端木蕻良、李健吾、柳亞子、徐遲、羅洪、許傑、王西彥等七位著名作家為之撰稿。作家們對此報以熱烈的反響，很快寄來了稿子。當時柳亞子因「腦病未痊不能作文」，但他不願讓范泉失望，仍「勉題數字」，並附了一封短簡寄給范泉。范泉對這位前輩作家的關懷和大力支持很為感激，遂在四卷一期為他編了一張紀念增頁，影印了這封信的手跡，並刊登了「寫作中的柳亞子先生」和「柳亞子先生與茅盾先生合影」照片兩幀。柳亞子的稿子也被范泉鄭重其事地編入該期筆會欄，加題〈一九四七年〉，雖然僅有寥寥二十餘字，卻表達了作者和編者乃至全國人民的共同心願──「一九四七年，應該是根絕世界和中國法西斯蒂的年頭。」

五、施蟄存致范泉

（約一九四七年四月）

　　范泉吾兄：

　　弟已遷居在辣斐德路臨時大學內，近日正在為暨大辦招生及閱卷，故未能造訪，為《文藝春秋》著文亦尚須少待一星期。

　　弟散文一集不知是否尚在尊處，俟月初稍暇，即當趨訪贖還轉交令俊兄也。匆此即請

　　著安

　　　　　　　　　　　　　　　　　　弟施蟄存頓首

　　這封刊登在一九四七年四月十五日《文藝春秋》四卷四期的舊信，是范泉與施蟄存深厚友情的歷史寫照。

　　施蟄存是三十年代上海《現代》雜誌的主編，同時又以擅寫心理小說名滿文壇。抗戰時期，他在福建從事抗日救亡文學活動時，就很感佩《文藝春秋》的愛國進步立場。所以，他一九四五年底返滬後，立即將所譯美國沙洛揚的短篇小說〈天才〉寄交范泉。這篇文章後來發表於《文藝春秋》二卷三期。自此以後的一段時間裏，《文藝春秋》不斷出現施蟄存的作品，如譯劇〈情人〉、散文〈柚子樹和雪〉、論文〈兵士的歌曲〉等，幾乎每期都有，並且內容豐富，形式多樣，使刊物大為生色。這期間，他與范泉往來頻繁，感情甚篤。到了一九四七年四月前後，他因忙於在暨南大學任教，無暇「造訪」老友，為刊物撰稿也不得不一拖再拖，於是寫了上述之信。直到七月二十日，他才抽了點空，撿出在福建譯就的舊稿，作了一些修改，暫時向范泉交了差。這就是發表在五卷二期上的散文詩〈女體禮讚〉（法國古爾蒙原作）。

　　至於「散文一集」，據施蟄存日前回憶，他當時有一本散文集，被范泉要去準備由永祥印書館出版。後來永祥因故不擬付梓，而孔另境（即函中「令俊」）正在編一部叢書，願意接受這本稿子。於是，施蟄存便向范泉索回原稿，並退還了預支稿費。同年五月，此書便列入「懷正文藝叢書」，由劉以鬯主辦的懷正文化社出版，書名為《待旦錄》。

　　這以後，施蟄存在《文藝春秋》上的作品雖然明顯減少，但始終綿延不絕，直至刊物終刊前夕。

　　四十年過去後，當范泉從青海返回上海，主持眾所矚目的大工程《中國近代文學大系》時，施蟄存應范泉盛邀出任《翻譯文

學集》的主編，他像從前那樣，又一次給予了范泉有力的支援。
他們兩人源遠流長灼友情，從此又翻開了新的一頁。

六、臧克家致范泉

（一九四七年五月）

> 范泉兄：遵囑奉上近影兩張。五人一幀，係弟離渝時與諸詩友合
> 照。亞平雲遠題句，係碼頭送別，於「江上茶樓」臨時索禿筆蘸
> 淡墨為之。用畢祈賜還，留為紀念，片上五人，各在一天。祝
> 撰安
>
> 　　　　　　　　　　　　　弟克家上　　三六[年]五月於滬

　　這封書簡手跡，載於一九四七年六月十五日《文藝春秋》四
卷六期插頁，同時刊登的，還有臧克家近影以及他與王亞平、力
揚、臧三遠、柳倩等五人的合影，即信中所提的「近影兩張」。
　　這張五人合影，臧克家一九八一年曾在《新文學史料》第一
期，配合他的回憶錄〈少見太陽多見霧〉一起發表過。但照片下
的說明卻是：「一九四四年攝於重慶。」那篇回憶錄更是言之鑿鑿：
「一九四四年陰曆九月初十我四十初度，許多老友在城內開了個
茶會，大家借機會暢談一番，王亞平、臧雲遠、柳倩諸位好友和
我一道留影紀念。」顯然，這裏的回憶是不確的。上述臧克家當
年致范泉函說得明白：那是一張「近影」，是他「離渝時與諸詩友」
在「碼頭」話別時的「合照」。可見並非「在城內」開「茶會」時
所攝。至於臧克家離渝時間，據〈少見太陽多見霧〉一文稱，是

在一九四六年七月上旬，那麼合影之日當然也在那時了。這個時間，正與臧信所說「近影」相吻合。看來，臧克家在事過三十餘年後，把發生在不同時間的兩件往事攪混在一起了。

臧克家於一九四六年七月下旬抵達上海，住在北四川路的一個閣樓裏，由於失業患病，加上物價飛漲，生活比較艱苦。范泉經常去看望他，瞭解了這些情況後，便鼓勵他寫短篇小說，可以多得稿費。詩人於是很快寫出一篇短篇小說〈重慶熱〉，被范泉編發在《文藝春秋》三卷六期上。嗣後，范泉又陸續為他發表了〈「民主老頭」〉、〈睡在棺材裏的人〉等六篇小說，又為他編輯出版了兩本集子。

有道是：患難見真情。臧克家對范泉出於至誠的幫助，一直深銘於心。時過數十年後，范泉有一次出差赴京，臧克家和妻子鄭曼特設家宴盛情款待，暢敘闊別思念之情。離別時，老倆口把客人一直送到路口，猶依依不肯回去。

七、端木蕻良致范泉

（一九四七年三月二十日）

范泉吾兄道鑒：前日牧良兄過此，十載相別，一旦奇遇，其樂何如？良兄依稀談上海舊日生活，並以余猶似當年為辭，退而思之，感而有賦，另紙抄附，亦可見一時心的境界也。餘不一一，耑此即頌

道祺

弟端木蕻良頓首　三月二十日

　　端木蕻良與《文藝春秋》的聯繫，首見於他在四卷一期發表的〈新年試筆〉一文。當時范泉以〈一九四七年試筆〉為題，約請許多著名作家撰文展望新年，評議時政。在武漢的端木蕻良接到約稿函後，立即援筆為文，並率先寄到范泉手裏，表現出支持范泉工作的極大熱忱。范泉有感於遠方友人的情意，把其文編排於全組文章之首。從此以後，端木蕻良連連賜稿，成為刊物的主要作者之一。因此，范泉就在一九四七年五月出版的四卷五期上，特地為他編了一張增頁，刊出他的近影、他與詩人王采的合影，以及上引致范泉信函的手跡。

　　於是兩人友誼日深。端木蕻良在以後的《文藝春秋》上，又陸續發表了眾多作品，如電影劇本《紫荊花開的時候》，論文〈最古的寶典〉、〈羿射十日的研究〉、〈圖騰柱崇拜〉，介紹〈音詩的作家馬思聰〉等，在《文藝春秋》後期的作者中，端木蕻良的作品是比較多的。建國後由於眾所周知的原因，這一對摯友天各一方，疏於聯繫，但互相思念之情始終未曾稍減。近幾年，范泉在上海主持《中國近代文學大系》工作，在北京的端木蕻良又欣然應邀參與其事，擔任了《小說集》的主編，他們兩人的友誼可說是歷久而彌新彌深矣。

　　上信提及「牧良」，即小說家蔣牧良。端木蕻良與蔣牧良在上海時志同道合，莫逆相交，所以闊別十載重相逢時，不禁感到「其樂如何」。時至今日，端木蕻良對此記憶猶新。最近，他撫今思昔，感慨萬千，說：「我在上海時，與他相處最密，他的夫人會記得的，但解放後既未通訊，也未見面，真是無由說起了」（見端木蕻良一九八九年十二月十九日致范泉函）。

　　所謂另紙抄附的感賦之詩，即影印於信函手跡之側的一首〈有贈〉，詩云：「大野蒼蒼楚天寥，中原霸業莽蕭蕭，猶有天南春一

樹，不負長江上下潮。」這首小詩抒寫了作者與故友久別重逢的慨歎，既是對湖南作家蔣牧良的稱譽，恐怕也是作者的自我勉勵吧。此詩和信經過四十餘年，早已為端木蕻良所淡忘，而且若不是范泉當年為之製版載諸刊物，也多半不復存在了。去年底，當我把此詩和信複印出來，輾轉寄呈端木蕻良時，他激動地給老友范泉寫信，說：「此詩當時即由李白鳳為我刻『不負長江上下潮』七字印，此印微損一角，字型尚呈完好，亦可謂邁遇萬劫，才現金鋼不壞千，成為三[四]十年代友情之信物！」我想在這裏補充一句：此詩和信也可說是范泉和端木蕻良「四十年代友情之信物」！

一九八九年十二月初稿
一九九〇年三月中修改

〈大眾本《毀滅》序〉非魯迅佚作

　　一九四八年七月出版的《文藝叢刊》第六集《殘夜》，載有一篇署名「魯迅」的〈大眾本《毀滅》序〉。史行在同期發表的〈魯迅與「泱泱社」〉一文中，亦稱它是魯迅為卓治編的大眾本《毀滅》所作的序文。但仔細斟酌，我以為這種說法漏洞太多。

　　第一，據查核，該文其實乃是魯迅發表在一九三〇年四月一日《萌芽》月刊第一卷第四期上的〈《潰滅》第二部一至三章譯者附記〉，只不過文字上有所增刪和改動而已。將一篇舊作略加改動以付友人為序之囑，在魯迅似無前例。

　　第二，儘管該文在開頭加上「《毀滅》改編為大眾本，是一件很有意義的事情」之句，但全文所談，卻與「大眾本」無涉，而且該文僅就作品的一部分發表議論，絕不像為整部作品所作之序。這種牛頭不對馬嘴的文字和做法，很難設想會出自魯迅之手。

　　第三，該文末「一九三一，七，九，魯迅序之於滬上之且介亭」的落款，也很可疑。魯迅在一九三五年出版《且介亭雜文》集之前，從未用過「且介亭」的齋名，這一落款，明顯是對魯迅《且介亭雜文・序言》的落款的模仿。

　　由此可以基本斷定，所謂〈大眾本《毀滅》序〉是一篇偽作。至於「史行」其人，尚待考證。不過其名其行，卻很容易令人想起現代文壇之著名扒手史濟行。謹記一筆在此，以待識者賜正。

一九八九年十二月

輯三

談新發現的郁達夫佚詩〈寄浪華南通〉

　　響譽「五四」新文壇的著名小說家郁達夫，也是一位很有造詣的舊體詩人。進入八十年代以來，在一些研究者的努力下，先後有《郁達夫詩詞集》（浙江文藝出版社出版）和《郁達夫文集》第十卷《詩詞》卷（花城出版社和三聯書店香港分店聯合出版）問世，使人們得以欣賞了郁達夫精妙動人的詩藝，也恢復了他久被淹沒的詩名。

　　但是散珠難撿，儘管上述兩書收錄郁達夫舊詩多達近六百首，卻仍有一些散佚在外。最近，我們在一九一七年五月八日江蘇南通《通海新報》副刊版〈報餘雜俎〉上，就發現了一首他的佚詩。茲錄如下：

寄浪華南通

　　重聞消息反潸然，別後飄零又幾年。
　　世上人誰知子直，井中蛙但識天圓。
　　訂交猶記紅蘭譜，說怨曾通白雪絃。
　　我亦江湖行役倦，商量回馬夢遊仙。

——達夫

　　人們要問：郁達夫一生浪跡天涯，卻從未到過南通，也未見與南通有何聯繫，何以見得此詩出自他的手筆呢？

我們的根據是：

第一，郁達夫與浪華有過同學之誼。據郁達夫一九一七年五月三十日日記〈東都舊憶〉一文，他一九一四年「僑寓東都」，在東京第一高等學校讀書時，「因英語尚不能與外人交談」，曾私入英語夜學校補習英語。而同學中有一個「戴白銅眼鏡，面白晰長方，笑時頗可人意，平時傲然有驕人狀，衣高等師範校服」者，即浪華也。郁達夫與之一見如故，互相將「各人之年齡、學校、嗜好」等「吐露一空」，從此結下深厚的友誼。

第二，郁達夫與浪華頗有詩交。據〈東都舊憶〉憶述，他倆首次見面時，便「論詩多時」，浪華示以〈遠遊〉一詩，達夫則以「元旦作新句」回報，兩人相談甚歡。嗣後，他們時有賦詩唱和，甚至以詩代簡。浪華一九一五年八月曾在上海《神州日報》發表過一首〈無題（次郁達夫韻）〉。郁達夫則於一九一六年二月和十二月分別在同一報上發表過〈寄浪華，以詩代簡四首〉和〈論詩絕句寄浪華（五首）〉。上述資料，顯然還是殘缺不全的，但即此也足以看出兩人的詩交殊深。

第三，〈寄浪華南通〉一詩與郁達夫的行跡相符。郁達夫一九一五年畢業於東京第一高等學校預科後，被分到名古屋第八高等學校第三部。翌年初，他在〈寄浪華，以詩代簡四首〉中寫到浪華自「遠方」向他「殷殷索著書」，他則「以詩代簡」，可見兩人當時業已天各一方。這與〈寄浪華南通〉詩中「別後飄零又幾年」一語，基本吻合。此詩尾聯云：「我亦江湖行役倦，商量回馬夢遊仙」，其倦旅思鄉之情溢於言表。而查王自立、陳子善編的〈郁達夫簡譜〉（收花城出版社和三聯書店香港分店聯合出版的《郁達夫研究資料》），郁達夫於一九一七年六月二十七日離開名古屋回鄉省親，正是寫作和發表〈寄浪華南通〉一詩後不久。

　　第四，〈寄浪華南通〉一詩署名「達夫」，與當時郁達夫在報刊上發表舊體詩作的署名相一致，也是一個有力的佐證。另外該詩的風格，與郁達夫在此前後所寫的其他舊詩亦頗相似。

　　因此可以斷定，〈寄浪華南通〉是郁達夫的一首佚詩。它的發現，為早期郁達夫的研究提供了新的資料。

　　現在，我們可以對浪華其人其事以及他與郁達夫的友誼，作一個概略的敘述。浪華姓胡，乃江西省人，一九一四年左右在東京高等師範學校學習期間，曾進英語夜學校補習英語，因與同學郁達夫相識訂交。他才華出眾，嫻於詩藝，常與郁達夫「驛樓樽酒」論詩文，相偕度過許多美好的時光。從郁達夫的贈詩可以推詳，青年郁達夫當時似乎比浪華要成熟一些，他常在詩中就為人處事對浪華有所勸勖。浪華待人真誠，曾在〈書懷〉詩中自稱「一心膽肝向人傾」，郁達夫則告誡他：「世路難同蜀道行，望君仔細數前程。人情不及春冰厚，莫向狐狸揭至誠。」浪華年輕氣盛，恃才傲物，郁達夫則提醒他：「一枝休歎小安棲，牢把雄心勿自迷。才大由來人易棄，須知尼父尚棲棲。」言詞懇切，傾注了郁達夫對友人的一片關心。

　　浪華與郁達夫在東京分手後，看來是到了南通。但他在南通生活得很不順心，可能受到許多排擠和打擊。所以郁達夫在〈寄浪華南通〉詩中有「世上人誰知子直，井中蛙但識天圓」之句，頗為他的遭遇鳴不平。本來，摯友闊別數年而「重聞消息」，是一大樂事，但此刻郁達夫卻反而「潸然」淚下，除了心情激動外，對浪華懷才不遇的同情，應該也是一個原因。在這首詩裏，郁達夫還回憶了他們誼結金蘭、心息相通的往事，而這，也更催動了他倦旅思鄉之情。〈寄浪華南通〉把他倆的深摯友誼寫得十分真

切、動人，使客居南通的浪華頗多感慨，於是乎不肯獨自欣賞，而要公諸當地報端了。

　　一九八八年七月，郁達夫的後人綠薇、賈琳在香港《文匯報》上披露〈東都舊憶〉一文時，曾提出一個疑問：「郁達夫為什麼要在一九一七年五月三十日的日記上，寫一篇〈東都舊憶〉來回憶三年前他和浪華在東都初次見面的舊事呢？」這一疑問，由於〈寄浪華南通〉一詩的發現已可消釋，應是闊別「幾年」的舊友「消息」遽而傳來，使郁達夫不禁啟開了記憶的閘門。

一九九〇年四月

臺灣作家沙漠和他的小說集《天怒》

　　對大陸讀者來說，沙漠是一個陌生的名字，即使在臺灣，沙漠其名也不很響亮。但他是一個實實在在的具有多方面才華的作家。幾十年來，他執著於對人生和文學的追求，先後發表各種體裁的文學作品逾千篇，為當代中國文壇作出了自己的貢獻。

　　沙漠本名錢四維，後易名錢劍瑛，筆名除了沙漠之外，還有方易、牧人、王穎、思微、方迪、羅漢、金戈等。他祖籍江蘇南通，一九三二年農曆三月十五日生於南京，少年時父母患傷寒症相繼亡故，遂回到南通依靠伯父生活。先後就讀於南通縣中學、通州師範學校。一九四八年六月隨國民黨部隊離通，同年冬抵達臺灣。一九五六年從部隊退役後，半工半讀，在臺灣大學中文系旁聽，並就職於某出版社。一九六〇年以後在中學任教，直至一九八四年退休。現定居於臺灣省基隆市，擔任《世界論壇報》地方版編輯。

　　沙漠走上文學創作之路，頗有些戲劇性。小學時代他不愛讀書，某次作文時，他從舊雜誌抄了篇文章交帳，被老師當眾打了重重一巴掌。羞憤之餘，他反倒產生「長大了，一定要當個作家」的決心。一九四七年，他的處女作散文〈路〉出現在南通《國民日報》副刊上。這初次成功的喜悅，極大地激發了他的創作熱情。短短的一年時間內，他在南通《國民日報》、《五山日報》、《通報》等報紙的副刊發表了十餘篇習作。赴台以後，他一面跋涉在艱辛

的生活道路上，一面刻苦堅持創作，作了多方面的探索，寫出了大量的作品。他的創作，早年以新詩和散文為主，以後轉向小說和電視劇，四十五歲以後主要寫雜文。多年來，他出版過散文集《寂寞的愛》、中短篇小說集《漩渦》和《天怒》、長篇小說《尋找夢的人》、電影小說《悲歡歲月》等集子，還有大量新詩、雜文作品散載於臺灣各地報刊，尚未結集出版。

　　由於父母早亡，沙漠從小飽嘗了生活的艱難，因此對社會的世態百相、人情冷暖有較深的體驗，尤其熟悉下層人民的生活，與他們在感情上有許多共通之處。這些，都成為他在從事文學創作時得益匪淺的寶貴財富。他念念不忘初中國文教師宋木庵先生對他說過的話：「不但要寫你自己的幸福和悲哀，更要能寫出千萬人的幸福和悲哀。」幾十年來，他把這句話奉為圭臬，身體力行。他滿腔熱忱關注著社會人生，用他那枝生動的筆，描寫了許多下層社會人民的浮沉、掙扎和追求，反映了他們的苦樂辛酸和內心的呼聲，同時寄寓了他自己的愛憎情感，表達了他對社會人生的審美評價。

　　在沙漠各種體裁的作品當中，最值得注意的當推小說。他的小說，目前能看到的只有一九八五年出版的中短篇小說集《天怒》。這本集子共收小說四篇：短篇小說〈天怒〉、〈紅塵手記〉、〈無奈的悲劇〉和中篇小說〈沉落〉。按題材可分為兩類：〈天怒〉是對現實社會的揭露和抨擊，〈紅塵手記〉等三篇則通過哀婉動人的故事，表達了作者對愛情和人生的思索。

　　〈天怒〉居全集之首，又被用作書名，表明了作者對此篇的重視。小說採用浪漫主義手法，通過復活了的耶穌重返人間尋訪昔日門徒時的所見所聞，尖銳地、多側面地揭露了現實社會的污

濁與黑暗。耶穌找到在無名城裏淪落為流浪漢的彼得，在他的導引下，看到人類沉浸在夜總會無恥的「天體表演」（即肉慾遊戲）中；耶穌找到當了教師的保羅，保羅卻熱衷於參加人類大賭博，而且他已成為具有雙重人格者，表面上道貌岸然，私下裏卻「賭博、酗酒、摟女人」，無所不為；耶穌找到花了五千美金在殯儀館買得一個看屍員職位的馬太，馬太告訴他人類「生前結黨營私，爭權奪位」，死後仍互不相讓，爭執不休，他們感情麻木，已無情義可言；耶穌又去找在荒野之地傳經佈道的約翰，約翰卻慨歎於那些政治神父名不符實，「整天的捲入凡俗世界的漩渦」，「利用世界的紛亂以求得利益」；最後，耶穌找到當著官僚志滿意得的猶大，猶大本性不改，仍然幹著賣主的勾當，而且振振有詞，說什麼：「當每一個人的良心都被狗吃了的大時代，我有良心又有什麼用？」一周的經歷，使耶穌感慨萬端，他認為人類的醜陋無恥已到了極點，毫無繼續存在的價值，於是勸諫上帝，對人類實行毀滅。這篇作品用富有象徵意義的形象，為讀者展示了現實社會的廣闊畫面，不僅表達了作者的愛憎褒貶感情，而且也可以啟發讀者的深沉思索和豐富聯想。特別是小說的結尾饒有深意：上帝對人類的懲罰，是讓人類「盡興的享受末日假期」，然後「相互戰爭」、自我毀滅，而人們卻渾然無知，「依舊在爭吵、在喧囂、在流血、在尋求刺激、在⋯⋯」。隱藏在這字裏行間的意思，顯然不單單是對充斥人世間的污言穢行無比的憎惡，而且也有對人們沉沒於罪惡深淵而不知自拔的痛惜、憤激和警告。

　　如果說〈天怒〉是借神話故事表達作者的現實感受的話，那麼〈紅塵手記〉、〈無奈的悲劇〉和〈沉落〉三篇，便是對現實生活的直接抒寫。這三篇作品，都以青年男女的愛情悲劇為題材，分別表現了不同的主題。

　　〈紅塵手記〉寫的是一個在某中學當職員的瘋老頭紅塵的愛情故事。紅塵曾經是北方一所大學歷史系的學生，在躲避日寇侵略的路途中結識了女朋友彭影珊，經過長時間的離亂苦戀之後，他們終於在抗戰勝利的歡欣中建立了幸福的家庭。影珊曾非常熱愛紅塵，向他獻出了「全部生命」和「一生的純情」，然而後來卻不辭而別，永遠離開了他，這使他精神失常以至最後全部崩潰。作者寫這個愛情悲劇，並無意去譴責影珊，因為她最後一去不復返，是因為發現丈夫紅塵已失去了正常人的理智，而只剩下獸性的發洩。一個孤苦無依的弱女子，自然無法忍受這種驚恐和絕望，於是不得不痛苦地隱去。另一方面，作品中的紅塵是那樣地孤獨、衰老、痛楚、可憐，他刻骨銘心地想念著影珊，對自己的過錯充滿了悔恨。可見作者為故事安排這樣一個淒慘結局，不是為了懲罰紅塵，而是將美好的愛情和幸福的家庭撕毀給讀者看，作者並不想對當事者雙方作何臧否，但讀者卻不能不認真探究，作深層次的思考。在這個愛情悲劇中，紅塵當然是主要的一方。他也曾經是個有為的青年，他曾不甘心做日本侵略者的「順民」，而馳騁於抗日沙場。抗戰勝利後，當他與影珊喜結良緣時，仍然是那樣躊躇滿志：「誰說我們什麼也沒有？勝利了，將來國家需要我們的地方正多著。而且，我們年輕，我們的面前有著一切。」然而，抗戰勝利後的黑暗現實粉碎了他美麗的憧憬，內戰使他失去了謀生的職業，終日與窮愁為伴，他痛心地看到，自己儘管年輕有力，但「國家」並不需要他，他的面前已經失去了「一切」。似乎這才是紅塵與影珊愛情悲劇產生的根本原因，也是他精神崩潰的根本原因。在這裏，作者把自己深刻的思想觀點溶化於故事情節的演變和人物形象的刻劃中，表現得十分含蓄。尤其是小說結尾，作

者故意說紅塵發瘋的原因已永遠無法瞭解，更為作品的涵義布上了一層迷霧，然而作品也因此更為耐人尋味。

　　比較起來，〈無奈的悲劇〉所表現的主題要比〈紅塵手記〉單純得多。在這篇小說中，作者為我們講述了一個淒婉動人的愛情故事。排字工人歐陽和商店售貨員南施從小青梅竹馬，在歷經生活曲折播遷之後，終於營築起自己的小窩。面對慘澹的人生，他們相親相愛，感情篤深，共同釀造著愛情的蜂蜜。但是，命運對他們十分苛薄，他們工作非常辛苦而生活非常貧困，不久南施又不幸患上了子宮癌，這就為他們艱苦而又甜美的愛情生活蒙上了一層陰影。歐陽和醫生為了免於給南施帶來恐懼，不敢把真相告訴她；而她又一心想為歐陽生一個孩子，不肯聽從醫生勸告切除子宮。半年後，陰影終於吞沒了南施。南施的死，對摯愛妻子的歐陽是個致命的打擊，他精神恍惚，始終追尋南施的身影，最後誤將妓女當作南施，在作愛時心力衰竭一命歸西。作品以生動而傳神的筆觸，展現了這對青年夫婦之間真摯而沉的愛，更將歐陽追念南施時那種全身心的投入和淒苦哀傷的心境，表現得極為細膩動人，因而具有相當的藝術感染力。自然，這篇作品所反映的生活面不很寬闊，但它與流行於台港等地的某些言情小說絕不相同。作者沒有把這個愛情故事置於與世隔絕的純淨天地，而交織進若干帶有時代特徵的生活內容，因而在一定程度上反映了臺灣現實社會的面貌，對廣大讀者不無啟迪意義。

　　作為壓卷之作的〈沉落〉，是全書中篇幅最長的一篇。這部中篇小說的可觀處，在於成功地塑造了胡曉凌和蕭一秋這兩個人物形象。胡曉凌是個命運屯蹇而心志高潔的姑娘。由於父母雙亡，她早早挑起了撫養三個弟妹的生活擔子。為了得到一筆錢替弟弟

和小妹治病，她不得不塗脂抹粉去翠鳳咖啡廳做陪客女郎。但是她始終堅持只賣時間不賣身，絕不在錢的誘惑下放棄原則。儘管如此，這段屈辱的生活還是在她的心版上刻下了難以磨滅的印記，甚至成為她與戀人蕭一秋分手的一個重要因素。對於曉凌來說，中學時代教過她兩年的教師蕭一秋，是她唯一喜歡過的男子。一秋的眼神、身姿以及談吐聲調，都深深地吸引著她，以至分別五年來，他的身影不時浮現在她的腦海，慰藉著她那孤獨寂寞的心靈。所以，當一秋又出現在她面前時，她感到從未有過的欣喜，並把他看作自己心中一輪火熱的足以消溶寒冰嚴霜的太陽。可是，這時的她已不是自由身，為了報答表哥一家對她和弟妹們生活上的多次接濟，她無法拒絕自己並不愛的表哥的求婚。這使她陷入揪心的矛盾和痛苦之中。最後，她決定「把自己分割成兩個」，將屬於凡俗世界中的自己交給表哥，而將屬於超人世界中的自己交給一秋。當她把這個想法告訴一秋時，一秋卻暴露出令她心悸的狂亂與自私，從而撲滅了她的信心與希望之火。她毅然取消了與一秋實行「心的結合」的允諾，並不辭而別，獨自到一個誰也找不到的地方，去尋求新的「心靈的太陽」。作者對曉凌這個人物形象持肯定的態度，對她艱難屈辱的生活遭遇，充滿了深深的同情，而對她出污泥而不染、自尊自愛自強的性格十分讚賞。在這個形象身上，可以看到臺灣社會下層人民的某些生活側面，和他們追求真摯愛情的美好心願。

　　蕭一秋是一個在人生路途上歷經坎坷、窮愁潦倒的中年人。他在感情屢遭挫折、心靈渴求慰藉的情況下，與過去喜歡過的學生曉凌邂逅，心有靈犀一點通，兩人很快便墮入愛河。作為長者和昔日的老師，他對曉凌多有開導鼓勵，同時也敞開了自己的肺

腑,使曉凌感到「精神上的充實」,嘗到了愛情的甜蜜。但實際上,他與曉凌同樣處於矛盾的境地。他可以從社會學角度正確評論咖啡女的問題,可以對曉凌的過去持冷靜寬容的態度,但在內心深處,卻始終存在著未可消釋的芥蒂,儘管他自己對此並無清醒的意識。他愛曉凌,固然有真情的一面,但究竟還是以他自身為出發點,所以不能設身處地從曉凌的角度考慮問題,不能真正理解曉凌的心意和苦衷,當然也不能接受曉凌所謂心的結合而形體分離的建議。他的這種偏狹心理,極大地傷害了曉凌的感情,導致了兩人徹底分手的可悲結局。不過,作者似乎無意對一秋作過多指責,這從作者將他失言傷人安排在酒後,並且清醒後追悔莫及的處理中可以看出。事實上,曉凌和一秋的戀愛,本來就不可能有什麼圓滿的結果,社會早就安排好了一切,他倆的希冀註定要化為泡影,他們的追求註定要歸於失敗。作者真實地表現了人物的感情歷程,似乎並不想涉及對社會的說明或評論,但有心的讀者自可以從中有所領悟,這也正是作者的高明處。

沙漠是個有著四十餘年創作歷史的老作家,他長時間默默地對各種文學體裁作過多方面的嘗試,尤其在小說創作上下工夫最深。他認為,在所有的文學形式中,小說是「最能透視人生的種種切切」的一種,也是他自己感覺「在創作時心力交瘁」的一種。為了讓自己的小說更真實、更典型,他要求自己「在生活中全力以赴」,「以銳利的眼睛仔細入微的去觀察人的活動」,「如外科醫生般的手握手術刀剖析人體中的『人性』」(《天怒・不是序的序》)。正因為如此,他的小說作品不僅在思想內容上很有深度,而且在藝術上也相當純熟。就《天怒》這部小說而言,至少有以下兩個方面值得一議。

　　一是結構安排上極具匠心。一部小說，在確定了主題之後，結構安排就成為第一位的問題。一個高明的作家，絕不會對此掉以輕心，一部優秀的作品，也必然要得力於結構的自然、熨貼和精巧。從沙漠的小說創作中，可以看出他對此相當看重，並且不斷在進行著探索。他最早寫成的〈天怒〉雖然浪漫主義氣息非常濃重，但結構上卻採用普通的順序法，將耶穌尋訪五個聖徒的過程依次寫來，脈胳清晰，了然在目。半年後完成的〈沉落〉，初步透露出西方現代派小說對作者的影響，他開始運用意識流手法刻畫人物的內心世界，從而打破了傳統的情節結構。由於是初次嘗試，作者的手法尚欠成熟。到了七十年代脫稿的〈紅塵手記〉和〈無奈的悲劇〉，由於作者對意識流手法的嫻熟運用，作品的結構已與傳統小說迥然不同。作者努力追隨人物內心的意識活動，體味人物豐富情感的細微變化，藉以建築起一個用視覺、聽覺以及各種內心感受和思考組成的複合結構。例如在〈紅塵手記〉中，作者抓住瘋老頭紅塵異常活躍、時斷時續、動盪無定的思緒，巧妙把他的遙遠的愛情悲劇與現實的淒苦處境反覆交錯地編織在一起，為讀者講述了一個哀傷感人的故事。〈無奈的悲劇〉在表現上也有相類之處。作者打破時空的界限，讓自己的筆觸隨著主人公歐陽的思緒而跳躍，時而落在醫院手術臺上，時而飛回美麗的孩提時代，時而跳上駛向遠方的列車，時而又停在他們那曾經是那麼溫馨可愛的小屋。在這兩篇作品中，變幻跳盪的結構，與所寫人物受過重大刺激而精神失常、思緒極端活躍的特點，甚相吻合，因而它既有力地加強了人物形象的塑造，也使讀者獲得了豐富的審美感受。

　　二是作品具有濃郁的抒情性。作者沙漠不僅是個小說家，同時也是一個感情豐富的詩人，所以在他的小說中，無處不奔湧著感情的潮水，或融情於事，或融情於景，每每創造出如詩的意境。例如〈沉落〉中描寫一秋愛上曉凌後的夢境時，有這樣一段話：

> 奇妙的生命、奇妙的情感、奇妙的世間，他昏眩的腦裏，又看到曉凌，她的眼睛、微笑、飄動的長髮、輕盈的腳步，又聽到她輕柔的細語，銀鈴一般的笑聲⋯⋯

一連串的排比，把一秋心目中的曉凌寫得那麼神聖、美麗、皎潔、動人，同時也把一秋對她的愛戀描摹得非常真切可感。又如，〈無奈的悲劇〉描寫失去嬌妻的歐陽從醫院回家時所見的情景：

> 街上，好熱鬧，人群熙熙攘攘的來往著，霓紅燈閃閃爍爍的亮著。世界沒有變，依然如此美麗，大家沉浸在自己追求的幸福中。小食攤前依然擠滿了食客，商店裏依然擠滿了進進出出、堆著滿臉笑容的顧客，電影院的門前依然排著長龍，街頭是一片喧嘩，而我的南施呢？她已經走了，她已經悄悄的走了，無聲無息的離開了這個世界⋯⋯

作者刻意鋪陳街上的熱鬧，更映襯出已逝者南施的寂寞，也更放大了存世者歐陽的淒苦。特別是最後三句，一句緊逼一句，將南施的冷寂與街頭的熱鬧所構成的反差鮮明的對比推向極致，從而大大強化了小說的悲劇色彩。

　　沙漠是一個嚴肅的有成就的作家，他的作品在當代中國文壇
上應有它的地位。隨著海峽兩岸文化交流的日益發展，相信大陸
的廣大讀者會更多地欣賞到沙漠的作品，並會進一步認識這位文
藝百花園中的辛勤的園丁。

一九九〇年十一月

劉雲若及其長篇小說
《春風回夢記》的情節描寫

一

　　數十年來，文壇上對鴛鴦蝴蝶派小說幾乎一片鞭撻之聲，其實有欠公允。作為一個文學流派，它的存在必有其合理性。鴛鴦蝴蝶派固然有許多庸俗無聊的作家和下三流的貨色，卻也不乏比較優秀的作家和上乘之作。鴛鴦蝴蝶派北派著名作家劉雲若便是這群作家中的佼佼者，他的《春風回夢記》、《紅杏出牆記》等諸多作品，也為其他絕大部分作家所難望其項背。

　　劉雲若（一九〇三～一九五〇）出生於天津，並長期在天津生活和工作。曾任天津《北洋畫報》和《商報畫刊》主編，又曾自辦《大報》，並當過機關職員。他的文學活動開始於三十年代初，曾先後在天津《商報》、《新天津報》、《天風報》等報紙副刊連載長篇小說。從一九三六年起，陸續出版了長篇社會言情小說《香閨夢》（唯一書店一九三六年版）、《翠衫黃衫（六冊）》（天津書局一九四〇年版）、《花市春柔記》（與戴愚庵合著，新華書局一九四〇年版）、《碧海青天（三冊）》（天津勵力出版社一九四一年版）、《春水紅霞》（同上）、《燕子人家》（新聯合出版社一九四一年版）、《情海歸帆（三冊）》（天津書局一九四一年版）、《小揚州志（兩

集）》（同上）、《歌舞江山（兩集）》（同上）、《舊巷斜陽（五冊）》（同上）、《酒眼燈唇錄》（同上）、《紅杏出牆記》（同上）、《換巢鸞鳳》（同上）、《回風舞柳記》（唯一書店一九四三年版）、《粉黛江湖》（天津流雲出版社一九四三年版）、《雪豔春姑》（北平崇文書店一九四六年版）、《一夜春曉》（上海廣藝書局一九四七年版）、《娬嬧英雄》（天津書店一九四七年版）、《白河月》（上海正新出版社一九四七年版）、《梨花魅影》（國泰書局一九四七年版）、《同命鴛鴦》（上海廣藝書局一九四七年版）、《京華春色》（同上）、《歌舞江山》（上海廣藝書局一九四九年版）、《翠樓楊柳》（同上）、《藝海春光》（同上）、《冰弦彈月》（正氣書局一九四九年版）、《燕都黛影》（六合書局一九四九年版）、《落花歸燕》（上海廣藝書局一九四九年版）、《湖海香盟》（五州書局版）等近四十部作品。

劉雲若文思敏捷，才華出眾。據與他熟悉的《大公報》某記者介紹，「劉的生活潦倒，每天有大部分時間流連在『三不管』附近的小煙館中，他為幾家報紙寫章回小說，總是要報館派人到小煙館中去坐索。在他吞雲吐霧過足了癮後，坐起身，要了一張手紙，就著煙燈，密密地蠅頭小楷寫完一張紙，即交給索稿的人，拿回去排出，總是恰恰排滿預留的地位。」（轉引自徐鑄成〈張恨水與劉雲若〉一文）於此可見他的生活和寫作狀況之一斑。

由生活經歷和處境所決定，他的作品較多地反映了天津下層社會的生活，雖然主要是社會言情小說，但其中凝結著他對現實社會獨特的思考和評價，藝術上也達到相當高的造詣，因而在當時頗享盛名，有「天津張恨水」之稱，或稱「南張北劉」。即使新文學作家，對他也有極高的評驚。徐鑄成在〈張恨水與劉雲若〉中有這樣一段記述：「一九四九年三月，在由香港赴解放區的船

中，曾和鄭振鐸先生討論近年出版的章回小說。他對劉雲若的作品也極口推許，認為他的造詣之深，遠出張恨水之上。我向他介紹所耳聞的關於劉的生活和寫作情況，對於劉同時寫幾個長篇小說，而又如此倉猝寫作，何以能情節、人物互不錯亂，也絕少敷衍故事、草率成篇的痕跡，表示很驚訝。振鐸先生說，這是首先由於劉對當時的下層社會，各個方面，有深刻的切身體會，在所遭遇的各色人物中，早已抽象出各種典型。其次，他在一榻橫陳時，早已把各個小說的故事、佈局，了然於胸，並構思其具體情節的演變，所以，他能一揮而就。」鄭振鐸早年是反鴛鴦蝴蝶派的健將，二十年代曾撰寫了〈血和淚的文學〉等多篇檄文，譴責鴛鴦蝴蝶派為「文娼」、「文丐」，批評他們的作品是「『雍容爾雅』『吟風嘯月』的冷血的產品」。但對劉雲若，他卻如此評價，可見劉雲若小說的不同凡響和它們在鄭振鐸心目中的位置。

　　在劉雲若甚為可觀的長篇小說系列中，《春風回夢記》佔有重要的地位。這部小說完成於一九三九年三月，先是連載於天津出版的《天風報》文藝副刊，一九四一年四月間又由天津書局出版單行本。它以生動的筆觸，描述了一個淒婉動人的愛情悲劇，一發表便吸引了廣大讀者，千人傳誦，萬巷議論，劉雲若也因此一舉成名。這部小說展示了作者高超的藝術功力，那精巧奇妙的藝術構思，波瀾起伏的故事情節，繪聲繪色的形象描寫，細膩深刻的心理剖白，都使人目不暇給，歎為觀止，都值得讀者仔細揣摩、欣賞和研究。由於篇幅所限，本文不能全面評述它的藝術成就，只擬就情節結構的組織安排方面，作些粗淺的分析。

二

　　文似看山不喜平。中國古代優秀小說所以受到廣大讀者的歡迎，原因之一，在於其情節的奇幻多變。無論是長篇名著《紅樓夢》，或是短篇佳作《聊齋志異》，其情節的跌宕起伏、迂迴曲折，都是極見工夫的。唯其如此，便能緊緊抓住讀者的心，使之始終處於驚奇、期待的狀態中，從而獲得極大的審美享受。劉雲若的《春風回夢記》，同樣以情節的曲折多變引人注目、動人心弦，這成為它的藝術特色之一。

　　這部小說寫的是賣唱女郎如蓮與富家公子陸驚寰的愛情故事。由於兩人地位的懸殊過甚，加上互相之間的性格矛盾，便決定了這場戀愛的曲折性。作者遵循人物性格的發展規律，筆走龍蛇，將這個美麗的故事描述得波瀾起伏、委婉動人。如蓮與陸驚寰一見傾心，兩年相思，卻如花隔雲端，可望而不可即。為了能時相親近，如蓮決定賣身妓院，驚寰亦踐約前往聚面。但驚寰的隱密很快被其父所知，引起了他的震怒，從此驚寰被禁閉家中，不得越雷池一步。數月後，驚寰好不容易覓得機會來見如蓮，卻遭如蓮誤會，置之而不理。等到雲消霧散、恩愛勝昔時，又有驚寰的表兄若愚夫婦出來阻撓，屢屢設計，在這對心心相印的戀人間更立巨障，終使他們決然分手。然而，感情的波瀾並未從此平息。驚寰的心中始終未釋如蓮的影像，不久獲悉如蓮出於至誠之愛而忍痛離去的事實真相，他猛然醒悟，追悔莫及，決定不顧一切把她迎娶家中，以遂其平生之願。然而斯時如蓮已病入膏肓，奄奄一息，進門未久，便一命歸西了。作者在描述這個愛情故事時，避免了常見的平鋪直敘、一覽無餘的弊病，而注意抓住這對戀人與反對、破壞他們的勢力之間，以及這對戀人本身之間的矛

盾衝突，並將它們結合起來加以表現，從而使情節發展呈錯綜複雜的狀態，波瀾重迭，此起彼伏，逶迤盤曲，搖曳多姿，極大地激發了讀者的閱讀興趣。

　　作者不僅善於表現故事情節的曲折起伏，而且刻意在這浪起波伏之中，細膩地刻劃人物的內心情感。換言之，作者善於將人物情感的變化與情節波瀾的起落結合起來，互為因果，相得益彰，從而增強了小說的藝術感染力。且看兩人在普天群芳館會面一段：陸驚寰被禁閉數月後初見如蓮，「心裏一陣麻木，也直勾著兩眼，欲動不能，欲言不得」，這是寫他內心的激動。而如蓮卻不理睬他，竟自飄然而去。驚寰由「驚疑」而「納悶」，而「詫異」，而「焦急」，而「只剩了難過，忍不住委屈要哭」。正在這時，如蓮差夥計來請，驚寰「心裏初而一驚，繼而一喜」，但進得屋裏，仍不被如蓮理睬，熬得閒人走盡，驚寰正想湊近如蓮，她卻應毛四爺電話之召又一次離去。驚寰「這一氣非同小可」，揣摩如蓮是得新忘舊，水性楊花，不由得咬牙暗恨上當。欲待負氣而走，他又想起如蓮的調皮性子和往日的深情，便又「平下心去」，自我寬慰。久而如蓮回返，驚寰「心中一跳」，剛要迎接，如蓮卻翩然進屋，把他撂在門外，空自「焦躁」。這時如蓮隔屋借舊曲傾訴幽怨，驚寰才知悉她這些日子的苦楚，「不由得心中淒切，幾乎落下淚來」，但又自覺委屈，不敢申辯。最後，驚寰指天為誓，詳訴首尾，未及說完，如蓮已伏在他懷裏嗚咽起來，驚寰也「心裏一陣舒適，倒把這些日的鬱氣都宣洩出來，竟自哭個無休無歇」。在這段故事中，作者把筆觸伸入驚寰的內心深處，細緻而有層次地揭示出他複雜的情感及其抑揚起伏的演變軌跡。而驚寰的內心情感的起伏演變過程，也即是他與如蓮的誤會逐漸消釋的過程。無疑地，這

裏矛盾衝突的一波三折、旖旎多姿，也大得力於對於人物內心世界的精細的描寫。

三

展讀《春風回夢記》，就像跟著一位出色的導遊，觀賞著大河巨川的雄奇景象。那波浪時而凌空而起，時而一落千丈，時而又直上九霄雲天，推動得人們的感情之潮也大起大落，從而獲得審美心理的驚喜和滿足。

誠然，大河巨川的浪起波伏有著一定的規律，《春風回夢記》故事情節的或起或伏、或平緩或激烈，也自有其內在的聯繫。作者的高明，在於他用那支生花妙筆，不僅有聲有色地描寫了矛盾衝突的起伏波折和驚心動魄的情節高潮，而且周密安排、層層鋪墊，把故事情節的發生、發展而逐步演進到高潮的過程，表現得有條不紊，入情入理。作者為了組織如蓮與陸驚寰愛情悲劇的高潮，分別從三條線索著筆，作了多角度、多層次的藝術鋪墊。第一條線索是以陸父和表兄若愚為代表的反對派勢力的阻撓。由於如蓮地位低賤，她與驚寰的戀愛不可能見容於封建家長陸父，不要說嫁娶，就是私下見面也被嚴禁，這就從根本上決定了這場戀愛的悲劇性前途。而若愚夫婦的破壞，則是造成這場戀愛悲劇的導因。他倆或為彌補過失，或為實踐許諾，其動機與陸父不盡相同，但他們對如蓮和驚寰的傷害卻與陸父是一致的，甚至要比陸父厲害得多、直接得多。小說詳細地描寫了他們絞盡腦汁，慘澹經營，先是策動地痞流氓阻止戀人會面，後又親自出馬逼使如蓮

放棄驚寰。正是他們的活動，直接導致了悲劇的發生。第二條線索是如蓮的內心活動。雖然這場悲劇的發生勢不可免，但如果如蓮不肯聽從若愚夫婦的勸導而與驚寰決斷，則悲劇可能呈另一種情狀。所以，小說中的悲劇結局，與如蓮的性格發展關係甚密。推究如蓮之所為，完全出於對驚寰的至誠之愛。為了能與驚寰隨時見面，她不惜捨身下妓院；她對驚寰空房以待，進而懇求先拜天地，在月下老人那裏登記註冊；她把能與驚寰廝守相愛看成自己的生命所繫，一旦絕望，則寧肯吞大煙尋死。如此等等，無不說明了她對驚寰的愛情的真摯與深切。正是在這樣的鋪墊之下，她經過痛苦的思想鬥爭，終於接受若愚夫婦的要求，下決心與驚寰徹底割斷情絲，從而向悲劇結局邁出了關鍵的一步。第三條線索是驚寰的思想變化。如蓮做戲給驚寰看，有意示之以移情別戀、私妍戲子的假像，可謂用心良苦。但這場愛情悲劇是由他倆共同完成的，如蓮的表演須得取信於驚寰，進而激起驚寰的憤怒和決絕，才能奏效。為此，小說對驚寰的心理活動以及感情的演變，從兩方面作了細膩的刻劃。一方面是對新婦的態度。新婦的美貌、嫻靜、溫存、體貼，本來使驚寰不無動心，只是因為他不肯辜負如蓮而熟視無睹；及至以後新婦積郁成疾，奄奄將亡，驚寰良心發現，自感罪孽深重，更是避而不敢正視。這些描寫，可以說已為他日後「幡然悔悟」，回到新婦的懷抱，準備了伏筆。另一方面是對如蓮的態度。儘管他愛之彌深，卻在內心深處仍不免有偏見。早在發生第一次誤會時，他就暗忖如蓮係「得新忘舊」、「水性楊花」的「風塵女子」。這想法縱然一閃而過，卻並未消逝，而是深埋在他的心底，等到受了如蓮暗妍戲子的假像的刺激時，便遽而膨脹起來，充斥了他的整個心房。他覺得這時才真正認清了如蓮

的「水性楊花」的本性，不禁痛自悔恨，決意改邪歸正，以贖前愆。上述三條線索，從矛盾的外部衝突和內部衝突的各個側面遠鋪近墊，精心安排，充分地揭示了如蓮與驚寰愛情悲劇的社會必然性和情節必然性，從而將悲劇產生、發展到高潮的全過程，表現得真切動人，有聲有色。這樣的描寫，完全符合人物性格和矛盾衝突的內在規律，也頗切合讀者審美心理的邏輯層次。

四

　　《春風回夢記》在情節描寫上的另一個藝術特點，是細針密縫，環環相扣，前呼後應，渾成一體。作者筆下的每一個情節，都有其獨特的涵義，在整個故事發展中有必不可少的地位，各各體現了作者縝密周至的藝術構思，對於凸現人物性格、揭示作品主題起著重要的作用。小說第二回描寫新婦將若愚不慎洩露驚寰新婚之夜溜去鶯春院的消息一事攬在自己身上，就相當精彩。從人物性格塑造的角度看，這一情節除了反映新婦對丈夫驚寰的關心愛護之外，還分明表現出她忠厚善良、委屈求全的性格特點。正是這一性格特點，釀成了她最後抑鬱成疾、悽悽而死的悲慘命運。而從情節發展的角度看，這一描寫又是至為關鍵的一環。驚寰本來猶豫於新婦與如蓮之間的感情砝碼，就因新婦好心攬過，而完全傾斜於如蓮一方，造成新婦有情無歸、有苦難言的尷尬處境。由此才有新婦的抑鬱成疾，才有若愚的內疚之情和離間之計，也才有如蓮的決斷，最後導致了故事悲劇的產生。還有如蓮後爹周七這個人物的描寫，對於全書情節的安排，也有重要的意義。周七是個無業遊民，每日在市井煙館裏討生活。一天他與失散多

年的妻子馮憐寶邂逅，從此有了歸宿處。但他聽說如蓮與憐寶商量要下窰子，便「霍的立起身來，哈哈大笑了幾聲，拔步向外邊走」。這裏的一「立」、一「笑」、一「走」，就活生生寫出了他粗野的性格中另有正直、俠義的一面。後來他救助欲殉情而死的陸驚寰和如蓮，進而又「出賣」了若愚，都是由此而起。小說設置的周七其人，既是全書情節的一個有機組成部分，又為之增添了許多動人的波瀾，曲折了驚寰與如蓮愛情悲劇的發展進程。

　　作為情節描寫的重要一環，《春風回夢記》在細節描寫上，也頗多傳神之筆。黑格爾說過，細節描寫使人們「對於外在自然才能得到一幅圖畫，一種清晰的印象」（《美學》第一卷）。一個優秀的細節，可以使人物性格血肉豐滿，可以使故事情節流光溢彩。小說第一回有這樣一段——

> 如蓮洗完臉，便從小幾上端過一杯茶，笑著遞給周七。周七連忙立起，恭恭敬敬的接過，如蓮笑道：「爹，你坐著，幹麼跟自家的女兒還客氣！」憐寶也從旁笑道：「孩子，你別管他。他哪是受過伺候的人！」說著又對周七使了個眼色道：「你還沒有給女兒見面禮呢！」周七從口袋裏一掏，便掏出一張五塊錢的鈔票來。如蓮一見便認得這鈔票是昨夜大明旅社聽曲的客人所賞，還是自己交給娘的，心裏不由好笑。

這裏有兩個細節。一是周七「連忙立起，恭恭敬敬的接過」茶杯，寫出他在見面之初對如蓮的局促、客氣。這與他嗣後反感如蓮下妓院時的「十分不耐煩，使勁甩脫如蓮的手，豎眉立眼」地厲聲呵斥，恰成鮮明的對照，從而表現出他令人可敬的品格。二是憐寶使眼色讓周七給如蓮的五塊錢見面禮，如蓮卻認識這張鈔票正是自己昨日掙得交給憐寶的，寥寥數筆，既照應了上文的描寫，

又維妙維肖地摹擬出夫婦倆的默契、憐寶的苦心、周七的寒傖等各種不同的情態。還有第二回寫道，因為如蓮進鶯花院收入頗豐，憐寶歡喜得「睡覺都是兩樣，時常在夢中手舞足蹈，把如蓮鬧得醒來」。這一細節，將馮憐寶這個風塵老手的貪婪、粗俗、寡廉、薄情的性格內涵，可說是表現得淋漓盡致。

在《春風回夢記》中，有些細節還前後呼應，層層遞進，貫通了整個故事。譬如如蓮與若愚的異母兄妹關係，在小說錯綜複雜的情節線索中，便有著舉足輕重的作用。若愚煞費苦心、百般設計，活活地拆散了如蓮與鶯寰的生死之戀，因而將如蓮推向絕境。殊不料，如蓮竟是他的異母妹妹，竟然是他作兄長的親手害死了自己的妹妹。這一驚心動魄、慘絕人寰的事情，為全書的情節高潮更掀巨瀾，使讀者在扼腕痛惜之餘，更加深了對半封建半殖民地社會畸形現實的認識。然則最後這撼人心魄的一筆，並非作者靈機一動，故作驚人之舉。事實上，作者早就全局在胸，對全書人物縱橫交錯的關係，情節峰迴路轉的變幻演進，都有細緻縝密的安排。若愚、如蓮兄妹之間的悲劇故事，也復如此。小說一開頭，便借憐寶等人之口，交代了如蓮是何靖如的女兒，而何靖如還有一個兒子。爾後，作者又相繼安排了兩個重要細節：先是如蓮乍見若愚，覺得「並不認識，卻似乎瞧著面熟，自己也不知怎的，芳心忽然亂跳」，這就暗示了若愚與她之間有著某種聯繫；後是若愚夫人去憶琴樓見到如蓮，「又瞧著她十二分面熟，仿佛像是自己朝夕所常見的人，卻只想不起。忽然轉眼看見若愚，心裏便不勝詫異」，這裏的暗示又進了一層。由於有了這樣兩個細節的鋪墊，小說末尾的兄妹相認，便水到渠成，順理成章。作者劉雲若在情節描寫上的藝術匠心和精湛筆法，實在令人拍案叫絕。

一九九一年四月

略談巴人寫於南洋的短篇小說

　　幾乎整個四十年代，巴人（王任叔）是在遠離祖國的南洋度過的。他一九四一年七月經香港抵達新加坡，任教於南洋華僑師範學校，並與先他到達的郁達夫、胡愈之等中國作家一起致力於抗日救亡運動。翌年二月星洲淪陷前夕，撤往印尼潛伏。嗣後至一九四七年後期，他始終在南洋從事革命活動。一九四九年，他在一篇文章中說：「五十年的生命，除掉年幼無知，幾乎六分之一的最應有為的時間投入在海闊天空的『風下之國』」即「南洋群島」上。無疑地，這前後七八年在他政治生涯中佔有重要的位置，同時，作為一個作家，他在這段時期也自有其文學方面的成就。

　　新加坡學者林萬菁在《中國作家在新加坡及其影響》一書中，對巴人在南洋期間的文學活動作了一定的介紹，但主要側重於評介他對抗戰運動以及抗戰文藝的理論闡述，而對他在這一時期的小說創作卻幾乎沒有提及。馬來西亞文史家馬侖的《新馬華文作家群像》一書有〈淺寫文壇巨匠——王任叔〉之篇，也無一字介紹他寫於南洋的小說作品。其實，巴人在南洋期間，不僅寫了不少文藝雜談和論文，而且創作了八篇小說。只是由於當時時局動盪，有的作品（如〈一家的故事〉、〈水客和工頭〉和〈一個頭家〉三篇）雖曾發表，讀到者卻不多，而大部分作品（如〈薩拉山〉、〈第二代〉、〈章鶴鳴和方子明〉、〈南洋伯〉、〈月亮的由來〉等五篇）則根本未有揭載之機會，因而鮮為南洋讀者所知曉了。

　　根據巴人之子王克平的介紹，巴人的手稿或寫在標有「源華正莊」字樣的陳舊的毛邊紙帳冊上，或寫在又薄又脆又舊的打字紙上，都寫得密密麻麻，少有空隙。可見當時寫作條件相當艱苦。而在其中一篇〈南洋伯〉中，作者提到：「我是個並不怎麼熟悉南洋華僑社會的風俗習慣的人……到了新加坡住不上半年，又碰到所謂太平洋的『聖戰』，更是一種偶然。新加坡失陷了，生命受到威脅，逃亡到蘇門答臘，潛居在廖島、蘇西和蘇東，過那所謂『磨煉的地下生活』，更是偶然之偶然了。」由此可以斷定，這些小說創作於一九四五年前後巴人流亡於印尼期間。當時，他隱名埋姓，左躲右藏，連生命安全都受到嚴重威脅，居然從容若定，傾情於文學創作，用他那支生動傳神的筆，寫下了這八篇具有濃郁南洋色彩的小說，為讀者留下了一幅幅可感的圖畫，這種精神實在是異常可貴的。

　　縱覽巴人寫於南洋的短篇小說，其內容雖然甚為繁複，而時代特徵卻十分顯明，其表現之一，是作品以相當可觀的篇幅反映中國的大革命和抗日鬥爭在新加坡華僑社會引起的感應和反響。新加坡遠離中國大陸，又受轄於英殖民當局，但華僑與祖國的血肉聯繫是與生俱來、無法割斷的。正如巴人在〈一家的故事〉中寫的：華僑社會「和祖國一脈相通，不論從祖國吹來了什麼風，都能震動它整個的靈魂」。這是作者置身於南洋華僑社會中所獲得的深切感受，它為作者構思這些南洋小說奠定了生活的基礎。

　　在〈工頭與水客〉中，作者寫了某青年和胖商人之間的一場關於南洋會不會打仗的「政治論戰」：後者認為中國能和平，南洋就不會打仗；而前者則以為中國抗戰把日本抗住了，南洋才不會打仗。這場論戰在該作品中不過是一個插曲，但它所包含的社會

意蘊卻十分豐富，並且貫串了所有的作品。作者不只以中國內地抗日浪潮以及紛紜複雜的政治風雲作為這些小說的社會背景，而且將發生在南洋的人物故事，與中國的政治鬥爭雜揉交錯，形成你中有我、相互牽動的格局。無疑地，作者的這種處理是完全符合歷史真實的。小說截取四十年代初抗日救亡的歷史斷面，藝術地展現了南洋華僑社會與中國社會同榮衰、共浮沉的密切聯繫，揭示了這些離井背鄉遠涉重洋的炎黃子孫心繫祖國的安危存亡、與祖國人民血濃於水的親情，這對於後來的讀者，具有其獨特的認識價值。

然而，這些作品並不是革命小說，作者也無意於此，只是生於當世，寫於當世，忠實於現實而已。作者寫這些作品，似乎重在記錄他對南洋華僑社會的所見所聞，因而在有限的篇幅裏，濃縮了極為豐饒的資訊，舉凡習俗人情、異國風調、英殖民當局的假文明、華僑遠涉南洋的艱辛和篳路藍縷開創家業的甘苦、頭家的發家之術及其與知識界的微妙關係、南洋女郎的熱情浪漫，等等，都有相當形象的描寫。展卷把讀，就像轉動著一枚多棱鏡，將南洋華僑社會的五光十色盡收眼底。

〈薩拉山〉寫一船去新加坡的華僑由於船上死了人而受到的遭遇。英殖民當局據說出於免疫的考慮，將這船旅客關到風景優美的薩拉山上，各種安排似乎不錯，但沒有自由，最後還規定每個人都須脫盡衣衫，赤身排隊接受醫生檢查。作品中禿頭老人發出一臉苦笑，沉痛地說：「唉，剝開文明的皮，卻是一肚子殘酷和野蠻……」真是滿紙憤激言，一把辛酸淚，當年華僑在英殖民當局統轄下的異國他鄉的屈辱苦辛，在這裏得到了非常生動的反映。

〈一個頭家〉在敘寫一個原名金阿憨的頭家金亞恭的發家史的同時，也寫到中國苦力下南洋的往事。暴發戶與苦力是互相依存的矛盾雙方。暴發戶中不少出身苦力，而他們一旦發了家，又需要大量苦力為他們幹活。於是，「在泉州、汕頭、香港等等地方，都有專門收買豬仔的機關。茶坊上、客棧裏，議身價，訂契約，一經妥當，就一隻船給塞得滿滿的，送到南洋來了。」作者以淡淡的筆墨，揭示出前輩華僑下南洋尋生路的一個側面。

巴人的這些南洋小說，值得探究之處應當說不少，但我對作品展現的南洋華僑社會異彩紛呈的畫面尤感興趣。類似上述的描寫，在作品中俯拾皆是，姑且不論作者蘊含不露的創作意圖和思想傾向，就是這些光怪陸離的軼事奇聞，也為我們瞭解南洋華僑奮鬥史提供了極可珍貴的歷史資料，其高度的認識價值是不可忽視的。

巴人的南洋小說，一反他過去作品的寫法。他在〈南洋伯〉中，聲稱自己對南洋社會瞭解的程度不深，儘管接觸到一大堆偶然的生活形象，卻難以從中塑造出典型的形象來。作者所以捨典型化塑造法而取寫實法，這恐怕是一個主要原因。而這種寫法難免帶來的某些蕪雜、粗疏、簡放，我以為也不必諱言。然而，小說家的銳敏的目光和嫻熟的藝術概括力，仍然幫助作者克服了主客觀條件的限制，而充分借助於自己有限的生活體驗進行藝術創造，從而使他筆下的人物形象和故事情節具有一定的典型性。

例如〈一個頭家〉中的金亞恭，就是一個頗為典型的人物。這個出身流氓無賴的暴發戶口口聲聲「愛國第一」，其實對政治一竅不通。且聽他的一段高論：「咱們做中國人，愛國第一。……要愛國就要擁護政府呀！從前政府剿共，我就擁護剿共；現在政府

抗戰，我就擁護抗戰，抗戰抗得下抗不下，政府自己知道。派汪先生去求和，留個將來吃敗仗的後步，也是政府苦心，所以我也贊成和平。共產黨現在抗戰，我也擁護共產黨，我擁護共產黨，所以在抗戰大會上，我也叫打倒取消派，托派——還有什麼派？校長，你說——不過新四軍違令調遣，我自然反對新四軍。你想國家法令一廢掉，我們海外僑民還有人保護嗎？」作者在此採用的是白描手法，如實記錄，不假矯飾，卻力透紙背，把這個高談闊論的頭家無知到極點而又自作聰明的嘴臉刻畫得栩栩如生，呼之欲出。還有一段描寫也極精彩。當訪客提起為抗戰熱心出捐時，他話說半截，「突然站起，向天井轉店堂一直走去」，不一會便捧來一本大簿子，於是不厭其煩地將貼滿關於他出捐的新聞和廣告的剪報翻給對方看，那津津樂道、得意洋洋的神情，以及蘊含其中的那種捐款買名的虛榮心態，由此歷歷如現。

　　此外還有許多人物，如〈薩拉山〉中的禿頭老人、〈水客和工頭〉中的方子明、〈一家的故事〉中的胡天佑等，著墨多少不等，而大都各有其鮮明的個性。歌德在與愛克曼談話時說過這樣一句話：「藝術的真正生命正在於對個別特殊事物的掌握和描述。」（《歌德談話錄》）巴人正是抓住了「對個別特殊事物的掌握和描述」這一環，所以他的這些南洋小說不僅具有相當的典型意義和認識價值，而且也獲得了經久不衰的藝術生命，時至今日，還給人們以新鮮的感覺和有益的啟迪。

　　　　　　一九九九年四月末為紀念巴人九十誕辰而作

舉重若輕　新意迭出

——讀魏紹昌的新著《我看鴛鴦蝴蝶派》

　　高爾基曾經打過一個比方，說一本好書會在讀者面前「打開一扇窗戶」，讓人們看到一個新的世界。由中華書局香港有限公司出版的魏紹昌的新著《我看鴛鴦蝴蝶派》（以下簡作《我看》）一書，就是這樣一扇「窗戶」。它以科學的實事求是的態度，全面論述了鴛鴦蝴蝶派的有關問題，澄清了種種似是而非的錯誤觀點，為廣大讀者正確認識中國文學史上這一眾說紛紜的文學現象，提供了許多新鮮的有說服力的史料，也為學術界的研究工作吹來了一股清新的風。

　　長期以來，鴛鴦蝴蝶派一直受到文學界的排斥。中國五四新文學從誕生起，即指斥該派文學「驅青年於婦女醇酒之中」，「墮落於男女獸慾之鬼窟」（守常〈《晨鐘》之使命〉），其害無窮。嗣後新文學作家們始終對它持批判態度。直至建國以後，各種中國現代文學史著作都未闢專章論述鴛鴦蝴蝶派文學，有的只是嚴厲的抨擊和全盤的否定。而這些文學史著作，原來又大都是作者在高校中文系的講授稿。也就是說，無論在文學評論界，或是在文學教育界，鴛鴦蝴蝶派都被打入另冊，毫無地位可言。然而實際上，鴛鴦蝴蝶派作為一種文學流派，是一個客觀存在，它的產生、發展、興盛以至衰落，有其獨特的規律，也與時代的變遷、政治和文化形勢的演進，有著至為密切的聯繫。該派文學雖然從總體

上受到新文學陣營的貶斥，但由於其本身的複雜性，各個作家和各篇作品，在不同時期或不同情況下所受的臧否褒貶，卻大相逕庭。特別是該派文學有其突出的特性——通俗性，使它在社會上擁有浩大的讀者群，並在不同層次的人們中產生廣泛的影響。即使新文學作家，也未必與之毫無瓜葛。而且自八十年代以來，隨著台港地區金庸、梁羽生的武俠小說，和瓊瑤、亦舒的言情小說的輸入，大陸上掀起了持續甚久的通俗文學熱潮。許多作家紛紛轉向通俗小說的創作，各種通俗文學的刊物和研究組織競相誕生，而湮沒已久的鴛鴦蝴蝶派小說，也於其時被各地出版社大量翻印出版。因之，漠視鴛鴦蝴蝶派這一文學流派，把它驅逐於中國現代文學（「中國現代文學」與「中國新文學」，應是兩個不完全雷同的概念）史之外，或者簡單化地將它一筆抹煞，都不是正確的態度。正確的態度，應當是認真地進行調查研究，實事求是地分析評論，找出其中帶規律性的東西來，給鴛鴦蝴蝶派以文學史上的恰當地位，也為當代通俗文學的發展和繁榮，提供可資參考和警戒的鏡子。正是從這個意義上，魏紹昌的《我看》一書可說是一部適時之作。它的出版，對於我們正確認識這一已成歷史而又與現實不無關聯的文學流派，將會起到重要的作用。

　　《我看》一書的特色之一，是立論公允，見解新穎。作者認為：「任何一種文學流派，都有各自新生、發展、興旺、衰落、消滅的過程。所不同的，呈現在現象上的，就是有各自不同的變化發展，和時間上的長短而已。鴛鴦蝴蝶派在漫長的歷程中，出現過許多作者和許多作品。作品有好的，較好的，也有壞的，很壞的；作者有的前期較好，後期變壞，也有的前期不好，後期變好，當然也有始終不好的。其實這是正常現象，應該對它作客觀具體

實事求是的分析，不能一概而論，更不能憑一己一時的厭惡，就此一筆抹煞。也不要遷怒或責怪於這個流派的名稱，名稱何罪？我始終認為鴛鴦蝴蝶派對他們是一個頂合適的帽子，一頂美麗的帽子。」在學術界對鴛鴦蝴蝶派的一片譴責聲中，作者不隨聲應和，不依人仰俯，而力排眾議，獨抒己見，很可見其理論的勇氣。而他的分析，完全符合辯證觀點，又有確鑿的事實依據，立論公允，令人信服。又如，書中在闡述徐枕亞的《玉梨魂》所以廣受歡迎的原因時指出，一是由於作者在寫法上，將「宜於抒情的駢文段落，與彈性較強適於表達對白、敘述的古文段落」交叉穿插起來，頗切合「才子佳人悱惻纏綿的哀情故事」，使作品生發出獨特的魅力；二是由於「婚姻不自由釀成悲劇的故事」，在半殖民地半封建的民國初年屢見不鮮，比比皆是，而又「最投合」當時眾多讀者的欣賞口味，因而作品能風靡一時。在這裏，作者從文藝學、社會學以及接受美學的角度，對《玉梨魂》的社會效應問題進行透徹的論析，甚是精當。此外，該書還以分析精細見長，作者目光犀利，燭幽顯微，一些貌似平淡無奇的材料，別人也許輕輕掠過，他卻抓住不放，細加剖析，並提出饒有新意的見解。例如魯迅書信裏有「張恨水們的小說，已託人去買去了」一句，作者慧眼別具，從這個「們」字上，不僅看出魯迅母親除了要看張恨水小說外，還要看與張恨水一路的其他作者的小說，而且看出魯迅在這裏「下意識地流露出並非屬於『我們』的意思」，這便不能不使讀者拍案嘆服。而在《我看》一書中，這類精湛的分析俯拾皆是，難怪其新意迭出，引人注目了。

　　《我看》一書的特色之二，是史料翔實，信息量豐饒。該書之所以能排眾議而發新聲，對鴛鴦蝴蝶派這樣的疑難問題作出切

中肯綮的公允評價，除了作者掌握了正確的研究方法以外，還與他對這一文學現象的驚人熟悉頗有關係。魏紹昌自大學畢業後，長期在上海工作，與新聞出版界聯繫極為密切，由於業務與興趣的緣故，他對現代文壇的人物掌故耳熟能詳，瞭若指掌。鴛鴦蝴蝶派從三十年代後期起由興盛逐漸走向衰落，他躬逢其時，更有許多感性的認識。六十年代前後，他為了編著《鴛鴦蝴蝶派研究資料》（上海文藝出版社出版），還走訪或函詢了范煙橋、周瘦鵑、鄭逸梅等鴛鴦蝴蝶派作家，又查閱了大量當年的大報副刊、小報、期刊和書籍，發掘、收集了極為豐富的珍貴史料，從而為正確評價和介紹鴛鴦蝴蝶派奠定了扎實的基礎。在這部不同凡響的《我看》一書中，作者系統而全面地介紹了該派的有關情況，縱向則介紹該派隨著徐枕亞《玉梨魂》和李涵秋《廣陵潮》問世而誕生，經過不肖生《江湖奇俠傳》和張恨水《啼笑因緣》等作品推向高潮，終至四十年代末期趨於衰落的發展過程；橫向則介紹該派「五虎將」徐（枕亞）、李（涵秋）、包（天笑）、周（瘦鵑）、張（恨水）和「十八羅漢」孫玉聲、張春帆等人的生平行狀；此外，對該派小說的各式品種、該派的主要社團青社與星社、刊印該派小說的報刊與書店、書刊的裝幀與插圖，以及該派與戲劇、電影、曲藝等諸種文藝樣式的關係等等，也均有詳盡的介紹，可稱是縱橫捭闔，舉重若輕。作者正是在這樣如數家珍般的從容之中，將鴛鴦蝴蝶派的概貌清晰地展示於廣大讀者面前。不僅如此，作者還充分發揮其文學史料家的特長，旁徵博引，反覆論證，以加強其論斷的可信性。例如在談到鴛鴦蝴蝶派與禮拜六派是同一回事時，他列舉他們所編的眾多雜誌內披露的宣言、發刊詞、序文、編者話、祝詞、廣告等文字為內證，又引述新文學作家沈雁冰、

鄭振鐸等人的批評文字為外證，再列舉鴛鴦蝴蝶派刊物的讀者反響為旁證。這樣的旁徵博引，足以掃除各種疑惑，使作者的立論巍然如山，同時也為讀者提供了觀察事物、分析問題的多種視角，以獲得立體的而不是平面的、完整的而不是片面的正確的認識。

　　這裏，有必要特別指出並肯定作者對於史料的發掘和考證之功。中國大陸學術界有一種無形的偏見，以為理論研究才是研究，而史料研究則是雕蟲小技，無學術性可言。其實大謬不然。任何理論都離不開事實的支撐，理論研究必須以資料研究作基礎。史料研究絕不只是抄抄編編，剪刀漿糊，它需要從浩瀚的史料海洋中，辨偽識真，去蕪取精，窮源竟委，鈎深致遠。因而對於史料家來說，理論的素養、豐富的閱歷、銳敏的目光，同樣是必不可少的。唯其如此，史料家才能在他們的工作中有所收穫。往往一個新史料的被發掘或被考證查實，意味著一種新觀點的誕生，或者是某項事物的真諦的揭示。在《我看》一書中，這樣的例證隨處可見。例如新文學主將劉半農早年出身於鴛鴦蝴蝶派，這一點眾多文學史著作和作家傳記著作中都疏於提及。《我看》則發掘了翔實的資料，考述了他從半儂到半農的轉變歷程，頗給讀者以新鮮之感，而且也豐富和深化了人們對劉半農其人以及新文學與鴛鴦蝴蝶派的瞭解。再如，該書在分析捉刀人王小逸的色情小說風行於四十年代上海灘的原因時，從早已絕版的《劍腥集》一書中，發掘出為人罕知的阿英寫於一九三八年的〈論新的色情小說〉，該文闡析深刻，論證嚴密，是一篇不可多得的精彩之作。魏紹昌將它引來作為自己的例證，於幫助讀者理解很為著力，也為全書增色不少。

　　《我看》一書的特色之三，是寫法生動活潑，饒富吸引力和說服力。對鴛鴦蝴蝶派這樣歷來撻伐有餘、介紹不足，因而不為

廣大讀者真正瞭解的對象，如果像一般論著那樣高堂講章，用大道理論述一番，顯然不可能獲得良好效果。作者看準這一點，便採用了以敘為主、夾敘夾議的方法，力圖在輕鬆活潑的氣氛中，周詳地介紹有關史實，以揭開蒙在鴛鴦蝴蝶派身上的迷霧，使廣大讀者看清其實質和全貌。就全書而言，作者對鴛鴦蝴蝶派的興衰、性質、特點、影響以及與新文學的關係等一系列重大問題的論述，便主要得力於大量有說服力的事實。即便對某一個具體問題，例如張恨水究竟是否屬於鴛鴦蝴蝶派等等，作者也主要用事實講話。這樣，事實昭昭，明眼人一目了然，似是而非的種種錯誤見解自無立足之地，對鴛鴦蝴蝶派是褒是貶、作何評價也便容易做到恰如其分。當然，該書也不乏議論性文字，但總的看來，是要言不煩，點到為止，而且與事實論證相經緯，故能收到一言千鈞之良效。此其一。其二，作為一個文學史料家，作者對浩如煙海、蕪雜異常的原始資料披揀攝取、淘澄提煉，頗下了一番鉤沉輯軼、匡誤糾偏的細緻工夫，因而在論述過程中，作者總能得心應手地列舉出許多人所疏知而無可置疑的珍貴史料，為行文帶來引人入勝的魅力。特別是，書中還介紹了許多逸聞趣事，如徐枕亞的婚姻波折、周瘦鵑因失戀而愛紫羅蘭花成癖、李壽民靠鴉片煙引發文思、王小逸在人聲嘈雜的印刷所帳房裏奮筆疾書，以及徐卓呆從日本輸入學校體操和交誼舞步、與妻子共同研製「良妻牌」醬油等等。這些逸聞趣事的作用，除了增進讀者對其人其事的瞭解外，也無疑大大提高了文章的可讀性。其三，該書還善於運用比較分析法來闡明事理。比如從與歌德《少年維特的煩惱》的比較中，透視出《玉梨魂》作者徐枕亞「衛護傳統道德的心理」；又如從秦瘦鷗的《秋海棠》與吳祖光的《風雪夜歸人》的比較中，

得出鴛鴦蝴蝶派的佼佼之作儘管「呈現出一些新的面貌」，但與「新文學、純文學、嚴肅文學依然是截然不同的兩碼事」的結論。比較，作為一種分析方法，自有其獨到的功用。它具有巨大的穿透力，常常不需多費筆墨，就能揭示出事物的實質。同時它又比較實在、明白，即使普通的讀者，也很容易接受。因之，許多學者對此均頗青睞。而《我看》作者在運用比較分析法時，特別注重史實的鉤稽考辨，因而說服力極強，充分體現了該書學術性與知識性並重的特點。

　　《我看》一書可稱之處還很多，限於篇幅，姑不一一列述。當然，它也並非無隙可擊。金無足赤，再完美的事物也難免有缺陷。倘若仔細研讀，我們會發現《我看》一書的若干不足。例如它雖然深刻地分析了鴛鴦蝴蝶派文學與社會發展、時代變遷的聯繫，但對其封建主義的思想淵源和文化基礎，卻缺乏應有的論述。在介紹鴛鴦蝴蝶派書刊的裝幀插畫時，既然提及它們與新文學書刊的裝幀插畫大有區別，卻又未作具體闡明，未免令人失望。另外有些內容前後重複，似乎還可斟酌。但瑕不掩瑜，全書的成就還是主要的。我們為作者魏紹昌在近現代文學研究中獲得的新成就而高興，更為學術界出現這樣一部高質量、新面目的研究著作額手稱慶。

　　　　　　　　　　　　　　　　　　　一九九一年二月底改定

一部別開生面的武俠小說
——讀歸僑作家馬陽的新著《南洋奇俠》

　　我對武俠小說一向興趣不大，讀得也少，但馬來西亞歸僑作家馬陽著的《南洋奇俠》，卻吸引了我，使我發現武俠小說中也有一個相當廣闊的天地，武俠小說也有高低之分和文野之別，優秀的武俠小說同樣可以成為陶冶人們思想情操的精神食糧。

　　《南洋奇俠》是一部別開生面的武俠小說。它不僅具有一般武俠小說的特點，譬如出神入化的中國武功、驚心動魄的打鬥場面、曲折離奇的故事情節等等，而且它還就武俠小說如何提煉主題、塑造人物、反映地方風情等方面，作了有益的探索，並取得一定的成就。

　　自明清以來，武俠小說在中國社會一直相當盛行，時至今日，猶陳陳相因，層出不窮。其內容，儘管由於時代、流派和作者的不同而各異，但總不外乎劫富濟貧、弱強扶弱、除暴安良、見義勇為之類，等而下之者，則編織一些才女俠客或書生俠女的庸俗愛情故事以取悅讀者。而《南洋奇俠》卻獨樹一幟，它以帝國主義列強侵略和中國近代民主革命鬥爭運動為背景，描寫了以南天塵聖和虎俠為代表的嶺南派愛國奇俠追隨孫中山，為推翻清王朝、驅逐帝國主義而出生入死英勇鬥爭的動人故事。作者從這一獨特的視角出發，將廣大讀者喜聞樂見的武俠傳奇故事與莊嚴神聖的革命題材緊密結合，從而賦予小說以鮮明的愛國傾向和較為

深刻的主題。展讀這部作品，嶺南派俠士摯愛中華故國的熾熱情懷、嫉惡如仇的凜然氣勢，以及眾志成城的集體英雄主義精神，都給人留下不可磨滅的印象。作者在談到自己的創作構思時說，他寫這部小說的目的之一，在於嘗試「寓嚴肅主題於通俗的形式之中」，藉以提高武俠小說的檔次，讓它登上文學的「大雅之堂」。我以為，作者的這種意圖已初步實現，他的成功嘗試，為武俠小說的創作開闢了新的思路，提供了新鮮的經驗。這是《南洋奇俠》所獲得的突出成就。

其次，《南洋奇俠》在人物塑造上也很有特色。文學源自於生活。這部小說中的人物，雖不能說全都於史可徵，但大致有一定的歷史的影子，而作者正是在研讀南洋華僑史料中產生的創作衝動。因此，他筆下的人物，多與時下流行的武俠小說中那些面目類同、似曾相識的人物迥異，而各各血肉豐滿，性格鮮明。像武功蓋世而憎愛分明的南天塵聖、瀟灑飄逸而運籌帷幄的鐵扇羅、少年老成而威鎮南洋的虎俠、年輕美貌而愛國情深的荷女、不修邊幅而神出鬼沒的南濟公、失足一時而不乏良知的冷槍花等等，一個個神貌畢現，栩栩如生。作者在塑造這些英雄形象時，不僅著力於他們超凡入聖的武功的描寫，而同時也常常細膩地狀寫人物內心的複雜感情及其變化，藉以揭示出他們豐富的性格內蘊和行為的思想依據。譬如虎俠對敵人由一己私仇到民族仇國家恨的昇華，他對荷女愛戀至深而為了革命大業努力克制自己的心理矛盾，冷槍花不甘靦顏事敵而又擔心不獲奇俠們理解的複雜心態等等，都有相當生動的描寫。更為可貴的是，書中還出現了資產階級民主革命的先驅孫中山和黃興的形象，著墨雖然不多，卻也維妙維肖，呼之欲出，使得全書大為增色。

　　第三，濃郁的南洋地方色彩，加強了《南洋奇俠》的藝術魅力。作者祖籍廣東省，卻生於馬來亞半島，他在那兒讀書、習作，度過了二十三個春秋，直至一九六一年才回國定居。南洋的蕉風椰雨薰陶了他的心靈，也培育了他與南洋風物人情的深厚感情，這應是他念念不忘故園，並以此為創作取材的重要原因之一。而一當他提起筆來，久已醞釀浮沉於心胸間的綿綿情思便噴湧而出，流瀉於字裏行間，浸染了他筆下的種種情景。我們注意到，書中在反映嶺南派愛國奇俠叱咤風雲、呼嘯山河的英勇鬥爭時，還以濃重的筆觸描摹了地方特色、異國情調和生活氣息，努力為人物活動和性格發展創造一個具有濃郁的嶺南風情和南洋色調的典型環境。作者的這種藝術處理和美學追求，對人物形象的塑造既是很有力的烘托和鋪墊，而對整部作品也無疑塗抹上了誘人注目、引人入勝的色彩。無怪乎小說問世之後，便以獨特的魅力獲得海內外廣大讀者的好評。

　　《南洋奇俠》的作者馬陽，是一位具有豐富創作經驗的作家。他以詩躍上文壇，出版過詩集《山民曲》（一九五八年），曾被譽為富有「馬來亞泥土氣息的詩人」。以後轉攻小說和散文創作，出版了中篇小說《沙河岸上的戀歌》（一九六一年）、短篇小說《天涯》（一九六二年）、散文小說集《祖父的故事》（一九六一年）、散文集《愛情・詩情・世情》等多部著作。近年來，他涉足於通俗文學領域，有志讓通俗文學與嚴肅文學相互融合，取長補短，為提高通俗文學的品位，擴大嚴肅文學的讀者群和影響力，作出了有成效的努力。《南洋奇俠》一書，正是他在這方面進行藝術探索的心血結晶。我以為，他的這部作品的藝術成就應當充分肯定，

而他對通俗文學乃至整個文學事業的高度熱忱，以及勇於探索、不懈追求的精神，似乎更值得稱道和欽敬。

一九九一年六月

《中國現代文學作者筆名錄》和
我的筆名研究

　　前不久，我和徐酒翔合作編著的《中國現代文學作者筆名錄》由湖南文藝出版社出版。當我拿到散發著油墨清香的樣書時，回想起多年來艱苦的工作歷程，不禁心潮起伏，思緒萬千。

　　筆名的紛繁複雜、千變萬化，是中國現代文壇的一種特有現象。這種現象的產生，主要是因為中國現代社會長期嚴酷的鬥爭、險惡的形勢，迫使作家們不得不頻繁地改換筆名，以隱蔽自己身份，迷惑敵人耳目，巧妙地進行有效的鬥爭。中國文化革命的偉人魯迅一生所使用的筆名竟達一百四十餘個，便是最典型的例子。除此以外，各種不同的需要，諸如虛張聲勢、附庸風雅、嘲弄對方等等，也是現代文壇筆名層出不窮的原因之一。斗換星移，現在，這些筆名早已完成了它們的歷史使命。但歷史是延續的，當人們回顧「五四」以來的新文學運動時，自然會發現筆名曾經起過的重要作用，也會發現它們與作家們的生活經歷、思想發展以及創作道路之間的有機聯繫。無疑，筆名已成為現代文學史上十分複雜而又值得珍視的一份遺產。

　　但是，由於年代久遠，許多作家已經過世，尚存的也都進入了晚年，他們對於當年自己和別人使用的筆名情況，大都已漸漸淡忘。所以，常常遇到這樣的憾事：由於不瞭解某些作家的筆名，他們當年載諸報刊的文章便無從尋覓；而翻開當年的報刊，那署

以各種筆名的作品，又難知分別出自何人手筆。隨便舉一個例子，以《可愛的中國》聞名中華的革命家方志敏，他寫的文學作品遠不止人們目前所知道的這些，只因為他的某些筆名未為人知曉，因此那些散見於各報刊的作品迄今大半無法收集。而類似的情況，又何止十百！這些，無疑給現代文學教學與研究帶來了較大的困難，而且隨著時間的無情推移，這種困難會越來越大。因此，及時搶救和整理這一份珍貴遺產，顯然是十分必要的了。

　　早在三四十年代，就有人注意及此，並做了有益的工作。一九三六年，當時在北京圖書館工作的袁湧進就出版過一冊《現代中國作家筆名錄》，成為中國現代文學筆名研究的開山之作。嗣後，一九四四年，蔣星煜在重慶出版了《作家筆名索引》。建國後，上海古舊書店等一些單位相繼編印過這一類資料。在臺灣，周錦出版過《中國現代文學作家本名筆名索引》。在美國，則有朱寶梁的《二十世紀中國作家筆名錄》等等。上述這些筆名著作，自然是中國現代文學筆名研究的重要成果，它們對推動現代文學研究的發展，有著不可忽視的意義。但是，它們卻有一個共同的缺點，就是過於簡單，除了名號而外，沒有介紹作家的情況，就是筆名也未注明其使用的具體情況。此其一。其二，由於筆名的複雜性，筆名錄出現些差錯原本難免，但有些筆名錄只是輾轉抄錄而不加考證查核，便容易以訛傳訛。其三，有的筆名錄查索不便，影響使用。其四，這些筆名錄在國內已寥若晨星，只有少數圖書館藏有那麼幾種，一般人要想訪而讀之，也不是件容易的事。除此之外，近年來出版的徐州師院編《中國現代作家傳略》、北京語言學院編《中國文學家辭典（現代部分）》等書，也搜集了不少作家的筆名，儘管可靠性較高，但它們畢竟不是專門的筆名工具書，仍

然滿足不了廣大讀者和研究者的需要。隨著中國現代文學教學與研究工作的迅速開展，各大學的文科師生和研究者們都迫切需要一種專門的、搜羅較全、準確可靠、檢索方便的現代文學筆名工具書。這就是我不揣寡聞淺陋，不顧力薄多艱，傾力於編著這部《中國現代文學作者筆名錄》的主要緣由。

　　另一方面，我所以走上這條筆名研究之路，也與自己的興趣愛好有關。這可以追溯到我的少年時代。我清楚地記得，當我愛上新文學作品不久，就開始注意作家們的筆名，並產生極大的興趣。我經常到上海四馬路舊書店去翻閱舊雜誌，從中尋找筆名的秘密，往往頗有收穫。昭彥——黃秋耘、何直——秦兆陽，在我當時已經知曉的眾多筆名中，這二者的印象尤其深刻。我曾把自己的發現記錄在小本子上，日子一久，居然相當可觀。但由於種種變故，特別是高中學畢業後赴北大荒勞動，多年積累的資料便散失殆盡了。十年後，我開始從事現代文學研究，一個偶然的機會，使我看到了一本袁湧進所編筆名錄的手抄本。當我如獲至寶地往自己的筆記本上抄錄時，早年追索筆名的往事頓時歷歷在目，一個強烈的念頭油然而生——我要編一本比它翔實好用的筆名錄！

　　一九八一年，在黑龍江克山師專中文系主任王勤的大力支持下，我和聞彬一道開始致力於現代文學筆名的收集和研究工作。我們的做法是，一方面盡可能全面地掌握前人的有關成果，並進行細緻的檢驗考證，另一方面直接發函向作家或其家屬請教。我們認為這兩者相結合的方法是行之有效的。因為學術的大廈不可能憑空構築，必定要借助於前人打好的基礎；但如果對前人提供的東西不加辨析、盲目因襲，那就有可能造成謬種流傳，更給歷史真相蒙上一層迷霧。例如在較早出版的一本筆名錄中，羅豈嵐

（正晫）的名號均錄於羅念生的名下，嗣後問世的多種筆名專著，也幾乎一一照抄。像這類訛誤，若不及時加以糾正，將會給後世的研究者帶來多大的困惑！其實，只要爭取得到作家或其家屬的協助和支持，有些問題並不難解決。當然，作家及其親屬提供的材料和意見，也不一定完全準確，常常也比較粗疏，我們必須認真地作進一步的核對驗證，才能使之臻於完善而經得起歷史的考驗。這樣經過一年多的調查研究，我們積累了大量資料，並與三百余位作家或其家屬建立了聯繫。

一九八三年，經友人介紹，我結識了對現代文學筆名也素有積累與研究的徐迺翔，並於當年十月開始攜手合作。由於他供職於國家的文學研究單位，而我們編的筆名錄又列入屬於國家「六五」計畫在社科方面的重點項目《中國現代文學史資料彙編叢書》內，因此工作的開展就比前階段順利不少。可以說，我們的合作，使這項工作進入了一個嶄新的階段。

經過磋商，我們決定在前階段工作的基礎上，對筆名錄的收集範圍和編纂體例作兩項重大的改變。其一是把書名定為《中國現代文學作者筆名錄》。這是因為，如果把整個現代文學運動比作波瀾壯闊的大海，那麼，數以千計的文學作者們就是一朵一朵的浪花，掀天巨浪固然令人矚目，但如果離開了無數朵細小的浪花，大海必然會失去它那浩瀚壯觀的聲勢。事實上，比起大作家、名作家來，那些小作家，特別是數量更多的未及成家的現代文學作者們，更容易被人們所忽視，而如果沒有他們的共同努力，中國的現代文學絕不可能取得現在這樣的成就。鑒於此，我們決定特別注意收集被人遺忘的作家、作者的材料，並將書名改為現名。其二，我們決定盡可能地反映各筆名的具體使用情況，包括時間、

地點、報刊（或出版社）和作品篇名等。這是為了向讀者和研究者提供更多的資訊，提高筆名錄對現代文學研究的參考使用價值。

　　工作方針確定以後，我就投入了緊張而艱苦的工作。一方面，利用出差、探親等一切機會，跑遍了京、滬、哈爾濱、齊齊哈爾、瀋陽、長春等地的主要圖書館，訪讀了一切能夠找到的作家傳記和筆名資料，並做了數千張作家卡片。另一方面，先後發出調查信函四千餘件，還走訪了散佈在全國各地的百餘名作家、家屬及有關人士。這兩方面工作是交錯進行的：呈請作家們審核的，往往是經過我們收集和初步研究過的材料，而作家們審核補充過的材料，我又往往要到圖書館或利用自己掌握的有關資料進行複勘。使人欣慰的是，我們的工作得到文壇和社會上各方面的支持。先後有一千三百餘位作家和作者提供或審核過自己的筆名材料，六百六十餘位家屬、親友、研究者和其他知情者提供或審核過有關作家和作者的筆名材料。有些人士不僅毫無保留地提供自己掌握的材料，而且還積極介紹了許多的線索，幫助我們深入調查和搜集。不少專門研究者，特別是《中國現代文學史資料彙編（乙種）‧中國現代作家作品研究資料叢書》的許多編者，都無私地向我們貢獻了他們搜集的材料，或幫助我們作一些核查工作，從而大大豐富了這本筆名錄的內容，也大大提高了它的準確程度。國內許多有關單位，如中國作協及其各地分會、京滬等地的圖書館等，都為我們的工作提供了支持。還有香港、澳門和新加坡、马来西亚的作家、學者，也紛紛伸出熱情的援助之手。正是由於這許許多多朋友們的鼎力襄助，我們的工作才得到比較迅速的開展，我們收集的作者隊伍才會像滾雪球那樣越來越壯大，以至於達到現在這樣的規模。

　　我們這本筆名錄，收有中國現代文學作者六千餘人，筆名（包括原名、曾用名、字、號等）三萬餘個，總篇幅達百餘萬字，是國內外迄今出版的中國現代文學筆名錄中規模最大的一部。

　　按照國內通行的看法，現代文學指的是從一九一七年胡適、陳獨秀發表文學革命宣言開始，到一九四九年十月中華人民共和國建立這段歷史時期的文學。所以，本書主要收錄在該時期從事各種文學體裁（包括創作、理論、翻譯等）的寫作並有一定成績或影響的作者。對於主要在該時期以前或以後寫作的作者，只要他們在該時期也有一定的文學活動，我們概予收錄。臺灣港澳地區的作者，本書照收不誤，並且鑒於有關他們的資料比較匱乏，本著「宜寬不宜緊」的原則，盡可能予以收錄。對海外華人作者，考慮到各種複雜的因素，我們只收錄那些離國前已開始文學寫作或現已回國定居的文學作者。至於主要從事黨政、軍事、新聞、歷史等其他工作的人士，只要他們也曾寫過一定數量的文學作品，同樣在本書中佔有一席之地。

　　在編排體例上，本書分為筆名錄、筆名索引和附錄三部分。筆名錄是全書的主幹部分。與以往諸種筆名工具書相比較，本書的筆名錄部分有兩大特點。一是在每個作者的通用名之下，不僅列出筆名乃至原名、字、號和曾用名，而且還有生（卒）日期、籍貫、性別、民族等項的介紹。二是對每個筆名盡可能注出其署用的具體情況，包括何時啟用、何時廢棄、曾用於哪些報刊、主要用來發表哪些體裁的作品等資訊。我們相信，這些資訊對掌握作者的情況、辨別不同作者的同名現象等等，都會有不少助益。在筆名索引部分中，我們把所有的名字（包括原名、字、號、曾用名等）均排列入內，使用者不論就哪一個名字，均可查到其主

人的通用名。全書採用筆劃順序排列法，筆名錄和筆名索引部分分別編有首字筆劃檢索表，全書還編有首字音序檢索表，為讀者使用提供了便利。附錄部分主要列錄曾經給我們以支援的作者、家屬以及研究者們的名單，和我們曾經參考過的書刊目錄，藉以表達我們對各方面幫助的感激之忱。

　　《中國現代文學作者筆名錄》出版後，在國內外產生了反響。許多作者以及朋友們紛紛來函表示嘉許和祝賀。賈植芳在該書的序中，稱讚它「是用筆名形式勾畫出來的一部中國現代文學全史，它對於開闊我們的文學視野，開掘研究工作的廣度和深度，都是一個值得稱道的重大貢獻。」這是前輩學者對我們的鼓勵。作為本書的編著者，我清楚它還存在著不少缺陷。像這麼浩大的一個工程，確實難於做到盡善盡美，但完善畢竟是我們追求的目標。我已與筆名研究結下了不解之緣，為了使本書日趨完美，我將不斷付出新的努力。

　　在編著筆名錄的過程中，我積累了大量的資料，發現了一個廣闊的研究天地。今後，我至少要做兩項工作，一是對歷來被人疏忽的文學現象進行深入的研究，並撰文向讀者介紹。二是將筆名研究向深層推進，從多方面考察現代文學筆名的發展、演變、與社會人生的關係、它的研究史等等，以期在紛繁複雜的筆名現象後找出帶有規律性的東西來。

　　「路漫漫其修遠兮，吾將上下而求索。」在這條漫漫之路上，我願與各方友朋攜手共進。

一九八九年四月底

《青島文藝》和青島四十年代後期文學運動

一、引言

　　四十年代，是一個偉大的、不平凡的年代。在這光明與黑暗激烈交戰的歲月裏，中國共產黨領導廣大人民群眾經過艱苦卓絕的浴血奮鬥，終於贏得全中國的解放；而成千上萬進步的、革命的作家和文學工作者，也在黨的指引下，抨擊黑暗，呼喚光明，譜寫出一曲曲雄壯豪邁、可歌可泣的動人樂章。

　　無疑地，四十年代的文學運動是中國新文學運動的 一個重要組成部分。然而長期以來，這一段文學運動較之二三十年代的文學運動，尚未被文學史家們足夠重視。這一情況，近年來雖已有很大的改變，各地文學界、出版界有識之士，已注意及此，並作了許多卓有成效的努力；但從總體上看，對這段時期文學運動的研究仍嫌薄弱，而且地域上也不平衡，如本文要論述的青島四十年代後期文學運動，就是一塊尚未開墾的處女地。

　　青島雖偏於黃海之濱，歷來不是政治文化中心，但在四十年代後期，這裏同樣有過如火如荼的進步文學運動，同樣產生過大量捍衛正義而動人心弦的進步文學作品。而且，青島文學運動與各地文學運動息息相關，血肉相連，不僅青島的作家們活躍在各

地報刊上，並且青島的文藝刊物和報紙副刊，也成為各地作家發表作品的園地，像何其芳、蕭乾、臧克家、林如稷、何家槐、孫用、范泉、向培良、李白鳳、余振、臧雲遠、金近、田濤、王雲階、李瑛、羅迦、麥紫等作家，這一時期都有作品在青島發表。因此，發掘和整理青島四十年代後期文學運動史料並進行深入的研究，對推進整個中國現代文學的研究，對推進青島地區文學事業的建設，都有著重要的意義。

　　一九四五年八月抗日戰爭勝利後，長期飽受敵人政治壓迫和精神奴役的青島人民獲得了新生，文學界一掃過去令人窒息的沉悶空氣，出現了蓬勃的生機，各種文學刊物和報紙文藝副刊如雨後春筍紛紛破土而出。據不完全統計，從當時至一九四九年六月青島解放，青島地區先後出版的文學刊物有：黃耘和柳路先後編輯的《海風》，默汀編輯的《薔薇》，劉燕及編輯的《民聲月報》、《青島文藝》和《海聲》、《文壇》月刊，朱之凌（激冰）編輯的《新血輪》，王文起和聶希文等編輯的《小朋友十日刊》，張弘和王子編輯的《荒土》，紀水主編的《青年人》，以及《中興週刊》、《建國週刊》、《平民月報》、《戰鬥與改造》、《星野》、《島聲》、《青聲》等。文藝副刊有：王統照主編的《民言報・潮音》，許仁、姜角、魯丁等人編輯的《軍民日報》副刊《文藝》和《烽火臺》，廢丁、李策、黃耘主編的《青島時報》副刊《海歌》和《青光》，石璽主編的《公言報》副刊《黎明》和《黃河》，張喟茲主編的《青島公報》文藝副刊，默汀、木冰主編的《民治報・青春》，梁寶主編的《青報》文藝副刊，還有《平民報・重光》、《民言報・民言副刊》、《民眾日報・前哨》、《掃蕩報》文藝副刊和《健報・大地》等。這些報刊，有的是由中共地下黨員或民主人士創辦，有的報

紙發行人或主筆雖是國民黨反動頭目，而文藝副刊卻被共產黨員或進步青年所掌握。因而從總體上說，它們承繼了五四新文學的優良傳統，配合了中國人民反內戰、反倒退、爭民主、求解放的革命潮流，發表了大量思想進步、內容充實、有一定文學價值的文學作品，為建設和繁榮青島進步文學事業，作出了積極的貢獻。特別是由劉燕及任社長和主編的《青島文藝》，是諸多文藝報刊中最重要的一個，它在青島四十年代後期文壇上，佔有不可忽視的位置。

二、青島文藝社和《青島文藝》的問世

　　青島文藝社於一九四六年十月由劉燕及主持創立。劉燕及，山東即墨人，一九二五年生。他原名劉承蕙，筆名有劉曲、白星、埜軍、埜金、草心、島雨、石秀、劉海子、燕及果、焦大心、北乃木等。一九四五年開始在即墨創辦《古不其》月刊。一九四六年隻身赴青島，住在河北路三十五號。曾擔任《民聲月報》、《海聲》月刊、《文壇》月刊等刊物主編，並有眾多詩文作品揭載於青島各報刊以及上海、天津，秦皇島等地的報刊，是青島文壇上頗享盛名的青年作家和文藝活動家。他為了振興青島文學事業，首先發起籌備青島文藝社，得到魯丁、廢丁、黃耘、木冰、蕭風、山音、張聖資等人的贊同和參加，又有徐悲鴻、臧克家等文藝界名人來函支持，遂於一九四六年十月向當局登記備案，正式成立了青島文藝社。文藝社在〈簡章〉中規定自己的任務，是以青年作家為主力，爭取老作家的支持，創辦社刊《青島文藝》月刊，舉辦對公眾有益的文藝活動，以振興青島文壇。

　　在籌辦《青島文藝》之初，劉燕及曾多次拜訪當時在山東大學任教的著名作家王統照，盛邀他出馬擔任主編，王統照欣然允諾。一九四七年元旦，劉燕及在試刊號寫了〈試版的話〉一文，向讀者透露了王統照將來主編本刊的消息。但在三月初，王統照卻約劉燕及在青島咖啡廳（今青島飯店）會晤，談及他在山東大學已受到注意，不便再擔任刊物主編職務。於是，當四月份創刊號出版時，即由劉燕及署名主編，並在〈編輯記〉裏，以「統照先生執教山大課務太忙」為辭，向讀者作了解釋。

　　劉燕及以燕及果的筆名寫的〈創刊詞〉，闡述了文藝社和刊物的宗旨。文中強調「要把文藝建設在大眾的身上」，並須「實地去做」；認為「民主文學」是當今急待討論而不容疏忽的問題；申明刊物對作者的要求，一是「寫靈魂的東西」，二是「寫未寫的東西」，即要有獨創性，三是「寫大眾的東西」，即要堅持大眾化的方向。

　　《青島文藝》的問世，受到文壇和社會各界的矚目，許多文壇前輩和著名作家熱情為它題辭，對它寄予了厚望。刊物的創刊號和第二期上，分別發表了范泉、徐悲鴻、王統照、臧克家、李白鳳等五位著名作家的題辭。為了有助研究，不妨將這些題辭依次抄錄如下：

　　范泉題辭是：「文藝創作是需要新陳代謝的。《青島文藝》的誕生，無疑地是向文壇注射了新的血液。」

　　徐悲鴻題辭是：「尊德性，道問學，致廣大，盡精微，極高明，道中庸。」（原無標點，係由筆者所加）

　　王統照題辭是：「經驗，觀察，想像力，理智的分析，完美的技巧，這都是文藝作品不可或少的要素。至於深厚的情感更是作品中的『元氣』，無此，縱能具備上述各要素演為文字，只是『披

土木以錦繡』而已。外觀雖美，思繪雖佳，但內缺真感，那易有薰，刺，達，受的功用。談到作者對於宇宙，人生的如何看法，則如畫龍的『睛』，若不『點』出，龍的神采終難活現。」

臧克家題辭是：「一個好的作品，要使讀它的人從裏邊找到作者和時代的影子。」

李白鳳題辭是一段散文詩：「再沒有一個地方，這麼可愛了；在那裏，我曾像一隻倦弱的海鷗，在這荒島上，將養滿身的傷痕。／／這個小島，有一座燈塔，我總應該不會忘卻的；它在濃霧中，指示我努力的方向。……／／然而如今，這小島被包圍在更濃更重的霧裏，可惜現在燈塔的光，已經熄滅；我默禱，我暗祝……祝福有一盞燈再指示光明與希望。」

上述題辭，不約而同地強調了文藝工作者要有正確的思想、立場和感情，要應和時代的脈搏，給人民以希望和力量。這些題辭反映了四十年代後期進步文藝界的共識，也為《青島文藝》指明了方向。

三、《青島文藝》的坎坷歷程

一九四七年元旦，《青島文藝》試刊號出版，十六開本，除埜軍（劉燕及）〈試版的話〉外，刊登了八篇文章，其中有朱光潛的〈中西詩在情趣上的比較〉、蕭乾的〈書評與做人〉、何其芳的〈鄉下〉、何家槐的〈在遊藝場〉、孫用譯的〈趕路是出門人的本分〉等。

同年四月二十五日，〈青島文藝〉改版為二十四開本正式創刊。該期在〈創刊詞〉和著名作家題辭之後，刊登了青島本埠和

上海、蘇州等地十四位作家的詩歌、散文、小說等作品。其中較
為重要的有向培良的論文〈我國崇今的文學理論〉和石秀（劉燕
及）的〈島上文壇總巡禮〉。前者反乎歷來認為文學崇拜古代的成
見，提出中國歷史上「從漢到清，都有人力主崇今」之說，並對
此進行了系統的考察。後者對青島一九二八年至一九四七年近二
十年間湧現的文學期刊、報紙副刊、文學社團、文學論爭等情況，
作了概略的評述，為瞭解和研究青島文學發展的歷史提供了翔實
的資料。另外，〈青島青年作家集體試筆〉也是一組值得重視的文
章，編者學習上海范泉主編《文藝春秋》的做法，邀約了山音、
王宗仁、沉遲、廢丁、田風等二十九位青年作家，就文學的任務、
作家的使命等多方面的問題各抒己見。作家們有的呼籲「象牙塔
里擺四方步子的先生們，趕快走出來」（拾銀），有的表示要「擎
起筆來，和罪惡宣戰」（沉遲），要「用鐵掃帚，蕩光那些花呀月
呀的」（埜軍），有的決心要「周旋在現實的戰場」上，「接近大眾，
體驗他們的苦衷」，以「寫出真實而不朽的東西」（山音）。這組文
章以明白的語言，表達了青島青年作家們的文藝觀點和政治立
場，也宣示了《青島文藝》的方向。

　　六月十日，青島文藝社出版了第二期刊物。由於上海、北平
等地一些作家的建議，從該期起，刊物改名為《文藝》，但一般仍
稱《青島文藝》。如果說，創刊號的〈青島青年作家集體試筆〉已
初步透露出刊物進步傾向的話，那麼第二期則以多篇作品展示了
它的戰鬥風貌。魯基在短論〈有力的大眾文學〉中指出：「現在是
一個動亂的時代」，「也正是偉大作品產生的好機會」，他希望作家
要抓住時機「向大眾生活接近」，「創造活生生的鼓舞大眾的有力
文學」。廢丁的〈無題三章〉、劉緒萱的〈霧裏的老車站〉、林流的

〈他們死，因為損害了暴政〉、麥紫的〈自己的歌〉、魯丁的〈都市的春天〉等新詩，田風的散文〈荒城的人們〉，趙荻的小說〈放下鐮刀的人們〉，胡冰的小說〈失業者〉等作品，從不同側面反映了人民大眾的苦難生活和他們的吶喊，與魯基的短論相呼應，為國民黨專制統治下的青島人民吹來一股清新的海風。但因此，刊物受到國民黨當局的注意。他們曾派人調查劉燕及的政治身份，還多次派特務以查稅為名，到文藝社散佈謠言，進行威脅恫嚇。為了防止敵人的無端陷害，劉燕及聘請了大律師張學讓為文藝社的常年法律顧問。

　　《文藝》月刊第三期出版於八月十日，為七、八兩月合號。從這期開始，外地作者急遽增加，而各地讀者的反響也比較熱烈（參見該期〈編者與讀者〉一文），這說明刊物的影響已越出青島的範圍，而遍及全國。林如稷翻譯的傳記小說〈左拉青年時代的生活〉、范泉的散文〈人間的絆〉、田濤的小說〈化外〉、金近的小說〈看病〉、臧克家的詩〈失望〉、臧雲遠的詩〈早晨的太陽〉，以及李白鳳、麥紫、羅迦、沈明的新詩，都使刊物大為生色。該期繼續堅持面向人民大眾、反映社會現實的方針，發表了論文〈大眾的作家，應英勇的挺進〉（夏侯英作）、長詩〈展開詩朗誦〉（李瑛作）、詩歌〈寂寞的城〉（林雨作）等重要作品，其內容豐富沉實，形式多種多樣，編排美觀、大方、合理，可見《文藝》月刊及其編者已趨於成熟。

　　一九四八年初，因梁寶（孟力）建議，刊物成立了編委會，吸收進步的青年作者參加，以共同協力把握刊物方向，集體討論稿件取捨。但甫發聘書，未及開展工作，梁寶等人即奔赴膠東解放區，編委制既無法實行，刊物遂決定改為同仁選稿制。據第四

期〈編輯記〉披露，《文藝》月刊長期撰稿的同仁有十一個城市的四十四位青年作家，即秦皇島的海笛、溪曼；天津的毛羽、狂夢、劉榮恩、蘇夫、萬年青、吳伯揚、孟肇、毛永堃；北平的梅青、方青、陸白人、柏綠、青苗、海濤、聞傑、步星夜；唐山的李瑛、翟爾梅、馬伯力；瀋陽的甫光、王垵；濟南的承蘇、曼鷗；海州的文水；杭州的胡冰；南京的李放、胡牧；上海的崗嵐、石璽、胡惠峰；青島的廢丁、黃耘、張弘、張止戈、梁寶、山音、蕭汀、魯丁、南冥、臥龍、劉溫和、亞夫等。關於所以採用同仁選稿制的原因，劉燕及在該期〈編輯記〉中說明，是為了「在稿件上可以加以嚴厲」，以「延續」刊物的「生命」，同時又強調指出「我們所注重的仍是外稿」，而絕不自我封閉。青島文藝社的這一決定，受到廣大作者和讀者的熱烈歡迎。

　　但是，刊物的出版面臨著嚴重的困難，一面是反動當局政治上的嚴厲管制，一面是物價升騰，印刷費飛漲，使這些窮書生每走一步都要付出極大的努力。《文藝》月刊從一九四七年八月出版第三期後，僅在同年十月油印出版了以紀念魯迅為內容的第四期（「十月詩歌輯」），直到一九四八年四月十五日才鉛印出版正式的第四期，可見刊物不僅出版週期極不正常，而且其命運也始終處於風雨飄搖之中。主編劉燕及在回顧這段時期的經歷時，不無感慨地寫道：「受了病的社會，人們也染上了一種潮流的騙症，一些流氓，極體面的文化人……，我們已經是接受了七次欺騙的，以致《文藝》幾乎流產。」（見《文藝》第四期〈編輯記〉）這段礙於政治原因而不得不含糊其辭的話語，包含著多少冷酷的事實和多少艱辛的遭遇！但劉燕及不屈不撓，憑著作家的社會責任感，憑著對文藝的執著的愛，寧可賣掉自己在即墨城裏的一點房產、

禦寒的大衣和「心愛的書籍」，與他的文友們一起經過數月的慘澹經營，終於推出了第四期「詩歌號」。

仔細研究該期《文藝》，可以發現一個很有意思的矛盾現象。該期刊登了一系列帶有鮮明政治色彩的詩作，例如反對內戰、譴責戰爭販子的〈甫光詩抄〉（甫光作），矛頭直指帝國主義侵略者的〈滾出中國去！〉（劉螢譯，蘇聯馬雅可夫斯基原作），詛咒黑暗社會、呼喚反抗鬥爭的〈霧〉（蘇夫作）和〈黑冷的夜〉（崗嵐作），以及讚美共產黨、嚮往解放區的〈歌唱你，大地裏的風！〉（梅青作）等等。但同時〈編輯記〉卻聲稱：「為了延續它（指刊物——引者）的生命，希望寄來的稿子，基於藝術的本位，最好莫牽涉及政治。」值得注意的是，前幾期中〈編輯記〉都排在刊物末頁，而這一期卻一反慣例，移居於卷首。很明顯，這是編者的一種障眼術，他故作姿態以蒙蔽敵人，同時又用含蓄的話語，告誡作者們更注意戰鬥的方式方法。編者良苦的用心和高明的編輯藝術，於此可見一斑。

但是，這本詩歌專號的出版，還是引起了反動當局的警覺。他們嗅出了刊物革命的進步的氣息，遂由市府社會局秘書長初炳炎親自出馬，率領法警於五月初強行搜查封禁了設在河北路三十五號的青島文藝社和《文藝》月刊編輯部，使文藝社和刊物的工作受到嚴重的破壞。社長兼主編劉燕及被迫出走，無家可歸，只得暫時棲身於文藝社社員傅家均家的吊鋪上。

艱苦的生活環境和惡劣的工作條件，不能撲滅青島文藝社同仁熾烈的革命熱情，他們堅定地表示：「我們的同仁，都是一群肯幹的樸實漢子，像海笛就有話：『留得青山在，不怕沒柴燒』……所以『低氣壓』下，《文藝》遲早會竄一枝開一花的。」（見《文

藝》第五期〈編輯記〉）經過四個月的努力，第五期於同年九月問世。該期刊物不但仍然亮出編輯發行者青島文藝社和代表人劉燕及的名字，而且還公佈了上海、南京、北平、天津、徐州、吉安、即墨、海州和青島等地代售處的名址，可見青島文藝社非但沒有被黑暗勢力所壓垮，反而聲勢愈壯、影響愈大了。內容上，該期緊密配合解放戰爭的形勢，編發了較多詩作來反映人民群眾追求光明、渴望新生的心情。田青在〈你來得好〉一詩中寫道：「你熾烈的火炬／正同頑立的山霆戰鬥／你憤怒的雷頭／也正向一切殘暴的罪惡轟擊／你大聲的呼嘯／踩著黑暗向我們疾馳來了／你的旗幟／帶領著那群被開[解]放了的兄弟們／朝這裏進軍來了」。詩人以豪邁的筆觸，反映出參加平津戰役的解放大軍不可阻擋的氣勢，以及人民群眾歡呼雀躍的狂喜心情。這一類作品，還有梅青的〈我們戰鬥在霧裏〉、溪曼的〈戰士〉等詩，王磊的散文〈復活〉、張窗的散文詩〈沈默‧期待〉等。

青島文藝社在遭到反動當局查封以後，這時已無法正常開展活動。為了避免遭到反動當局的注意，大家感到原定的同仁選稿制已不適合刊物工作，決定改用同仁輪流編輯制堅持戰鬥。於是商定第五期仍由劉燕及在青島編輯，第六期由李瑛在北平編，第七期由海笛在秦皇島編，第八期由毛羽在天津編，第九期由崗嵐在上海編，第十期由李放在南京編，而劉燕及則在青島負責籌集各期經費和聯繫印刷。第五期於一九四八年九月出版後，劉燕及獲悉自己已上了敵人的黑名單，這時正好南京詩主流社來信告知南京印刷便利，於是他決定將刊物轉移到南京去印刷，並致函李瑛，囑其將第六期稿子編好後寄去南京。但其時已屆一九四八年杪，平津地區因戰爭郵路斷絕，李瑛編好第六期無法寄達。由此，《文藝》月刊第五期便成了終刊號。

一九四九年一月，劉燕及與丁力在南京發起，由諸多詩人參加，出版了同仁詩刊《詩行列》。七月，又和李放在廣州以青島文藝社名義編印了《考驗小集》詩叢第一輯《餞別》。嗣後李放離去，劉燕及則考入了廣東省立藝術專科學校，歷時近三年的青島文藝社從此宣告解體。

四、紀念魯迅先生的活動

一九四七年十月十九日，是魯迅先生逝世十一周年紀念日。為了發揚魯迅精神，推動青島的進步文學活動，並鑒於前一年紀念活動在青島冷冷清清，青島文藝社決定舉辦一次全市性的紀念晚會。紀念日前一天（即十月十八日），文藝社在《青島時報》上刊出代郵二則，茲錄如下：

【代郵一】

　　茲訂於十月十九日下午五時，在北平路小學禮堂召開魯迅先生逝世十一周年紀念晚會，歡迎工、農、商、學、兵屆時自由參加是荷。

　　　　　　　　　　　　　　　　　青島文藝社　啟

【代郵二】

　　我們準備在十月十九日下午開個晚會，紀念魯迅先生逝世十一周年，地址是北平路小學，時間是下午五點到八點。我們誠懇的希望青島市所有愛好文藝的朋友來參加，更歡迎個人準備節目，講述、音樂、朗誦皆可。

　　　　山音、千里、寸心、介人、王子、王統照、方默、田
　　風、左煉、戎如痕、李森堡、林園、南冥、南冰、紀水、
　　紀錦、芮麟、臥龍、時廣仁、笑燕、梁寶、梁楓、梅特、
　　許仁、許義、亞夫、黃耘、黃一文、黃洋、堅冰、張弘、
　　舒展、楚歌、默汀、激冰、魯丁、魯基、魯海、漪萍、臧
　　雲遠、劉溫和、劉緒萱、廢丁、蕭風、蕭汀、蕙心、燕及
　　果、豐雨、蘇靈、靈火諸先生及文友社、海光社、嚁鳴社、
　　星野月刊社、島上文藝社、諸稿友、社員，屆時望祈出席
　　是荷。

　　　　　　　　　　　　　　　　　青島文藝社　啟

　翌晚，紀念晚會如期在北平路小學舉行。文藝社社長劉燕及任晚
會主席，他在致詞中，深情地緬懷了魯迅先生光輝的一生，特別
強調了魯迅對民族解放運動的豐功偉績，號召廣大讀者學習魯迅
精神，把進步文藝運動推向前進。他還提議，為了讓勞苦大眾知
道和永遠記住魯迅的名字，應當選擇青島一條熱鬧的馬路改名為
魯迅路，並把密切接觸大眾的海濱公園，易名為魯迅公園（青島
解放後便據此定名）。這一致詞，在與會者中引起熱烈的反響，獲
得普遍的擁護。之後，晚會進行了自由講話和各項文娛活動。

　　當晚，國民黨政府派出特務冒充文人懷槍混入會場，虎視眈
眈，企圖伺機破壞。文藝社及時覺察到這一情況，分配譚竹亭、
黃耘等人巧與周旋，使他們無從下手，晚會得以順利進行，取得
圓滿的成功。

　　這次晚會結束後第七天，文藝社油印出版了《文藝》月刊第
四期「十月詩歌輯」。這是紀念魯迅的詩歌專輯，封面刻印著魯迅

逝世時的頭像，內裏刊登了汪子美〈魯迅奮鬥畫傳（一）‧五四運動時期〉畫一幅和十二篇詩文，其中大部分是各地詩人紀念魯迅的新作。詩人們或虔誠地向魯迅捧一掬深情：「偉大的魯迅，我歌頌你／我讚美你如我讚美著普洛米修士／他竟不顧忌一切的苦難把火給予人類／你是以你的熱情使一個社會趨於成熟」（見梅青〈魯迅，我歌頌你〉）；或沉重地抒寫痛失導師的悲哀：「十月十九日是你逝世的一日／全世界的文化鬥士，在今天默默的追悼你／……每個人心中含著是苦哀和憂鬱」（見吳伯揚〈祭魯迅〉）；或堅定地表示要繼承魯迅的遺志：「在你歸去的第二天起／我們／用筆尖刺割著心／用你遺下的火／點亮了炬把／照著我們的行列前進」（見崗嵐〈你去了之後〉）；或熱切地嚮往光明的未來：「把文字武裝起來／剿除了我們心的煩擾／爭取我們自由的生活／和平的生活」（見毛羽〈把文字武裝起來〉）。此外，專輯還重登了臧克家寫於一九三六年的詩作〈啦叭的喉嚨——吊魯迅先生〉。

　　青島文藝社在編印這期專輯時，經濟上處於相當困難的境地。但為了表達他們對偉大魯迅的真摯的愛，為了發抒鬱積在他們內心的感情，編者毅然決定自己動手刻蠟紙油印出版，作者們也「不以油印侮辱他們的創作」，更不計較「沒有稿費寄他們」（見編者〈敬告於文藝的朋友〉），而紛紛踴躍以新作支持刊物，使之迅速面世。現在，當我們輕輕撫摸倖存的這冊油印專輯時，似乎依然可以感覺到當年文藝社同仁們一顆顆火熱的心的跳動。這冊薄薄的刊物，是四十年代後期青島文藝社紀念魯迅活動的歷史記錄，也是青島以及各地青年詩人們為弘揚魯迅精神、推進革命文學運動而寫下的閃光的一頁。

五、關於《海歌》詩刊

在青島四十年代後期文壇上，還出現過一個頗有影響的、可與《青島文藝》相媲美的刊物，這就是《青島時報》的副刊《海歌》詩週刊。

《青島時報》素來重視扶植詩歌創作。早在抗戰爆發以前，中國詩歌會詩人袁勃、沈旭等就在該報主編過著名的《詩歌週刊》，大力鼓吹「國防詩歌」，在青島人民團結抗戰的鬥爭中發揮了積極的作用。抗戰勝利後，進步的詩歌工作者們為了繼承和發揚《詩歌週刊》的光榮傳統，「揭起新詩戰鬥之旗」，提高新詩的地位（見廢丁《我和〈海歌〉》），並團結島上廣大詩友，擴大新詩發表園地，經過黃耘、廢丁、楚歌三人的籌畫，又借丁夢全編輯的《青島時報》副刊《青光》的版面，創辦了《海歌》詩刊。

《海歌》於一九四六年四月七日正式問世，以後基本上每逢星期日出版，約至一九四八年末因時局不穩而終刊（由於《青島時報》散失嚴重，《海歌》終刊的確切日期和總刊期已難以考定）。該刊由黃耘首任主編，第四十期以後，黃耘赴上海實驗戲劇專科學校編導研究班學習，編務遂交女詩人梁楓負責。爾後，又由廢丁、張止戈接編。一九四八年黃耘學習結束返回青島後，又接編了數期《海歌》，直至終刊。

由於經費拮据，詩刊稿費水平較低，編者以向外埠作家約稿為難，所以《海歌》作品基本上均出自島上詩友之手。當時在青島任教的文壇前輩王統照對青年詩人們非常支持，《海歌》問世不久，他便以《遊嶗山記詩》付之，以後又在詩刊上連載長篇評論《詩品》，表現出對《海歌》的極大熱忱。臧克家也以自己的佳作支持了《海歌》。其他作家的作品頗多，且擇主要的列錄如下：

詩歌有：廢丁的〈家鄉〉和長詩〈四月的春風〉、〈平凡的故事〉，黃耘的〈血的故事〉、〈血的記憶〉、〈三月〉、〈叛徒〉，劉溫和的〈生命〉，石璽的〈石在，火種是不會滅絕的〉、〈靈魂的歌〉，山音的〈詩二章〉，劉燕及的〈八行草〉、〈或人之微息〉，孟力的〈放火的人〉，南冥的〈遙祭〉，亞夫的〈致死者〉，田風的〈青島的諷刺詩〉、〈為正義歌唱〉、〈悽愴的歌〉、〈給戰鬥者〉、〈沒有天亮的都市〉等。《海歌》還先後為梁楓、石璽、虞克忠、劉緒萱等人分別出版了個人作品專頁。其中「劉緒萱作品專頁」刊出長詩〈小花傘和它的主人〉和〈一條小街的早晨〉，「梁楓作品專頁」刊出長詩一首〈我歸來了，媽—— 一個小兵在母親的墳畔〉。

評論有：劉溫和的〈論詩歌大眾化〉、〈《我的詩生活》（臧克家著）讀後〉、〈談朗誦詩〉，山音的〈詩人的人格和責任〉、〈評《世紀的高潮》（孟肇著）〉，孟力的〈為詩而歌〉、〈為民族而戰的俄羅斯詩歌〉，石璽的〈讀七月詩叢孫鈿的《旗》〉，穆囚語的〈評梁楓〈海畔的故事〉〉，田風的〈詩人的責任〉等。

縱觀《海歌》上發表的詩文作品，儘管有一些吟詠風花雪月或一己哀苦感傷之作，但現實主義詩風基本上貫串於詩刊的始終。詩人們懷著激憤之情，對黑暗的現實社會給予犀利的抨擊：「世界陷在無邊的黑暗裏／一切罪惡在黑暗中展開／強盜和劊子手藉機橫行／……凡是屬於黑暗的動物／都肆無忌憚的剝削著貧弱的人間」（見高良〈在寒冷的黑夜〉）。而詩人們並不因此氣餒，他們堅信：「石在，火種是不會滅絕的」（見石璽〈石在，火種是不會滅絕的〉）。他們翹首北望，無限嚮往東北解放區：「這遼闊的北方／成長／成長／是健康中國的信號燈／在吐露光芒／照亮了此中國肥沃的山河上」（見石璽〈在北方〉）。他們激情澎湃，決心投身

爭取光明的鬥爭:「生命的火炬／燒吧／願你能將黑暗的世界／燒出個光明」(見梁楓〈生命的火炬〉)。這些情真意摯、鏗鏘有力的詩句,反映出〈海歌〉詩人群鮮明的愛憎和高遠的理想,而且也傳達了四十年代後期青島乃至全中國人民的共同心聲。

《海歌》上刊登的詩評詩論文章,比其詩歌作品更鮮明地體現詩人們的政治立場和藝術傾向。劉溫和在〈《我的詩生活》(臧克家著)讀後〉一文中,非常欣賞臧克家「技巧不過是詩的外衣,而生活才是它的骨肉」的觀點,對臧克家忠實生活,「用一隻最嚴肅的眼睛去看人生,……以強烈的火樣的熱情去擁抱生活,以正義的界限去界開黑暗與光明,真理與罪惡」的創作態度,極表贊許。文章強調指出,詩歌界要掃除「自私的作風和浪漫的態度」,要摒棄「玩世不恭的隱士清逸的格調」和「吟風弄月不關痛癢的作品」,要「刻苦的去充實生活,追隨著時代去體驗生活」。山音的〈評《世紀的高潮》(孟肇著)〉一文,觀點更為鮮明。作者高度評價孟肇創作的這部「傾向大眾的詩集」,並通過分析這些佳作,向廣大詩人提出中肯的要求:「詩人應該是為大眾說話,為群眾高呼,道破社會的黑暗,說明人類未來的痛苦,設法使人去避免,或改革,這是詩人的責任。」《海歌》上刊登的這些詩歌評論文章,對四十年代青島詩歌大眾化運動的開展,具有積極的指導意義。

《海歌》詩刊還組織過幾次稿友座談會。據《海歌》詩刊報導,一九四六年八月二十五日假太平路西端華盛牛乳行舉行的一次,出席者有亞夫、衣去寒(路野)、戈郁(石璽)、梁楓、劉溫和、魯丁、冶萍、燕及果(劉燕及)、激冰(朱之凌)、王子、田風、蕭風、山音、子毅,廢丁、沉遲(黃耘)、張弘、魯軍等,其

中心議題為：（一）徵求對《海歌》的編輯工作和所發表作品的意見；（二）討論詩歌大眾化、詩歌如何反映現實、如何提高戰鬥性諸問題。由於事先準備不夠充分，這次座談會沒有取得預期效果，但這一活動對於密切島上詩友間的聯繫，促進進步詩歌運動的開展，還是起了有益的作用。

六、青島作家群像

在青島四十年代後期進步的文學運動中，湧現出一大批有才華的青年作家。他們熱情、敏感、真誠、勤奮，勇於面對社會現實，不懈追求光明前途，寫出大量有現實感、有戰鬥性的詩文作品，使青島四十年代後期文壇出現了生機蓬勃的景象。

這批青年作家，除上文已介紹過的《青島文藝》主編劉燕及外，當時較有影響的還有如下幾位：

魯丁，本名張文麟，宇瑞卿，曾用筆名吳銘、金丁、楚江秋等。山東省高密縣人，一九一六年生。他從膠縣瑞華中學畢業後，長期在中小學任教。中學時代即開始習作，一九三六年在上海《青年界》十卷四號發表散文〈警〉。爾後在上海《中學生文藝季刊》、《詩歌雜誌》以及濟南、青島各報刊發表許多詩作和評論等。抗戰前夕組織齊飛詩社，並參與發起成立中國詩歌作者協會。1937年 2 月，在北平出版一期詩刊。青島淪陷後蟄居家鄉，寫成〈天花的玫瑰〉、〈平凡的紀錄〉和〈慈祥的笑〉等三部千行長詩。一九四六年後在青島《民眾日報》、《青島時報》等報任記者期間，寫了長短詩作近三百首。主要詩作有〈大沽河〉、〈夜街〉、〈您，

來自南中國〉、〈八年祭──紀念魯迅先生逝世〉等。此外,他還發表過數量可觀的舊體詩詞。一九六六年六月,因受迫害投海自盡。

廢丁,本名李興華,筆名還用過蕭揚等。山東省膠州市人,一九一八年生。他十七歲開始寫詩,曾任青島《民眾日報·春光》詩週刊和《青島時報·海歌》詩週刊、《民報·副刊》的編輯,又係濟南「文藝俱樂部」青島負責人。他在四十年代共發表近三百首詩作,大多反映重大政治事件。代表詩作有反映「一二九」學生運動的〈十二月的風〉、反映抗日戰爭的〈平凡的故事〉(長詩)、描寫農民疾苦的〈四月的春風〉(長詩)等。一九四九年春出版詩集《新苗》,列入「星詩叢」。建國後遭遇坎坷,卒於一九八八年三月十五日。

黃耘,本名黃祖訓,又名黃達耕,筆名有沉暹、艾石等。山東省膠州市人,一九二六年二月生於青島。他是青島四十年代後期很活躍的詩人之一。曾在青島各報刊以及上海《文匯報》、《時代日報》、《文藝復興》、《詩創造》等發表大量詩作,並有詩集《祭日》列入「星詩叢」(後因故未出版)。他也是積極的文學活動家和組織者,曾先後主編或參與編輯了《詩青年》月刊、《青島時報·海歌》詩週刊、《青島文藝》,以及「星詩叢」叢書等,對青島四十年代後期文學運動作出了重要的貢獻。一九四八年畢業於上海實驗戲劇專科學校編導研究班。一九四九年六月青島解放後,曾任青島文聯文工團戲劇導演、青島電臺文藝組長、青島文協第一屆理事等。一九五一年因故輟筆三十年之久,後在濟南市水泥廠工作。已退休。

劉溫和,河北省武清縣人,一九二三年生。四十年代初起在北平、天津、唐山等地報刊發表詩作。一九四三年間來青島,任

太平保險公司雇員。同年在《詩青年》雜誌發表〈海島巡禮〉一詩，頗獲好評。抗戰勝利後，創作熱情高漲，詩作不斷出現於青島《民言報》、《公言報》、《青島公報》、《青島文藝》、《新血輪》、《薔薇》、《青島時報‧海歌》等報刊，在當時青年知識份子中產生一定影響。他也寫有不少散文、小說和文學評論。

山音，本名呂宗權，曾用筆名何流、周白帆、喬靖、黃朋、王平等，建國後改名呂寰。一九二八年八月十五日生於遼寧省台安縣 。一九四四年秋在青島《地瓜乾》月刊發表處女詩作〈寫給海〉。抗戰勝利後在青島《青島時報》、《公言報》、《民治報》、《民聲月報》、《荒土》、《青島文藝》等報刊發表多篇詩歌和其他作品。代表作有：詩歌〈寫給海〉和〈再寫給海〉、散文〈迎春花的故事〉、中篇小說〈黎明的祝福〉、評論〈色情文學的末路〉等。建國後曾任《青島日報》編輯、青島市文聯副主席等。一九九一年春逝世。

石璽，本名石滌塵，筆名還有戈鬱等。遼寧省瀋陽市人，一九二六年五月生，滿族。一九三一年「九一八事變」後，隨父遷居青島。畢業於青島崇德中學高中。一九四五年抗戰勝利後，任青島《公言報》副刊《黎明》和《黃河》的主編，並在青島各報刊發表詩、散文和劇本。其詩多抒情之作，委婉地反映下層人民群眾的反抗呼聲。另曾發表多幕話劇《大地狼煙》和《中華萬歲》，被搬上舞臺演出。一九四九年七月由上海實驗戲劇學校研究班畢業後，參加二野西南服務團文工隊。現為中國劇協會員、重慶市劇協顧問。

劉緒萱，山東省膠州市人，一九二八年生。一九四七年在青島一中讀高中時開始詩歌創作，並積極參與當地詩壇的各種活動。他的詩作散見於青島各報刊，其中尤以敘事長詩〈小花傘和

它的主人〉較為出色。詩作以流暢而細膩的筆致，描寫了一個良家婦女被逼為娼的悲慘遭遇，對黑暗社會的揭露和鞭笞相當有力，發表後引起廣大讀者的強烈共鳴。一九四八年赴膠東解放區，後入華東大學、山東大學文學系學習。建國後在文化部任陳荒煤的秘書，一九五六年後賦閑於青島。

梁寶，本名鄭連，又名鄭汧，筆名有丘危、張冀、馮喜、阿寶、蘋果樹等，建國後署名孟力。廣東省中山縣人，一九二八年六月十四日生。一九四一年在青島崇德中學求學時，與黃耘合編《詩青年》雜誌。這期間開始在青島《詩青年》、《青島時報·海歌》、濟南《民國日報·中秋》等報刊發表詩歌、詩評、小說等百餘篇。曾任青島《民報》、《青報》文藝副刊編輯。一九四八年主持出版「馬路詩叢」第一輯詩集《被污辱的》（與林鳴君合集）。建國後曾任青島市文聯編輯。

梁楓，女，又用筆名梁風。一九四七年在青島某女中讀高中時，發表了多篇詩作，其中以敘事長詩〈我歸來了，媽〉最有影響。《青島時報·海歌》詩刊從第四十一期起由她接編後，風格趨於活潑，被馮喜譽稱為「邁上另個階段」。建國後下落不明，據云現居臺灣。

蕭風，本名閻志訓。山東省即墨市人，一九二五年生。一九四五年肄業於北平師範大學，一九四六年任青島《民眾日報》編輯，這期間開始發表詩和小說。一九四七年自費出版了自傳體長篇小說《孤雁》。他積極參與青島的進步文藝活動，同時還從事英文翻譯。一九四九年春因肺病逝世於青島。

田風，本名王世焯，還用過筆名蕭金等。山東省即墨市人，一九二七年一月二日生。一九四五年肄業於青島師範學校本科。

抗戰勝利後開始在青島各報刊以及《唐山日報·文藝》、上海《鐵兵營》等報刊發表詩歌、散文、評論和短篇小說等作品約二百餘篇，在當時有一定影響。建國後在青島市機電設備公司工作，一九八九年退休。

　　此外，還有一大批活躍的青年詩人、作家，如衣去寒、亞夫，木冰（砂丁）、冶萍、漪萍、魯基、魯海、戍如痕、臥龍、張止戈、豐雨、干景石等，為青島四十年代後期的進步文學活動作出了各自的貢獻。

七、結束語

　　綜上所述，青島不僅是聞名遐邇的旅遊勝地，而且也是一塊美麗動人的文學園地。在四十年代後期黑雲壓城城欲摧的日子裏，年輕的青島作家們積極活動，辛勤耕耘，演出了一幕幕動人心弦的話劇，開放了一朵朵鮮豔奪目的詩花，為置身於黑暗中的廣大人民帶來了希望和力量。

　　青島四十年代後期的文學運動，是中國現代文學史上燦爛的一頁，也是青島人民的光榮和驕傲，值得後人永遠學習和記取。

一九九〇年七月初稿

一九九〇年九月至十月二稿於青島—南通

【附錄】

　　《青島文藝》未見收於迄今收羅現代文學期刊最豐的《中國現代文學期刊目錄彙編》一書（唐沅等編，天津人民出版社一九八八年九月出版）。為便於研究者參考，茲將該刊目錄抄錄於下：

《青島文藝》試版號
（一九四七年元旦出版）

試版的話	堃　軍
中西詩在情趣上的比較（論文）	朱光潛
書評與做人（短論）	蕭　乾
爵士音樂（論文）	王雲階
鄉下（散文）	何其芳
克生的手記（小說）	蕭　金
撒旦的驕笑（長詩）	焦大心
在遊藝場（散文）	何家槐
趕路是出門人的本分（匈牙利小說）	孫用譯

《青島文藝》創刊號
（一九四七年四月二十五日出版）

創刊詞	燕及果
題詞	范　泉　徐悲鴻　王統照
老女工失業了（木刻）	蘇聯 A· 克拉布欽科
到那裏去（漫畫）	李　彬
青島青年作家集體試筆（上）	山音等

《文藝》第二號

（一九四七年六月十日出版）

《文藝》第三號

（一九四七年八月二十日出版）

《文藝》第四期「十月詩歌輯」

（一九四七年十月二十五日油印出版）

《文藝》第四號「詩歌號」

（一九四八年四月十五日出版）

《文藝》第五號

（一九四八年九月出版）

編輯記

輯四

關於魯迅〈哀范君三章〉的定稿

　　朱金順、劉錫慶兩位寫的〈「哀范君三章」字句辨正〉一文，[1] 對於魯迅〈哀范君三章〉定稿的鑒定，很有道理。我近期正好在整理這方面資料，對此問題有所考慮。這裏，願貢獻點滴看法，以供讀者參考。

一、〈哀范君三章〉的寫作和發表

　　范愛農是魯迅的同鄉好友，兩人曾同事於紹興師範學堂，交情甚篤。但范愛農落水身亡之時，魯迅已遙在北京，消息是周作人函告的。據《魯迅日記》記載，一九一二年七月十九日，「晨得二弟信，十二日紹興發，云范愛農以十日水死。悲夫悲夫，君子無終，越之不幸也，於是何幾仲輩為群大蠹」。第三天，即七月二十二日，魯迅就作了這三首真切動人的哀詩。

　　二十三日，魯迅將詩過錄一遍，並作了附言。二十五日，「下午寄二弟信，內附與三弟箋一枚」，哀詩三首，大概也是同時附寄的。周作人接信的同時，亦作了一首哀范愛農的詩，都送交《民興日報》。至八月二十八日，魯迅便「收二十一及二十二日《民興日報》一分」，兩人之「哀范愛農詩皆在焉」。[2]

二、魯迅抄稿和《民興日報》發表稿的關係

　　上述情況告訴我們：周作人是這三首哀詩寫作和發表的一個重要見證人。因而，他的回憶理應比其他人具有更高的可信性。

　　但周作人並不是一位嚴肅的學者，我們在他回憶魯迅的文章裏，可以發現不少由於隨心所欲而造成的漏洞和舛誤。對於這三首哀詩，周作人曾在不同場合裏多次引錄過，但文字上卻出入頗大。與周作人解放後交出的魯迅墨筆抄稿相比較，〈關於范愛農〉一文[3]所錄，除第三首「成終古」作「終成古」可能係誤排外，還有兩處不同：一是第二首中「清冽」作「清冽」，二是詩後附言中「速死夕」作「群小」。《知堂回想錄》一書引錄時，第一首中「萎寥落」則成了「萎搖落」。[4]《魯迅的青年時代》一書的異文是：第一首中的「失崎躬」作「喪崎躬」，第二首的「清冽」作「清冽」，附言的「速死夕」作「群小」。[5]周作人這些輕率隨意的做法，由於他與魯迅的特殊關係，給這三首哀詩的研究造成了嚴重的混亂，對此，我們也是不能忽視的。

　　儘管如此，周作人交出的魯迅這幅墨蹟，畢竟是我們搞清原詩定稿的最重要的依據。而根據上海魯迅紀念館保存的這幅抄稿的照片，其詩題和詩中文字均與周作人著《魯迅小說裏的人物》一書所錄相同，另外，詩題下的署名「黃棘」之上，確有一團墨蹟，這與書中關於「題目下原署真名姓，塗改為『黃棘』二字」[6]的說法也相吻合。由此可以斷定，當年魯迅抄寄周作人的詩稿，便是這幅墨蹟。周作人筆下的種種異文，不過出於他個人的妄改胡錄。我們還可以進一步斷定，周作人在〈關於范愛農〉一文說的，由他複抄一份送《民興日報》發表的底稿，也就是這一幅墨蹟。

三、魯迅抄稿應為定稿

　　魯迅的這三首哀詩，當時一共寫過幾幅，現在已難確知。如今尚存的，只有日記所錄和這幅抄稿。那麼，就這兩幅而言，究竟哪一幅是初稿，哪一幅是定稿呢？顯然，後一幅應是定稿。

　　第一，從書寫的時間來看，錄於日記在前，抄寄周作人在後。我們當然不能一概地認為後寫的一定是定稿，但初稿在先，定稿在後是符合一般的寫作規律的。就魯迅的詩來看，不獨此詩為然，其他如〈無題（洞庭木落楚天高）〉、〈自嘲〉、〈題三義塔〉等等，也均如此。

　　第二，從這兩幅的作用來看，日記不過是錄以備考而已，抄寄周作人的那幅卻是拿去公之於世的。大概誰也不會把定稿藏在家裏，而把初稿公開發表的吧。魯迅作詩，每每推敲再三，落筆之後，又頗多修改。所以發表出版之時，往往比日記所錄更為精當。魯迅詩歌的研究者們，從來都是把發表稿和出版稿作為定稿來論的，唯獨這三首哀詩，多年來始終以日記的錄文為定稿，確乎是一件怪事。當然，有鑒於周作人多次改竄魯迅原詩的情況，我們似難排除他在複抄並送交《民興日報》發表時也有改動的可能性，卻由於《民興日報》迄今未能覓得，也就不得而知了。但是，既然這份抄稿是《民興日報》發表的原始底稿，那麼，把它看作該詩的定稿應該比其他說法更接近於事實吧。

一九八一年二月

注釋

1　載《魯迅研究文叢》第二輯，湖南人民出版社一九八〇年十一月出版。

2　以上引文均見《魯迅日記》。

3　載一九三八年五月一日《宇宙風》第六十七期。

4　見《知堂回憶錄》第二六二頁，香港三育圖書文具公司一九八〇年十一月出版。

5　見《魯迅的青年時代》第八六、八七頁，中國青年出版社一九五七年出版。

6　見《魯迅小說裏的人物》第一五〇頁，人民文學出版社一九五七年八月出版。

魯迅〈阻郁達夫移家杭州〉詩的有關問題

　　在魯迅現傳的六十餘首舊詩中，有幾首歷來爭執頗多，〈阻郁達夫移家杭州〉即為其一。近來金鷹在遼寧省《社會科學輯刊》一九八一年第三期上發表〈「風波浩蕩足行吟」〉一文，筆者讀後，多有不敢苟同之處。

　　考察本詩爭論的重點，在於寫作時間和主題思想兩點。而本詩的主題思想又決定於它的寫作時間。所以，搞清本詩的寫作時間究竟在郁達夫移家之前抑或其後，是十分關鍵的。

　　郁達夫是一九三三年移家杭州的，對此，人們素無異詞，而具體時間則說法不一了。馮雪峰說在夏季，胡愈之以為在楊杏佛被暗殺之後，即六月下旬。郁達夫自己的回憶，先後也有出入。〈移家瑣記〉一文說在一九三三年四月二十五日，其他文章又稱是在該年五月。究竟何時？金鷹在引錄了上述說法之後，斷言「在一九三三年春夏之交」。這種看法，固然也無大錯，但終究不確。其實，就是根據金鷹引錄的郁達夫〈移家瑣記〉中的一段文字，便足以確知郁達夫移家的日子。其語云：「一九三三年四月二十五日（陰曆四月初一），星期二。晨五點起床，窗外下著濛濛的時雨，料理行裝等件，趕赴北站，衣帽盡濕。攜女人兒子及一僕婦登車，在不斷的雨絲中，向西進發。……午後一點到杭州城站，雨勢正盛。」按，〈移家瑣記〉發表於一九三三年五月四日至六日《申報‧自由談》上，正是郁達夫移家杭州之後不久，而且文中記敘甚詳，

尤其是日期，既記陽曆，又記陰曆，還寫明是星期二。這樣詳明的自述，當是無可懷疑的。我們完全可以據此排除其他任何一種說法，把移家的時間確定為一九三三年四月二十五日，而沒有必要採用「一九三三年春夏之交」這樣含糊不清的提法。

那麼，〈阻郁達夫移家杭州〉一詩又作於何時呢？據《魯迅日記》載：一九三三年十二月三十日「午後為映霞書四幅一律云：錢王登遐仍如在⋯⋯」可見本詩作於一九三三年十二月三十日，即郁達夫移家杭州八個月之後。金鷹以魯迅詩〈自題小像〉「二十一歲時作，五十一歲時寫」為例，認為「詩的『寫作』和『書贈』不一定同時」，本詩是「寫作」於郁達夫移家之前，「書贈」於移家之後。此說不妥是顯而易見的。魯迅的投贈之作，多因友人請求而發，書寫之日，即為饋贈之時，從來沒有書寫半年以上爾後贈給友人的先例。謂予不信，《魯迅日記》可以為證。即如〈自題小像〉一詩，許壽裳的回憶清清楚楚，魯迅於一九〇三年寫成後，即寄贈給許壽裳。[1] 至於所謂「二十一歲時作，五十一歲時寫」的〈自題小像〉詩幅，魯迅本是書以自勉，而並未贈友的。所以，以此作為〈阻郁達夫移家杭州〉詩「寫作」和「書贈」相隔半年以上的佐證是不能成立的。

金鷹據以論斷本詩作於移家之前的力證，是郁達夫〈回憶魯迅〉一文中的一段話：「後來我搬到杭州去住的時候，（魯迅）也曾寫過一首詩送我，頭一句就是錢王登遐仍如在。這詩的意思，他曾同我說過：指的是杭州黨政諸人的無理高壓。⋯⋯我因不聽他的忠告，終於搬到杭州去住了。」從這段話看，似乎本詩確實作於移家杭州之前。但〈回憶魯迅〉一文寫於一九三八年八月，上距郁達夫移家、魯迅作詩，已有五年之久。而郁達夫的記憶力，

是不怎麼好的，就在〈回憶魯迅〉文中，自己也承認是「異常的薄弱」。[2]所以，對他的回憶，不能不信，也不能不加分析地全信。我們不排除魯迅當時有勸他不要搬到杭州去住的可能性，但是可以肯定，魯迅絕不會勉人所難，更不會鄭重其事地作詩勸阻。鍾敬文曾經指出：「魯迅當時並不會硬要郁家一定在上海住下去。因為他既知道卑劣兇殘的敵人是什麼事情也幹得出來的，同時也知道達夫性格上的弱點和他的愛人的思想境界。即使他勉強勸阻也不一定會生效。」[3]我以為，這是十分剴切的分析。王映霞在致王觀泉信中，是這麼回憶的：「在一九三三年將近年終時我和郁達夫同來上海。這次，我們去看望了魯迅，並把我已準備好了的四張（一開四）虎皮箋，見面時就交給了魯迅，說明要請他替我寫自作詩，他也笑諾了。次日（一九三三年十二月三十日）我又去，魯迅就交給了我四張已寫就的字。」[4]從這段回憶看，魯迅作詩，是應王映霞之請，而不是先已寫成的。為了搞清此事，我也曾馳函請教過王映霞，承她於一九八一年六月十三日賜函云：「我家是在一九三三年四月二十五日離滬遷杭的。在一九三三年初，肯定會和魯迅談及有移家杭州的意思，魯迅聽了，也絕不至認真的來勸阻，以為還是我們的想像。既屬想像，他也絕不至預先做好一首詩（阻……）。這是不可能的。」又說：「以當年我們和魯迅誠摯的友情講來，他絕不會在我們擬移家杭州之前來出一個題目，做一首詩留著，留到等我們移家八個月後，正當我向他要給我寫一首自作詩時再來寫給我。試想一下，所以說，這首詩若是做在移家以前的可能性是沒有的。」「等我再度來上海，並拿了虎皮箋向他索詩時，大約他也總已聽見或我們對他講起到杭州後的許多情形，因而才寫上了這樣一首。」只要細加琢磨，不難看出，王映霞的如上回憶是合乎情理的，是真實可信的。

解決了郁達夫移家時間和魯迅作詩時間之後，再看本詩的主題，也就非常清楚了。金鷹在文章中說：「此詩的本意是在郁離上海前，『阻』其移家杭州」。又說：本詩「『阻移』於前，『勸遷』於後，『合二而一』」，從中更可見魯迅對一起戰鬥過的朋友的真摯情誼和博大的革命胸懷——著眼點始終放在結穴的落句上：風波浩蕩足行吟！」此論誠高，可惜不符合魯迅的原意。事實是，本詩作於郁達夫移家之後，然則何來「阻移」杭州之意？考辨有關的史實，細酌詩中的語句，我以為本詩的主題就是勸郁達夫離開杭州，而投身於人民群眾和火熱的鬥爭中去。作這樣的理解，絲毫沒有抹煞或貶低了「魯迅對一起戰鬥過的朋友的真摯情誼和博大的革命胸懷」，恰恰是實事求是地把握了本詩的深刻的旨意。

這裏要談到本詩的題目。我以為，〈阻郁達夫移家杭州〉的題目與本詩是有矛盾的。所謂「阻郁達夫移家杭州」，按文言句法的規律，在「杭州」之前，省略了一個「於」字。這個省略了的「於」字，可作「從」解，也可做「到」解；而無論作何解釋，均有違於原詩之意。倘若解為「從」，詩題就是「阻止郁達夫從杭州把家搬出去」，則大悖於本詩旨意。倘若解為「到」，詩題就是「阻止郁達夫把家搬到杭州去」，則本詩似乎作於郁達夫移家之前，這就既與本詩的寫作時間相牴牾，也大相徑庭於本詩的主題思想了。本詩的題目有如此的矛盾與漏洞，使人很難相信它會出自魯迅之手。

魯迅作詩贈友，從來只書詩文，不題詩名的。本詩亦然。《魯迅日記》錄此詩時，未有詩題，書贈郁達夫的「四幅一律」原稿，早已損佚，但受贈者之一王映霞多次言之鑿鑿：「這首詩當時是沒有題目的」，[5]「〈阻郁達夫移家杭州〉的這個命題，是在什麼時候加上去的，我不知道。」[6]那麼，此詩題又從何而來？前不久，我

寫過一篇題為〈魯迅五首舊詩的題目及其他〉[7]的文章，其中對〈阻郁達夫移家杭州〉這一詩題的來源作了詳細的考證。這裏且擇要述之。據我查考，本詩題目不是魯迅所命，而係別人所加。一九三四年八月二十日《人間世》半月刊第八期上，有署名「高疆」者發表的〈今人詩話〉一文，其中披露了魯迅這首詩，並題詩名為〈阻郁達夫移家杭州〉。這是出現本詩題的最早記載。高疆為何許人，今尚未知。但他與魯迅不是知交，卻可肯定，〈今人詩話〉之趣味低下，也很顯然。魯迅絕不可能將自己的舊詩付高疆其人公開發表。所以，〈今人詩話〉中首次出現的詩題，絕無魯迅自命之可能，它一定出於別人之手。至於其人是否即為高疆，我以為可能性極大，但還需要進一步查考。

然而毋庸諱言，本詩題是得到魯迅的默許的。一九三四年十月十一日，楊霽雲將〈今人詩話〉錄載的〈阻郁達夫移家杭州〉等詩寄呈魯迅審核，魯迅於十月十三日覆函予以肯定，本詩因此收入楊霽雲所編的《集外集》，〈阻郁達夫移家杭州〉也隨而成為正式的詩題。時過幾十年後，楊霽雲在回顧往事時，也以為：這個「詩題……大半是別人在發表時加的。作者只要大旨不違原意，就不去改動了。」[8]大概這就是魯迅當時對詩題未予校正的原因。不過，此題不妥，確實會而且已經引起了諸多誤解。所以楊霽雲又認為：「『阻郁一首』如發表時作『贈郁達夫，時移家杭州』字樣，則可免除後來許多時間之爭議。」[9]楊霽雲的這些見解是很有道理的。

最後，談談本詩的兩處文字改動。《魯迅日記》錄載本詩時，首尾兩句分別是：「錢王登遐仍如在」、「風沙浩蕩足行吟」。而《集外集》出版時，首句「『遐』改為「假」，末句「風沙」則改成了

「風波」。不少人以為，這些是在編輯出版《集外集》的過程中，由魯迅先生親手改定的。其實不然。早在高疆〈今人詩話〉一文中，就有如斯改動，《集外集》的錄詩，不過因襲了〈今人詩話〉而已。所以，討論本詩文字上的改動之得失是可以的，也很必要，但全部歸之於魯迅卻似乎不妥。當否，請明者教正。

一九八一年十二月

注釋

1 見許壽裳《我所認識的魯迅》第三十九、五十七頁，人民文學出版社一九八一年五月出版。

2 見《郁達夫文集》第四卷，第二〇五頁，花城出版社和三聯書店香港分店一九八二年七月出版。

3 見鍾敬文〈關於「阻郁達夫移家杭州」〉，載《魯迅研究文叢》第二輯第二五三頁，湖南人民出版社一九八〇年十一月出版。

4‧6 見王觀泉〈「阻郁達夫移家杭州」寫作年代及其它〉，載《魯迅研究文叢》第二輯，第二六四、二六五頁。

5 見王映霞一九八一年六月十三日致筆者函。

7 該文見載於一九八七年北京《魯迅研究動態》月刊第十期。

8 見楊霽雲一九八一年六月十日致筆者函。

9 見楊霽雲一九八一年六月二十二日致筆者函。

魯迅談詩文中的用典

　　古詩文中的濫用典故，是五四文學革命運動矛頭所向的一個重要方面。作為中國文化革命的主將，魯迅始終站在這一鬥爭的最前列。他不僅在《新青年》雜誌上專門就濫用典故的現象，發表過一篇諷刺文章〈隨感錄四十七〉；而且在以後的十幾年間也不時地有所論及。直至他的晚年，還批評李商隱和夏穗卿的詩，說李詩「用典太多，則為我所不滿」，[1] 夏詩「故用僻典，令人難解，可惡之至」。[2] 魯迅的這些見地，值得我們好好總結和研究。

　　為什麼用典之風會在某些知識份子中氾濫成災？重要的原因是科舉制度的遺毒。在封建時代，考的是八股、策論，程式固定，題目冷僻，考生們為了及第，除了「讀熟或帶進些刊本的八股去」，以便投機取巧，就是硬背各種典故，以為臨場應對的材料。即使那些「刊本的八股」，也無一不是用典故堆砌起來的。此風流傳，就使得文人學士們不寫文章則已，一寫文章就是子曰詩云，典故滿篇。魯迅對科舉制度極為不滿，尤其反感於專考典故的作法，他尖銳地指出：中國「古典多，記不清不足奇，都記得倒古怪」。「假使將那些考官們鎖在考場裏，驟然問他幾條較為陌生的古典，大約即使不瞎寫，也未必不繳白卷的。」又說：「古書不是很有些曾經後人加過注解的麼？那都是坐在自己的書齋裏，查群籍，翻類書，窮年累月，這才脫稿的，然而仍然有『未詳』，有錯誤。」[3] 而考官們卻用這種典故去考考生，怎麼能不釀成用典之風

太盛的惡果呢？又怎麼能不培養出大批頭腦僵化的「新古董」來呢？因此，魯迅不僅反對封建的科舉制度，而且最反對向青年學生灌輸那些陳腐的典故。何遲最近在題為〈一面〉的文章中回憶，魯迅對朋友讓孩子進私塾，讀《龍文鞭影》，背誦「堯眉八彩，舜目重瞳」之類典故的做法，頗不以為然，認為還是讓孩子「多玩一玩，到小學去讀書比較好，以後做文章恐怕用不上這類典故了」。[4] 這是魯迅反對封建文化毒害、僵化幼小心靈的一個例證。

用典之風盛行的第二個原因，是某些文人學士的自我炫耀，以此標榜「博學」。對於這種情況，魯迅曾作過這樣的批評：

> 張三李四是同時人。張三記了古典來做古文；李四又記了古典，去讀張三做的古文。我想：古典是古人的時事，要曉得那時的事，所以免不了翻著古典；現在兩位既然同時，何妨老實說出，一目了然，省卻你也記古典，我也記古典的工夫呢？[5]

針對有人以為非用典不足以顯示自己的「本領」與「學問」的謬論，魯迅進一步指出：「幸而中國人中，有這一類本領學問的人還不多。倘若誰也弄這玄虛：農夫送來了一粒粉，用顯微鏡照了，卻是一碗飯；水夫挑來用水濕過的土，想喝茶的人又須擠出濕土裏的水：那可真要支撐不住了」。[6] 這裏，魯迅對濫用典故不以為恥、反以為榮的可笑態度，真是諷刺得入木三分，淋漓盡致。

藉典故以自掩，也是用典之風盛行的一個原因。其實，有些人不過是「山間竹筍，嘴尖皮厚腹中空」，知識貧乏得可憐，實在寫不出像樣的東西。可是，他們又偏要舞文弄墨，自命風雅，於是只好想方設法，用種種手段裝璜掩飾，欺世盜名。正像有些「老

弱男女，身體衰瘦，露著不好看，蓋上一些東西，借此掩掩醜的」。其中，大量地運用連自己也一知半解甚至茫然無知的典故，也是一種絕妙的「蒙朧術」。然而，「做得蒙朧，這便是所謂『好』麼？」魯迅的回答當然是否定的，他毫不含糊地指出：「現在還常有駢四儷六，典麗堂皇的祭文，輓聯，宣言，通電，我們倘去查字典，翻類書，剝去它外面的裝飾，翻成白話文，試看那剩下的是怎樣的東西呵！」[7]

　　魯迅認為，反對濫用典的目的絕不止於提倡白話文。因為做白話文也同樣可使讀者如墜五里霧中，「它也可以夾些僻字，加上蒙朧或難懂，來施展那變戲法的障眼的手巾的」。例如，《綠野仙蹤》記塾師詠花，本來意思是：「兒婦折花為釵，雖然俏麗，但恐兒子因而廢讀……他的哥哥折了花來，沒有花瓶，就插在瓦罐裏，以嗅花香，他嫂嫂為防微杜漸起見，竟用棒子連花和罐一起打壞了。」但他卻故弄玄虛，「不用古典用新典」，生造出「媳釵俏矣兒書廢，哥罐聞焉嫂棒傷」這樣難解的詩句來，真是令人啼笑皆非。為了反對形式式的「障眼的手巾」，魯迅反其道而提出「白描」的手法，並指出其要義是「有真意，去粉飾，少做作，勿賣弄」。[8] 可以說，提倡白描手法，抒寫真摯情意，正是魯迅反對用典的一個主要原因。

　　寫到這裏，如果有人以為在詩文中用典就是大逆不道，必須群起而攻擊，那就失之偏頗了。其實，成語典故也是一種文化遺產，其中既有精華，又有糟粕，既有富於生命力的東西，也有已經或者瀕於死亡的東西。我們只有區別對待，批判地繼承，才是正確的態度。「五四」以前，文風陳腐，用典使事之繁，使讀者莫知所云，魯迅等有識之士起而反對，整飭文風，當然萬分需要，

是反對封建文化、實行文學革命的重要步驟。但即使魯迅先生，當時也不是絕對反對用典的。如果稍微仔細地分析一下，我們可以看到，他所極力反對的只是：（一）濫用典故，諸如同時代的「張三記了古典來做古文，李四又記了古典，去讀張三做的古文」之類；（二）用典太多，如李商隱的不少詩篇；（三）故用僻典，令人難解，如夏穗卿的詩句「帝殺黑龍才士隱，書飛赤鳥太平遲」等等。而對於有些用典精妙的詩文，例如瞿秋白、蔡元培、郁達夫等人的贈詩，魯迅非但不厭惡，反而十分推崇，甚至長期珍藏，愛惜備至。就是魯迅自己，在寫作詩文的時候，也是時有用典的。雜文且不說，他的舊體詩中便隨處可見。這是什麼緣故呢？因為作為一種傳統的寫作手法，用典自有其獨特的長處。它含蓄、精煉，可以較少的文字表達較豐富的內容，可以別人的故事傳達自己的見解和情感，從而使詩文言簡意賅，餘韻不盡，大大增加其思想容量。尤其在缺乏言論自由的黑暗的社會環境裏，借用典故則可以蒙蔽蠢伯，使自己免罹文網，而又巧妙地達到抒情言志、諷喻世情的目的。很顯然，魯迅在詩文中的用典，既是他藝術創造的需要，也是他戰鬥風格的體現。

　　但魯迅從來不為用典而用典。與他歷來所反對的諸種惡習相反，魯迅在後期（指一九三〇年以後）詩歌創作中的用典，大致有以下三個特點：一是不濫用。當白話可以表情達意的時候，就直詠其歌，絕不故弄玄虛，嘩眾取寵。例如〈送增田涉君歸國〉、〈所聞〉、〈悼楊銓〉等詩，都是一無其典的。二是用得少。與前人或同時代的一些詩人相比，魯迅舊詩中的用典是比較少的，在一首詩中，句句用典、一句數典的情況更少。與此相連的是用得精。每一用典，都恰到好處，無可更易，稍一改動，就黯然失色。

三是不用僻典。魯迅寫作舊體詩歌，雖然不想拿去發表，但既書以贈人，就不能不考慮到讀者的欣賞和理解。他愛用屈原和《楚辭》的故事，還用過不少其他典故，有時也用洋典、新典，但無論哪一種，都比較地為人們所熟悉，因而其深刻的寓意也便不難為人們所窺知。更有一點值得稱道的是，魯迅的有些詩句，諸如「俯首甘為孺子牛」、「憐子如何不丈夫」等等，僅從字面上理解，就很精警動人，及至知道了它的出處以後，理解也便更深一層。正因為如此，所以儘管魯迅也愛用些典故，但他的詩歌不僅沒有隱晦艱澀，反而因此而增強了無限的表現力。這是很值得我們好自學習的。

一九八二年五月

注釋

1　見魯迅一九三四年十二月二十日致楊霽雲函。
2　見《魯迅詩稿》第八十五頁，上海人民美術出版社一九八三年九月出版。
3　見魯迅《考場三醜》，收入《花邊文學》。
4　該文載一九八一年九月三日《天津日報》。
5、6　見魯迅《隨感錄四十七》，收入《熱風》。
7、8　見魯迅《作文秘訣》，收入《南腔北調集》。

蕭紅筆下的有二伯形象

　　有二伯是蕭紅長篇散文〈家族以外的人〉和自傳體小說《呼蘭河傳》第六章的中心人物。蕭紅在短促的一生中，寫過的人物不下百十個，但是，像對有二伯一樣，用如此厚重的篇幅、如此淒婉的筆調、如此深摯的感情來進行描寫的，恐怕是為數不多的。所以，讀過蕭紅的作品的人，誰也忘不了有二伯的形象，忘不了這位老人的辛酸淒苦的遭遇。

　　在蕭紅的筆下，有二伯的地位是極為低下的。出身於豪門的有二伯，由於家族的敗落而喪失了原有的一切。他沒有文化，「一個字也不識，一天書也沒念過」，也沒有財產，唯一的家當是一床破破爛爛的行李，那「漏了餡」的枕頭，「嘩嘩地往外流著蕎麥殼」，「一掀動他的被子就從被角往外流著棉花」。從小，他沒有幸福的童年，「靡穿過鞋」，「連饅頭邊都摸不著」，「七歲上被狼咬了一口，八歲上被驢子踢掉一個腳趾」；長大了，也還是衣衫襤褸，「耍猴不像耍猴的，討飯不像討飯的」。他為主人當牛做馬，辛苦終生，卻從未得到主人的一個銅板，以至於買不起一張看馬戲的門票。他甚至沒有任何尊嚴，主子可以隨意地斥責他，就連同是「跑腿子」的廚夫以及不更事的孩童們，也都百般耍弄他，嘲笑他，就像「嘲笑院心的大白狗一樣」。更為悲慘的是，他的生命也被主人視若草芥，日俄戰爭時，俄國軍隊殺到呼蘭，主人們紛紛逃命，他卻被留下來看門守家。面對著「毛子騎在馬上亂殺亂砍」的恐怖情景，他儘管「嚇得抖抖亂顫」，卻也不敢離開一步。這是多麼可悲的命運！

　　然而，有二伯的可悲不僅於此，更在於他的長期的不覺悟。其實，有的時候，他對窮富有別的嚴酷現實還是有所認識的。他曾經說過：「什麼人玩什麼物。窮人，野鬼，不要不自量力，讓人家笑話。」但是，他總念念不忘自己的輩份，念念不忘自己是主子的同宗二哥，而對自己在家裏的地位斤斤計較，孜孜以求。在《呼蘭河傳》第六章開頭，作者有這樣一段描寫：「我家的有二伯，性情很古怪。」「有東西，你若不給他吃，他就罵。若給他送上去，他就說：『你二伯不吃這個，你們拿去吃吧！』」實際上，這並不是他的性情古怪，而是他內心裏強烈要求跟主人家的老小們同等待遇的表現。他口口聲聲說什麼「咱家的」，把自己擺在主人的位置上，自覺地維護主人家的利益。當他看到「我」——花子把饅頭雞蛋等物拿出去分給窮苦孩子吃時，沒有不去向主人彙報的。其目的，倒不是為了跟花子過意不去，讓花子挨一頓揍，只不過是他的愚蠢的「主人」思想的自然流露而已。有二伯最氣憤的是別人都「不拿他當家裏人看待」，與此相反，他最喜歡聽別人叫他「掌櫃」、「東家」。一聽人家叫他「二掌櫃的」，他就笑顏逐開。這種糊塗之至的虛榮，竟使他走起路來，也要擺出一副「大將軍似的」架勢。這是多麼令人痛心的可笑！如果說，封建地主階級的經濟壓迫，就像壓在勞動人民身上的巨大的磐石一樣，無情地榨取著他們的血汗，那麼，地主階級的思想奴役，就是一帖非常厲害的麻醉劑，使勞動人民心甘情願地接受壓榨，甚至嚮往、追求地主階級的生活。因此，有二伯的渾渾噩噩，主要的不是他個人的愚昧，而是地主階級思想毒害的惡果。蕭紅在作品中細緻地描述了有二伯的上述種種，正是從另一側面揭露和批判了她所深惡痛絕的地主階級的罪惡。

　　有二伯是一個善良的老人，他主張「知恩報恩」，因為自己是被羊奶餵大的，所以他就不吃羊肉，不穿羊皮襖。有二伯又是一個糊塗的人，他相信「運氣」，講究「良心」，遲遲看不到地主家庭的吃人本質。儘管如此，生活還是教育了他，殘酷的階級壓迫和階級剝削還是擦拭了他的眼睛，經過長期的混沌麻木，他終於有所覺悟，並且開始反抗。作為反抗的第一步，他的辦法是偷。他偷椅墊，偷銅酒壺，偷糧食，甚至在光天化日之下，把白洋鐵的大澡盆偷出去賣錢。這個可憐的老人，為主人辛勤勞作，幾乎被榨乾了血汗，卻兩手空空，不名一文。是沉重的階級剝削，使他走上了偷的道路。誠然，偷的名聲不那麼好聽，也不是一種好的鬥爭方式，但處在有二伯這樣的境地，他能夠從看護主人財物的立場，發展到自己也去行偷，似乎是一個可貴的進步。從這裏，我們多少可以看到他的一點朦朧的醒悟，一點消極的反抗。再進一步，他就開始詛咒了。他從東牆罵到西牆，從掃地的掃帚罵到水桶；他罵鳥雀「是個瞎眼睛」，髒污的東西應該「往那個穿綢穿緞的身上掉」；他罵鴨子亂「呱呱」，說「若是個人，也是個閒人」，要「都殺了你們」。指桑罵槐猶且不足，他更把矛頭直接指向壓在他頭上的主人一家，罵他們「家裏沒好東西，儘是些耗子，從上到下，都是良心長在肋條上」，都是「黑心痢，鐵面人」。切齒之聲，噴濺著他的滿腔怒火，他已經有點覺悟了。

　　可惜的是，他的覺悟還只是建築在良心上面，他的憤怒和詛咒，都只是對著主人的不知恩不報恩而發的。他還不能從階級壓迫的實質去認識他所遭遇的一切，而且，他的反抗也僅是停留在憤怒和詛咒而已，除此而外，只有「嗚嗚」地哭。然而，就是這樣軟弱無力的反抗也不見容於他的主人。他遭到了嚴厲的鎮壓，他被主人當著眾人之面毒打了一頓，躺倒在血泊裏，起不來了。最後，他被趕出了家門，慘死在大道上。

在蕭紅寂寞的童年生活裏，有二伯曾經給了她很多的溫暖。除了她慈愛的祖父以外，能夠為她驅散孤獨，使她得到感情上的慰藉的，恐怕就是有二伯了。她的弟弟張秀琢曾經回憶道：「姐姐常常和有二伯在一起。有二伯到後菜園幹活，她也去，有二伯鋤地，她拿著一把小鏟子挖草；有二伯澆水，她提起小噴壺弄水玩兒。有二伯挺喜歡她，幹活時常常主動地把她帶上。有時嫌她礙事兒讓她躲開，她立刻噘起小嘴兒生起氣來，弄得有二伯沒有辦法，不得不放下手裏的活兒哄她。」[1]凡此種種，對從小受到父母冷遇、經常挨罵挨打的蕭紅來說，該有多麼親切！以至多年之後，蕭紅還念念不忘這位可愛的老人，覺得「只有他才是偏著我這方面的人，他比媽媽還好」。所以，當她一旦提筆來描寫有二伯時，無限深切的感情就傾注於筆端。雖然，她也寫了有二伯的愚昧、痲木，但那矛頭是指著造成他這種愚昧、痲木的吃人的社會的。她讚賞有二伯的反抗行為，對他指桑罵槐、詛咒富人的言行描繪得有聲有色。特別是，她把這個破了產的有二伯在自己的本家族裏所受到的敲骨吸髓的剝削和殘無人道的壓迫，揭露得淋漓盡致，從而表達了她對自己曾經生活其中的那個剝削家庭的強烈的憤慨。而這一切，作者都是通過形象生動的生活圖景釆展現的，都是採用了白描手法來刻畫的，而沒有依靠抽象的議論或枯燥的說明。所以，在作者娓娓敘述之中，自有一股巨大的力量，使讀者情不自禁為有二伯灑下一掬同情之淚，激起滿腔義憤之情，並且陷入深深的思索。這就是有二伯形象的動人之處，也是作者蕭紅的成功所在。

一九八二年一月

注釋

1 見張秀琢〈重讀《呼蘭河傳》，回憶姐姐蕭紅〉，收入《懷念蕭紅》，黑龍江出版社一九八一年二月出版。

漫談「解放體」詩

不知何時開始，詩壇上出現了「解放體」之稱。老詩人臧克家是「解放體」詩歌的極力反對者。記得在一次詩歌座談會上，他曾呼籲反對之。嗣後，他又著文指出：「直到現在，有不少同志學寫舊詩，完全不按舊詩規律，而又形似，美其名曰：『解放體』，有的甚至把亂格的東西，標之以『律』，期期以為不可！」對此，我的看法略有不同，故不揣冒昧，作此短文，願與臧克家共酌之。

誠然，所謂律詩，顧名思義，有其規律。舊體詩詞之所以不同於古風或新詩的諸種形式，就在於它們有獨特的嚴格的平仄韻律。在我國文學發展史上，許多詩人騷客憑此寫下多少精彩的詩篇。現在，我們要用舊體詩詞的形式來反映社會主義革命和建設的新內容，謳歌當今的時代精神和抒發我們的思想感情，也得按照它固有的格式和句式，遵循它的平仄韻律。毛澤東在給陳毅談詩的信中尖銳地指出：「不講平仄，即非律詩。」這是非常正確的。當然，形式是為內容服務的，為了表達內容的需要，個別地方有所突破也是可以的。這種先例，古今皆有。但倘若隨心所欲，任意「突破」，則勢必面目俱非，為詩詞韻律所不允許了。應當承認，這種不嚴肅的寫作態度在我們的報刊上是有所表現的。例如《詩刊》一九七八年一月號發表的〈詞二首〉，就很難說是合乎韻律的。又如《光明日報》一九七八年五月七日刊登的〈滿江紅〉，也是一首較為典型的自由之作。如此等等，不一一列舉。這種情況，應當引起編者與作者的重視和改進。

　　不合平仄韻律而掛上詞牌或標明律絕的作品，當然應在反對之列。這一點，是毫無疑義的。但是，如果作者有自知之明，並不掛上詞牌，也不妄稱為律絕，那麼，我們有何反對之理？

　　「解放體」之名，發明者可能出於譏諷，但以實際考察，卻不無其存在的道理。固然，「巨匠是在嚴格的規矩中施展他的創造才能的」，但就大部分人來講，舊體詩詞的規矩畢竟太多、太嚴，不易學習掌握，一般也不易暢抒胸臆，表達複雜的思想內容。毛澤東早就告誡我們：「舊詩」「不宜在青年中提倡，因為這種體裁束縛思想，又不易學」。正因為有這種局限與束縛，所以五四以後，由於歷史的發展和表達內容的需要，舊體詩詞的格律形式就被廣大詩歌作者所衝破，從而實現了詩體的大解放。幾十年來，尤其是解放以後，在毛澤東「百花齊放」方針的指引下，各類新詩競相爭妍，民歌體、自由詩交相輝映，詩壇上出現了一派繁榮景象。在這樣的情況下，產生一些所謂「解放體」的詩歌，是很自然的現象。

　　所謂「解放體」，一般指這樣一種詩：它的句式字數與律詩相同，對仗押韻也與律詩無異，它與律詩的主要區別就在於不講平仄。這裏的不講平仄，並不是完全不要平仄。任何詩詞（新詩亦然），都要講究音韻協調，和美動聽，即富於音樂性。一平到底或者一仄到底就不成其為詩句，也無法令人卒讀。民歌，以至於自由體的新詩，也要考慮音調的高低起伏，抑揚頓挫，這實際上就是考慮平仄的問題。「解放體」更是如此。只不過，它們的平仄不像舊體詩詞那樣嚴謹罷了。因之，「解放體」遠較律詩來得自由，表現思想也大為流暢。

　　「解放體」與民歌體頗為相近。從文藝史看，律詩是從民歌發展而來的，民歌是詩歌發展的重要基礎。毛澤東曾一再提出：

要在民歌和古典詩歌的基礎上發展新詩。舊體詩詞具有字數整齊、押韻合轍等優點，因而易誦、易記、易唱，如果舍其過嚴的格律，則更便於接近群眾，更便於流傳光大。我以為，同民歌一樣，「解放體」很符合毛澤東對於新詩的要求——「精煉、大體整齊、押韻」，它之所以為很多群眾接受，不是沒有原因的。對於「解放體」，我們可以看成是民歌和舊體詩詞互相影響的產物，或者看成是在創造新體詩歌的過程中的一種嘗試。雖然，它並不是新詩的理想的形式，但粗暴地予以「取締」，恐怕是不太妥當的。

　　從詩歌創作的實踐來看，「解放體」也相當廣泛。不僅新湧現的詩歌作者，而且久負盛名的老詩人，不僅普通的工農兵群眾，而且黨和國家的領導人，都寫過不少這樣的詩作。就拿陳毅的宏麗詩篇來說，不少都可以劃入「解放體」內。至於臧克家所寫的那些既不像舊詩也不是民歌的作品，似乎也在「解放體」的行列之中吧！

　　如此看來，「解放體」詩遭到斷然反對似無道理。在詩歌的百花園裏，它應佔有自己的位置。

【附記】

　　這篇短文作於一九七八年下半年，當時未發表。經過這一年多的時間，我發現，所謂「解放體」詩歌，不僅沒有消聲匿跡，反而更有了新的發展。我相信，任何一種文藝體裁或樣式，一經產生，就不會輕易消失。我們絕不能採取「不承認主義」，或者任意扼殺之，而應該愛護它，幫助它健康地成長。

一九八〇年三月又記

試論詩歌中的議論

　　詩歌能不能議論，這個問題在我國的詩史上，歷來就有爭議。反對者聲稱：「作詩切忌議論，此最易近腐，近絮，近學究」，「易入陳腐散漫輕滑」。（清‧方東樹《昭昧詹言》）。贊成者則認為，詩歌並不排斥議論，「唐人詩有議論者，杜甫是也，杜五言古，議論尤多，長篇如〈赴奉先縣詠懷〉、〈北征〉及〈八哀〉等作，何首無議論！……且《三百篇》中，二《雅》為議論者，正自不少。」（清‧葉燮《原詩》）雙方各執己見，始終爭論不休。一直到現在，在這個問題上仍然存在著不同意見。因此，探討議論與詩歌的關係，不僅是研究我國詩史的需要，而且對於當前詩歌創作也有現實的意義。

　　毛澤東指出：「詩要用形象思維，不能如散文那樣直說，所以比、興兩法是不能不用的。賦也可以用，如杜甫之〈北征〉，可謂『敷陳其事而直言之也』，然其中亦有比興」（〈給陳毅同志談詩的一封信〉）。這段話是對我國歷史悠久的詩歌藝術的科學總結，深刻地闡明了詩歌創作的特殊規律。違背這一規律，用口號代替詩歌，用抽象的議論編織詩句，就會把詩歌引向歧路。

　　然而，對詩歌來說，議論並不是禁區。如果推究一下詩歌產生的歷史，不難發現，詩歌並不排斥議論。從勞動的號子聲「杭育杭育」，發展到音韻和諧的詩歌，直接的原因還不是為了抒發感情、表達意願？正如〈毛詩序〉所說：「詩者，志之所之也，在心

為志，發言為詩。」人們往往強調詩的抒情而反對議論，殊不知抒情和議論常常水乳交融，很難明確地加以區分。例如王昌齡的詩句「但使龍城飛將在，不教胡馬度陰山」（〈出塞〉），固然抒發了作者的感慨，又何嘗不是對形勢的評議？又如朱熹的詩句「問渠哪得清如許，為有源頭活水來」（〈觀書有感〉），不僅形象地說明了讀書重要的道理，而且也抒寫了作者讀書時豁然開朗的欣喜之情。由此可見，詩中議論常常凝聚著作者濃郁的感情，而詩中抒情又常常是與議論結合在一起的。人們的感情，既不可能無緣無故地產生，也不可能無緣無故地消失，而總是基於一定的立場和認識之上，總是受到一定的思想的約束和指導的。不管什麼人寫詩，也不管寫的什麼體式的詩，更不管是狀景還是抒情，詩歌總是反映了作者一定的愛憎之感，顯示了作者褒貶臧否的態度，表達了作者對生活、理想、道德、情操等方面的某種獨特見解。有些篇幅短小的山水詩，似乎看不出作者的用意所在，但作者卻是在一定的思想支配下寫成的，只要假以足夠的資料，照樣可以領悟到作者的微言大義。

　　至於明顯的議論成分，在詩歌中也是很多的。歷來被稱為「詩經」的《三百篇》，就有不少像「人而無儀，不死何為」（〈相鼠〉）、「我心傷悲，莫知我哀」（〈采薇〉）一類的議論。屈原的浪漫主義傑作《離騷》中，類似「國無人莫我知兮，又何懷乎故都？既莫足與為美政兮，吾將從彭咸之所居」的議論，比比皆是。杜甫是當之無愧的「詩聖」，而他的「朱門酒肉臭，路有凍死骨」（〈自京赴奉先縣詠懷五百字〉）、「出師未捷身先死，長使英雄淚滿襟」（〈蜀相〉）等句也都是描寫、抒情中包含著議論。說到宋詩，現在好像有一概以「味同嚼蠟」而貶之的傾向，其實這是不公道的。詩至

宋代而衰落，主要是理學的影響，使部分詩作走上概念化的道路。正如嚴羽《滄浪詩話》指出：「近代諸公乃作奇特解會，遂以文字為詩，以才學為詩，以議論為詩。夫豈不工，終非古人之詩也。蓋於一唱三歎之音，有所歉焉。」但是，這裏反對的是「以議論為詩」，即用抽象的、赤裸裸的議論編織詩句，並沒有反對在詩歌裏發議論。事實上，宋詩中不少有議論的詩篇，同樣有著雋永的詩味。例如蘇東坡的〈題西林壁〉：「橫看成嶺側成峰，遠近高低各不同，不識廬山真面目，只緣身在此山中。」李清照的〈絕句〉：「生當作人傑，死亦為鬼雄。至今思項羽，不肯過江東。」都是議論貫串全詩，又均詩意盎然，膾炙人口。這些，都很好地證明了詩歌與議論的密切關係。至於「五四」以來的新詩，由於時代的前進，所要表達的思想感情遠比過去複雜，議論的成分在新詩裏佔有重要的位置，更是勢所必然的。

　　那麼，詩歌應該怎樣發議論呢？或者說，詩歌裏的議論應該具有什麼特點？關於這一點，清代著名的詩論家沈德潛曾經說過：「人謂詩主性情，不主議論，似也，而亦不儘然。試思二《雅》中，何處而無議論？老杜古詩中，〈奉先詠懷〉、〈北征〉、〈八哀〉諸作，近體中〈蜀相〉、〈詠懷〉、〈諸葛〉諸作，純乎議論。但議論須帶情韻以行，勿近傖父面目耳。」（見《說詩晬語》）這實際上是說，詩中議論必須具有幾個主要特徵：一是與形象、情感相結合，不是空洞的、抽象的、冷冰冰的理語，而是滲透於形象之中、充滿著真情實感的議論。二是具有和諧動聽的音韻之美，讓議論融化在詩裏，借優美的音韻加強議論的效果。三是運用詩的語言，不能像「傖父面目」那樣，鄙陋而又蒼白。沈德潛的這些頗有見地的觀點，如果用我們今天的術語來闡述，就是：詩歌的

議論必須符合形象思維的規律，必須符合詩歌藝術的特點。可以說，這是詩中議論應當遵循的一條原則。議論只有與形象為表裏，與情感相滲透，詩歌才有悠悠不盡的興味，才有如同沈德潛所要求的「醞藉微遠之致」。

縱觀詩歌發展的歷史，詩中議論的形式，是多種多樣的：有通篇議論的，也有偶一為之的；有用比喻議論的，也有插上想像翅膀的；有情景交融的議論，也有事理結合的議論；如此等等，無法盡數。但不管採取何種形式，好的議論都離不開形象，離不開情感，只不過有些議論比較含蓄，有些則比較明顯罷了。一般來說，議論在詩中可有如下幾種存在形式：

其一，完全融入形象之中的含蓄的議論。作者把議論寓於形象之中，表面上或者是自然景物的描繪，或者是歷史故事的回憶，其實卻大有深意存焉。這種含而不露的議論，發人深思，耐人尋味，具有很強的藝術感染力。例如陸游的〈卜算子‧詠梅〉：

驛外斷橋邊，寂寞開無主。已是黃昏獨自愁，更著風和雨。
無意苦爭春，一任群芳妒。零落成泥碾作塵，只有香如故。

讀著這首詠梅詞，映現在我們面前的，不僅是一幅黃昏的梅花圖，而且有著詩人自己的身影。我們彷彿看到詩人面對著種種打擊而倔強挺立的高風亮節，似乎聽到詩人忠心報國、至死不渝的心理剖白。這首詞沒有一句議論，卻句句都在議論。詩人運用的是比喻的手法，通過對孤梅的描繪，深沉地抒發了自己的苦悶心情，表達了自己對不幸際遇所持的堅定態度。一般來說，詠物詩都是這樣含蓄地發表議論的，作者並不把自己的思想

袒露在讀者面前，而讀者卻可以從對形象的欣賞之中，體味到某
種深刻的哲理。

歷史故事也常常被詩人們用來進行議論。例如辛棄疾的〈永遇
樂‧京口北固亭懷古〉，就是一首「談兵論政」的名作。這首詞寫於
一一〇五年，正是金人進犯中原的危難之秋。當時已是六十六歲高齡
的詩人，抗金報國的雄心壯志絲毫未減。他懷有渴望收復北方國土的
理想，因而詞中熱烈歌頌孫仲謀（孫權）、寄奴（劉裕）這些歷史上
奮發有為、努力從事統一的英雄人物；詩人又反對冒然北進，針對當
時宰相韓佗胄草率用兵的現實，詞的下片又借宋文帝冒險北伐招致慘
敗的歷史教訓予以警告。全詞處處議論，卻不流於空談，而是觸景懷古，
指點著曾經在京口一帶發生過的人和事來發表自己的政治主張。這種不
著痕跡、完全融解在形象描述中的議論相當巧妙，不但遠勝於同時期
汗牛充棟的那些理語詩，也比現代某些乾巴巴的議論詩有味得多。

其二，與形象緊密結合的明顯的議論。這種議論，由於作者
的手法不同，自有高低之分。拙劣的議論，只是概念的演繹、理
語的分行，以致面目可憎，使人無法卒讀。高明的議論，則借助
於生動可觀的藝術形象，在一幅幅生動的圖畫之中，傳達出作者
複雜的思想和豐富的感情。議論靠形象充溢了詩意，形象因議論
煥發了光彩。議論是血肉豐滿，形象是寓意深刻。兩者互為補充，
相得益彰，為詩篇增添了無限的情趣。古詩詞中這樣的例子不勝
枚舉，如「草木有本心，何求美人折」（張九齡〈感遇〉之一），「桃
花潭水深千尺，不及汪倫送我情」（李白〈贈汪倫〉），「難道人生
無再少？門前流水尚能西！休將白髮唱黃雞」（蘇軾〈浣溪沙〉「山
下蘭芽」），「人生自古誰無死，留取丹心照汗青」（文天祥〈過零
丁洋詩〉），「九州生氣恃風雷，萬馬齊喑究可哀」（龔自珍〈乙亥

雜詩〉),「忍看地圖移顏色,肯使江山付劫灰」(秋瑾〈苦海舟中〉)等等,也都有著異曲同工之妙。

　　還有一些精妙的議論,似乎直截了當,無所憑藉,但略加考察,則仍然離不開形象的描繪。這種議論,或者居於詩首,開啟全詩,好像是詩的導語。例如陳毅的〈贈同志〉:「二十年來是與非,一生繫得幾安危。莫到浮雲終蔽日,嚴冬過盡綻春蕾。」范仲淹的〈江上漁者〉:「江上往來人,但愛鱸魚美。君看一葉舟,出沒風波裏!」或者夾於詩中,好像是疊印在畫面上的解說。例如杜甫的〈旅夜書懷〉:「細草微風岸,危檣獨夜舟。星垂平野闊,月湧大江流。名豈文章著,官應老病休。飄飄何所似?天地一沙鷗。」又如白居易〈琵琶行〉中的「此時無聲勝有聲」、「同是天涯淪落人,相逢何必曾相識」等詩句。更多的是收尾的議論,像是全詩的總結。例如王之渙的〈登鸛雀樓〉:「白日依山盡,黃河入海流。欲窮千里目,更上一層樓。」議論開拓了詩的意境。陳毅的〈題西山紅葉〉:「西山紅葉好,霜重色愈濃。革命亦如此,鬥爭見英雄!」議論揭示了詩的主旨。李清照的〈聲聲慢〉「尋尋覓覓」的下片:「滿地黃花堆積,憔悴損,如今有誰堪摘?守著窗兒,獨自怎生得黑!梧桐更兼細雨,到黃昏,點點滴滴。這次第,怎一個愁字了得!」全詩的情感由議論而得以生發。秦觀的〈鵲橋仙〉:「纖雲弄巧,飛星傳恨,銀漢迢迢暗渡。金風玉露一相逢,便勝卻人間無數。柔情似水,佳期如夢,忍顧鵲橋歸路!兩情若是長久時,又豈在朝朝暮暮!」傳統題材的詩篇由議論而翻出了新意。在這裏,議論並不附麗於形象化的語言,卻與生動的形象緊密相連,渾然一體。它們常常起著畫龍點睛的作用,使詩篇獲得深邃的思想意義和咀嚼不盡的藝術效果。

　　其三，直書紙上的純粹議論。一般來說，詩中議論要與形象結合才能發光著彩，可事實上有些純粹議論的詩句卻依然情摯意深，娓娓動人，這是什麼原因呢？且看郭小川的〈團泊窪的秋天〉的其中四節：

> 戰士自有戰士的性格：不怕誣衊，不怕恫嚇；
> 一切無情的打擊，只會使人腰桿挺直，青春煥發。
> 戰士自有戰士的抱負：永遠改造，從零出發；
> 一切可恥的衰退，只能使人視若仇敵，踏成泥沙。
> 戰士自有戰士的膽識：不信流言，不受欺詐；
> 一切無稽的罪名，只會使人神志清醒，大腦發達。
> 戰士自有戰士的愛情：忠貞不渝，新美如畫；
> 一切額外的貪欲，只能使人感到厭煩，感到肉麻。

真是字字有豪情，句句是壯語，字裏行間洋溢著一股浩然正氣，跳躍著一顆赤子之心。這種詩句，從詩人的血管裏流出，用詩人的心靈唱出，縱然全是議論，不借形象，但詩人自己的形象，一個堅貞的無產階級革命戰士的崇高形象，卻宛然眼前——似青松挺立高峰，如山石傲對大海。可見，對於詩歌的議論，情感是何等地重要。高爾基早就說過：「真正的詩——往往是心底詩，往往是心底歌。」（〈給亞倫斯·加凱爾女士〉）只要感情是真摯的、濃烈的，哪怕純發議論，也能產生感人肺腑的藝術魅力。

　　這樣的詩篇還可以舉出一些。例如陸游的〈示兒〉：「死去元知萬事空，但悲不見九州同。王師北定中原日，家祭無忘告乃翁。」匈牙利詩人裴多菲的〈自由〉：「生命誠寶貴，愛情價更高。若為

自由故，兩者皆可拋。」革命烈士吉鴻昌的絕命詩：「恨不抗日死，留作今日羞。國破尚如此，我何惜此頭。」夏明翰烈士的就義詩：「砍頭不要緊，只要主義真。殺了夏明翰，還有後來人。」都是純以議論取勝的著名詩篇。

　　需要指出的是，純粹的議論雖然也可以構成佳篇，但畢竟不是作詩的主要手段。在詩歌的大海中，它只是、也只能是小小的一隅。自古以來純議論的詩篇何止萬千，而廣為傳誦的卻寥寥可數。這個事實告訴我們，純議論的詩篇可以偶爾為之，但必須是在感情強烈得非此不足以完全表達的時候。要使詩中的議論獲得經久不衰的生命力，主要的還應當抓住形象，或者讓形象說話，或者與形象結合。

　　總之，優秀的議論來源於健康的思想感情和厚實的生活積累，如果對生活缺乏深入的體察和研究，缺乏真知灼見，要寫出好的議論詩是不可能的。因此，詩歌作者必須深入生活，研究生活，從生活中汲取豐富的營養，捕捉生動的形象。而議論只不過是詩歌形象的一隅，或者是塑造詩歌形象的方式之一，如果離開了形象來發議論，或者以議論來代替形象，那就會走到邪路上去了。

一九八〇年四月

後記

　　自投身現代文學研究行列以來，我對文學史料的考證和被湮沒的重要文學現象的研究，付以極大的關注。雖然，重理論輕考證、重大作家研究輕其他文學現象研究，乃是我國學術界的時尚，但我仍樂此不疲，甘之若飴。本書與前一本文集《文海鉤沉》，便是我十年耕耘的部分收穫。我深知它的淺薄與不成熟，但仍願意奉獻於廣大讀者面前，如果能得到回應或指教，那將是我的幸運。

　　本書分四輯。第一輯側重於現代作家研究，第二輯是范泉先生四十年代主編的重要刊物《文藝春秋》的研究專輯，第三輯主要是作品研究，以上諸文均係一九八五年以後在南通所寫。第四輯的幾篇文章，寫於一九八四年以前我在黑龍江克山縣任教期間，專設一輯，是為了紀念在黑龍江那段難忘的生活。

　　書中〈《青島文藝》和青島四十年代文學運動〉和〈談新發現的郁達夫佚詩《寄浪華南通》〉兩文，分別由田風先生和凌君鈺先生提供素材，我最後執筆寫成，現徵得兩位同意收錄書內。另外，內子聞彬在本書諸文的構思、撰寫中共同討論、多所協力，也是需要說明的。

　　我的研究與寫作，多年來得到眾多前輩、同行的關心和支持，特別是年逾古稀的賈植芳先生，始終對我親如家人，有求必應，關懷備至，勖勉有加。我還清晰地記得，幾年前我去他府上請他為《中國現代文學作者筆名錄》寫序時，他興致勃勃地大談史料

收集和研究的重要意義的那番話。正是他的熱忱指點和直接幫
助，使我有信心克服重重困難，終於完成了《筆名錄》的編著任
務。如今，他又慨然應允為這本小書作序，再次諄諄勉勵我努力
精進，爭取達到較高的研究境界，這些語重心長的教誨，我將深
銘於心。

　　最後，應當感謝新疆大學出版社諸位同仁以及陶金山、盛鐸、
沈文沖等摯友，沒有他們，這本小書的問世也許不會如此順利。

欽鴻

一九九一年十月二十日夜

於南通四風樓

重版小記

　　本書是我的第二本學術隨筆集，卻是我最早出版問世的一本著作。雖然不無窮陋稚嫩之處，但它凝結著我從事中國現代文學研究最初十年的心血，也奠定了我日後治學的基本的路徑和風格，故一直以來很是珍愛，所謂敝帚自珍是也。

　　我從一開始側身現代文學研究領域，就走了一條注重史料研究之路。在當代中國學界，史料研究一向被認為雕蟲小技，無學術可言，唯有理論研究才是所謂正宗的研究。但我卻自行其是，固執至今，可能也將一路前行，不再回頭。

　　值得欣慰的是，我的許多文章發表後多少還有些反響。如〈談左聯詩人辛勞〉一文被詩人的家鄉海拉爾市政協作為地方名人研究的重要依據；〈塵封已久的一顆明珠──記范泉主編的《文藝春秋》〉一文發表當初，便得到臧克家、許傑、施蟄存、駱賓基、陳則光等許多作家學者的充分肯定，後來陳映真等人在整理臺灣四十年代文學論爭史料時，也根據此文及時糾正了某些重大的史實錯誤。如此等等。這些，都給了我堅持前行的信心。現在臺灣秀威資訊科技股份有限公司願意將此書重版發行，使我能有機會與更多的讀者，特別是臺灣學界的朋友們作廣泛交流，更讓我感到十分鼓舞。

　　這次重版，除了簡體字改為繁體字以外，基本上保持了前一版的原貌。但為了向讀者負責，我對原書的某些編校上出現的差

錯以及極個別的史實差錯作了必要的修正，引文中差錯的更正則以[　]標示。另外，〈大眾版《毀滅》非魯迅佚作〉一文原係〈論《文藝春秋》對魯迅的紀念與研究〉的附錄，現在將它獨立成文，也是需要說明的。

　　值此小書重版之際，不禁想起本書的作序者賈植芳先生。他已於不久前駕鶴西去，但他的高風亮節、他的音容笑貌、他始終不渝對我的關懷勉勵，以及我們多年來交往中的點點滴滴，卻一直銘刻在我的心裏。謹此，我願將這本小書供獻於他的靈前，以為對他的無盡的深深的紀念。

欽鴻

二〇〇八年七月十三日
於南通四風樓

國家圖書館出版品預行編目

現代文學散論 / 欽鴻著. -- 一版. --
臺北市：秀威資訊科技, 2008 .10
面；　公分（語言文學類；PG0204）

BOD 版
ISBN 978-986-221-085-7(平裝)

1. 中國當代文學　2.文學評論

820.908　　　　　　　　　97017987

語言文學類　PG0204

現代文學散論

作　　者 / 欽　鴻
主　　編 / 蔡登山
發 行 人 / 宋政坤
執行編輯 / 賴敬暉
圖文排版 / 郭雅雯
封面設計 / 蔣緒慧
數位轉譯 / 徐真玉　沈裕閔
圖書銷售 / 林怡君
法律顧問 / 毛國樑　律師
出版印製 / 秀威資訊科技股份有限公司
　　　　　台北市內湖區瑞光路 583 巷 25 號 1 樓
　　　　　電話：02-2657-9211　　　傳真：02-2657-9106
　　　　　E-mail：service@showwe.com.tw
經 銷 商 / 紅螞蟻圖書有限公司
　　　　　台北市內湖區舊宗路二段 121 巷 28、32 號 4 樓
　　　　　電話：02-2795-3656　　　傳真：02-2795-4100
　　　　　http://www.e-redant.com

2008 年 10 月 BOD 一版
2008 年 11 月 BOD 二版
定價：370 元

讀 者 回 函 卡

感謝您購買本書，為提升服務品質，煩請填寫以下問卷，收到您的寶貴意見後，我們會仔細收藏記錄並回贈紀念品，謝謝！

1.您購買的書名：_____

2.您從何得知本書的消息？

　　□網路書店　□部落格　□資料庫搜尋　□書訊　□電子報　□書店
　　□平面媒體　□ 朋友推薦　□網站推薦 □其他_____

3.您對本書的評價：(請填代號　1.非常滿意 2.滿意 3.尚可 4.再改進)

　　封面設計____　版面編排____　內容____　文/譯筆____　價格____

4.讀完書後您覺得：

　　□很有收獲　□有收獲　□收獲不多　□沒收獲

5.您會推薦本書給朋友嗎？

　　□會　□不會，為什麼？_____

6.其他寶貴的意見：_____

_____

_____

_____

讀者基本資料

姓名：_____　年齡：_____　性別：□女 □男

聯絡電話：_____　E-mail：_____

地址：_____

學歷：□高中(含)以下　　□高中　　□專科學校　　□大學
　　　□研究所(含)以上 □其他_____

職業：□製造業 □金融業 □資訊業 □軍警 □傳播業 □自由業
　　　□服務業 □公務員 □教職　□學生 □其他_____